ein Ullstein Buch

ein Ullstein Buch
Nr. 20204
im Verlag Ullstein GmbH,
Frankfurt/M – Berlin – Wien
Titel der chinesischen Originalausgabe:
尹縣長 Mayor Yin (Stories on Cultural Revolution), Taipei, 1976.
Titel der amerikanischen Ausgabe:
The Execution of Mayor Yin
Indiana University Press, Bloomington and London, 1978
Aus dem Chinesischen von Melinna Yam

Ungekürzte Ausgabe

Umschlagentwurf:
Hansbernd Lindemann
Umschlagfoto:
Ullstein Bilderdienst
Taschenbuchausgabe mit Genehmigung
des Albrecht Knaus Verlags, Hamburg

Printed in Germany 1982
Druck und Verarbeitung:
Hanseatische Druckanstalt GmbH,
Hamburg
ISBN 3 548 20204 7

Juni 1982

CIP-Kurztitelaufnahme
der Deutschen Bibliothek
Chen, Jo-hsi:
Die Exekution des Landrats Yin : Erzählungen aus d. Kulturrevolution/Chen Jo-hsi. [Aus d. Chines. von Melinna Yam]. – Ungekürzte Ausg. – Frankfurt/M; Berlin; Wien: Ullstein, 1982.
(Ein Ullstein-Buch; Nr. 20204)
Einheitssacht.: Yin-hsien-chang <dt.>
ISBN 3-548-20204-7
NE: Chen, Jo-hsi: [Sammlung <dt.>]; GT

Chen Jo-hsi

Die Exekution des Landrats Yin

Erzählungen aus der Kulturrevolution

ein Ullstein Buch

Inhalt

Die Exekution des Landrats Yin

Wir begegneten uns nur zweimal, Landrat Yin und ich, aber ich werde ihn nie vergessen.

Im Herbst 1966 reiste ich von Peking nach Sian, der Hauptstadt der Provinz Schensi, und stieg im Hause meines Freundes, des alten Dschang, ab. Sein einziger Sohn, Hsiau Dschang oder der junge Dschang, gehörte der arroganten Roten Garde an; obwohl erst im zweiten Jahr der Mittelschule, pflegte er einen Anhauch von Autorität an den Tag zu legen, indem er beständig revolutionäre Parolen im Munde führte wie: ‹Unterstützt den Vorsitzenden Mao!› oder ‹Aufruhr ist recht und gerecht!›

Er brachte es nicht über sich, seine olivgrüne Uniform zum Waschen zu geben, so daß sein Kragen und seine Ärmel vor Schmutz stets ölig glänzten. Doch die rote Armbinde war immer rein und leuchtend, und wenn er einem Bekannten begegnete, stellte er sich vor ihn hin und stützte seine rechte Hand auf die Hüfte, um ihn zu zwingen, die Autorität anzuerkennen, die dieses zwölf Zentimeter breite Band aus glänzender Seide ausstrahlte. Er bereitete gerade mit einem Kameraden von der Roten Garde einen Abstecher in den Kreis Hsingan im Süden der Provinz Schensi vor, um dort die Fackel des Aufruhrs zu entzünden. Dieser rückständigen Gegend mangelte es an revolutionärem Geist. Sie hatte nicht einmal eine Rote Garde, so daß das Hauptquartier in Sian beschlossen hatte, zwei engagierte Kadermitglieder hinzuschicken, um dort die Bewegung in Gang zu bringen.

Hsiau Dschang hatte sich für diese Aufgabe freiwillig gemeldet. Er stammte aus Hsingan, südlich von Sian. Seine Eltern waren in die Provinzhauptstadt Sian gezogen, als er zwölf Jahre alt war. Nun konnte er also der Revolution dienen und zugleich seine alte Heimat besuchen und dabei Freunde und Bekannte wiedersehen. Damit verfolgte er sowohl das private wie das öffentliche Interesse. Natürlich war es verpönt, von ‹privatem und öffentlichem Wohl› zu sprechen, weil gerade zu dieser Zeit die Parole ausgegeben worden war: ‹Nieder mit privaten Interessen, dient einzig und allein dem öffentlichen Wohl!› Man hatte sein persönliches Verhalten nach der Lehre Mao Tse-tungs auszurichten: ‹Denk niemals an dich selbst, denk nur an andere!›

Es ergab sich, daß mein offizieller Auftrag rasch erledigt war und ich mich nicht vor zwei Wochen in Peking zurückzumelden brauchte. Die berühmten Sehenswürdigkeiten von Sian – die Große und die Kleine Wildgans-Pagode, den ‹Wald von steinernen Grabdenkmälern› und die Kunstschätze aus den Grabungen von Banbienpo – hatte ich schon auf einer früheren Reise besucht. Da ich also weiter nichts zu tun hatte, nahm ich die Anregung des alten Dschang, seinen Sohn in den Süden der Provinz Schensi zu begleiten und das Handschung-Becken kennenzulernen, gerne an.

Wir brauchten einen Tag und eine Nacht mit dem Bus, um über die Höhen der Tsinling-Berge nach Hsingan zu gelangen. Die Straße wand sich über zahlreiche Pässe, und der Bus neigte sich stets etwas nach einer Seite. Mir war ständig schwindelig und leicht übel, und selbst als ich an der Endstation den Bus verlassen hatte, beherrschte mich immer noch das Gefühl, daß ich mich beim Gehen nach einer Seite neigte. Die Tsingling-Berge sind wie ein riesiger Wandschirm, der auf seiner nördlichen und seiner südlichen Seite zwei völlig verschiedene Landschaften zeigt. Als wir Sian verließen, waren wir mitten im Herbst, die Bäume waren bereits kahl, und das Gras zeigte ein verwelktes Braun. Hier aber war das Land grün, so weit das Auge reichte, als ob man sich südlich vom Jangtse befände.

Hsiau Dschang hatte veranlaßt, daß ich im Hause seines Verwandten, des alten Herrn Yin, Unterkunft fand, während er selbst mit seinem Schulkameraden im Wohnheim der Kreismittelschule Quartier bezog. Der alte Yin war schon über siebzig, aber noch gesund und rüstig. Seine Frau war vor einem Jahr gestorben, und nun lebte er ganz allein in einem weitläufigen Ziegelsteinhaus, das aus einem einzigen Raum bestand. Es war peinlich saubergehalten. Er schien sehr glücklich darüber, Gäste bewirten zu können, die von weit her kamen. Sobald wir eingetreten waren, legte er heiter lächelnd seine lange Pfeife beiseite, krempelte die Ärmel hoch und begann, das Essen zuzubereiten. Hsiau Dschang und sein Schulkamerad legten ihr Gepäck ab und – getreu der Tradition der Befreiungsarmee – begannen, Holz zu hacken und Wasser aus dem Brunnen zu schöpfen.

Nach dem Essen, gerade als Hsiau Dschang und sein Freund sich anschickten, zu ihrem Quartier zu gehen, betrat ein bebrillter Mann in Kader-Uniform den Raum. Als Hsiau Dschang ihn erblickte, zögerte er einen Augenblick, ehe er ihn mit sichtlicher Zurückhaltung als «Onkel» anredete. Dann machte er uns bekannt: «Dies ist ein entfernter Onkel von mir», wobei er das Wort «entfernt» besonders betonte.

Da wir den Namen des Besuchers nicht kannten, redeten auch wir beide, Hsiau Dschangs Schulkamerad und ich, ihn höflich mit Onkel an. Sobald aber der Höflichkeit Genüge getan war, griff Hsiau Dschang hastig nach meiner Hand, um auf meine Armbanduhr zu schauen. «Es ist schon spät», rief er. «Ich fürchte, das Wohnheim wird schließen.» In offensichtlicher Hast raffte er sein Bündel auf, drängte seinen Freund zum Aufbruch und verließ mit ihm das Haus.

Der Onkel Hsiau Dschangs schien vom überstürzten Aufbruch des Neffen erschreckt und verwirrt. Während er freundlich lächelnd mit uns sprach, betrachtete er unverwandt und bewundernd die rote Armbinde von Hsiau Dschang. Er war hochgewachsen, schlank und braun gebrannt und hielt sich sehr aufrecht. In seiner Jugend mußte er eine eindrucksvolle Figur gemacht haben. Er schaute einem gerade in die Augen, und wenn er zuhörte, neigte er leicht den Kopf zur Seite, als befürchte er, ein Wort zu verfehlen. Sein Gesichtsausdruck war freundlich und bescheiden. Er mochte etwa fünfzig Jahre alt sein und trug einen nicht ganz neuen, aber gepflegten grauen Dschung-Schan-Anzug[1], Schuhe und Socken aus Tuch, die typische Bekleidung eines alten Kadermannes, wie man sie in ganz China trifft.

Er setzte sich nieder, und nachdem er einige Höflichkeiten mit dem alten Yin ausgetauscht hatte, wandte er sich mir zu und fragte mit freundlichem Interesse, wer ich sei. Als er hörte, daß ich mich auf einer Besichtigungsreise im südlichen Schensi befände, schien er sichtlich erleichtert und hieß mich willkommen. Er sprach mit der Aufrichtigkeit und Bescheidenheit, die für die Zentralchinesen typisch sind: «Unser Hsingan ist eine rückständige, hinterwäldlerische Gegend. Außer der endlosen Kette der Tsingling-Berge und der Tapa-Kuppe haben wir nur noch den Han-Fluß. Doch gibt es in den Bergen zum Norden hin einige Wasserfälle, die sehenswert sind. Schade, daß wir augenblicklich wieder mitten in einer Kampagne stecken, sonst würde ich Sie gerne dorthin begleiten.»

Möglicherweise erinnerte ihn das Wort Kampagne an etwas; denn sein Gesicht verdunkelte sich, und er seufzte leise. Der alte Yin schaltete die einzige Birne im Raum an und brachte ihm eine Tasse mit heißem Wasser. Doch er trank nicht und saß nur eine Weile still da. Dann stand er auf und ging.

Am nächsten Morgen erhob sich der gastliche alte Yin schon früh, um Reis zu kochen. Damit brach er seine jahrealte Gewohnheit, am Tage nur zwei Mahlzeiten zu sich zu nehmen. Ich fühlte mich nach einem guten Nachtschlaf sehr erfrischt und erinnerte mich plötzlich an das gepökelte Schweinefleisch und das luftgetrocknete Rindfleisch, das ich in Sian gekauft hatte, und beeilte mich, beides dem alten Yin zu überreichen. Während wir unseren Frühstücksreis aßen, erwähnte ich ‹Onkel› und erfuhr, daß er Landrat von Hsingan gewesen sei und Yin heiße, also ein Verwandter des alten Yin sei.

«Er wurde wegen seiner Verdienste während der Revolution lobend erwähnt und zeitweilig zum Landrat ernannt. Nach der Befreiung tat er weiter Dienst als Mitglied des Kreiskomitees, aber jedermann redete ihn noch immer mit ‹Landrat Yin› an», sagte der alte Yin.

Aus dem Gespräch ging hervor, daß Landrat Yin Offizier unter dem Kuomintang-General Hu Tsung-nan gewesen war und als Oberbefehlshaber von einigen tausend Soldaten den strategisch wichtigen Paß am südöstlichen Kamm des Tsingling-Gebirges besetzt gehalten hatte. Da es fast unmöglich war, diesen Paß mit Gewalt zu nehmen, wurden kommunistische Agenten ausgeschickt, um die Loyalität des Obersten Yin zu untergraben. Er war damals ein junger Mann in den Zwanzigern und konnte sich auf die Gefolgstreue seiner Soldaten, die meist aus der Gegend um die Tsinling-Berge stammten, verlassen. Als er sich daher entschloß, die Waffen niederzulegen, und zu den Kommunisten überging, folgten ihm seine Truppen wie ein Mann.

«Auf diese Weise konnte die rote Flagge in drei Kreisen im Süden der Provinz Schensi gehißt werden, ohne daß ein einziger Schuß gefallen wäre.»

Als der alte Yin seinen Bericht beendet hatte, zündete er sich seine lange Pfeife an, tat einige kräftige Züge und blies den Rauch langsam in die Luft. Seine alten Augen funkelten, als würde die Erinnerung an die Vergangenheit seine Gefühle immer noch aufwühlen.

«Ich versuche keineswegs, ein schmeichelhaftes Bild von ihm zu zeichnen, nur weil er mein Verwandter ist. Sie können jeden fragen, der hier im Umkreis von vierzig Li (etwa 20 km) lebt. Als er zur anderen Seite überging, suchte er weder einen persönlichen Vorteil noch eine hohe Stellung. Er verlangte nur eine Garantie für die Sicherheit seiner Soldaten, und daß man ihm eine Gelegenheit geben solle, seine Gesinnung zu reformieren und von neuem anzufangen. Ich glaube nicht, daß es viele Kuomintang-Offiziere gibt, die sich so verhalten hätten!»

«Es gibt sicherlich nicht viele von der Art», stimmte ich ihm bei.

«Heute sind die Leute mit dem richtigen sozialen Hintergrund im Vorteil. Während der Landreform wurde seine alte Mutter vom Arbeitskomitee als ‹armer Bauer› eingestuft, aber er verlangte, daß das geändert würde, weil seine Familie zu Lebzeiten des Vaters während der arbeitsintensiven Zeit in der Landwirtschaft fremde Arbeiter eingestellt hatte, was sie nach den Richtlinien der Regierung als ‹reicher Bauer› ausweisen würde. Zu guter Letzt wurde sie dann als ‹mittlerer Bauer› eingestuft.»

«Nun, das zeigt, daß Landrat Yin recht radikal war.»

«Dabei wissen Sie nicht einmal die Hälfte. 1951 war er während der ‹Drei Anti- und der Fünf Anti-Kampagnen›[2] der einzige Kadermann, der ungeschoren davonkam. Selbst der Sekretär des Parteikomitees wechselte mehrmals. Soweit ich mich erinnere, wurde der erste während der Kampagnen wegen Korruption entlassen.»

«Wieso konnte der Sekretär des Parteikomitees so oft wechseln?» Diese Tatsache setzte mich doch einigermaßen in Erstaunen.

«Ja, die Situation ist ziemlich kompliziert. Unser Kreis liegt in einer armen Gebirgsgegend, und wir waren nicht imstande, unsere Produktion zu steigern; als aber die Produktionsrate nicht gesteigert werden konnte, kamen neue Probleme hinzu. Da diese auch nicht gelöst werden konnten, entfernte man den Sekretär. Um die Wahrheit zu sagen, hat sich seit der Befreiung die Produktion stetig erhöht, und unser Leben ist besser geworden, aber wie können wir uns mit dem Flachland der Provinz Schensi vergleichen? Sie kommen gerade von dort und Sie wissen, daß in diesen achthundert Li (etwa 400 km) entlang dem Tsin-Fluß die Ernte eines Sommers für zwei Jahre reicht. Hier sieht es ganz anders aus: in neun von zehn Jahren leiden wir unter Wassermangel. Und obwohl die Volksregierung ihr Bestes tut, herrscht Hungersnot, wenn das Wetter ungünstig ist. Deshalb gibt es immer wieder Perioden, in denen die Menschen Blätter, Gras und Baumrinde essen müssen. Vor einigen Jahren, als wir eine schlechte Ernte gehabt hätten, ging ich in meine alte Heimat in den Bergen. Die Tochter meines Nachbarn konnte nicht herauskommen, um mich zu begrüßen; sie hatte keine Hose zum Anziehen. Ihre Mutter hatte ihre Kleiderkarte gegen Lebensmittel eingetauscht. Das bleibt aber unter uns. Ich hoffe, Sie gehen nicht hin, um mich als Konterrevolutionär zu brandmarken.»

Ich schüttelte ernst den Kopf. «Ich bin kein Parteimitglied, und außerdem verabscheue ich Leute, die andere denunzieren.»

Der alte Yin spuckte verächtlich aus, um seine Zustimmung auszudrücken.

«Die Zeiten waren schwer hier während dieser drei harten Jahre. Aber, um ehrlich zu sein, ich habe in meinem über siebzigjährigen Leben vor der Befreiung weit schlimmere Zeiten erlebt. In jenen Tagen verkauften die Eltern nicht nur ihre Kinder, es gab sogar Fälle von Kannibalismus. Während der letzten Notzeit hungerten die Kader genauso wie alle anderen, und deshalb ließ sich die Bevölkerung durch die Entlassung des Parteisekretärs versöhnen. Die Kommunisten geben ihre Fehler zu, und das muß ich respektieren. Im Grunde hatte es Landrat Yin diesen drei Notjahren zu verdanken, daß er nicht abgesetzt wurde.»

«Warum, hat er etwas falsch gemacht?»

«Während der Zeit der ‹Hundert Blumen›[3] sprach er ein paarmal ganz offen und war vor allem führend in der Kritik an der Agrarpolitik. Wer konnte ahnen, daß es plötzlich eine ‹Anti-Rechts-Kampagne› geben und er beinahe als Rechtsfanatiker gebrandmarkt werden würde?! Seine Frau, die im Kreisamt arbeitete, wurde versetzt, und daß sie nicht in die Höhlen des nördlichen Schensi verbannt wurde, verdankt sie allein dem Umstand, daß Landrat Yin bei der Revolution die richtige Seite gewählt hatte. Man plante, ihn zum Parteimitglied zu ernennen, und er hatte schon seinen Antrag eingereicht, aber diese ‹Anti-Rechts-Kampagne› hat alles zunichte gemacht. Eigentlich wollte er selbst gar nicht Parteimitglied werden. Er sagte mir einmal, daß er niemals in seinem Leben fähig sein würde, die Theorien des Marxismus zu begreifen.»

«Nach Einsetzen der ‹Anti-Rechts-Kampagne› ging das Gerücht um, daß man ihm die Mitgliedschaft im Komitee nehmen und ihn aus seiner Stellung als Landrat entlassen wolle. Aber im Frühjahr und Sommer des Jahres 1960 wurden wir von der schlimmsten Dürre heimgesucht, die wir je erlebt haben. Nicht ein einziges Mais- oder Weizenkorn wurde geerntet. Die Stimmung der Bauern war miserabel. Diebstahl und Raub waren an der Tagesordnung. Selbst als die Regierung Getreide geliefert hatte, um die Hungersnot zu beheben, waren die Probleme nicht zu lösen. In einer solchen Situation konnte man Landrat Yin nicht entlassen. Man übertrug ihm vielmehr die Verantwortung für die landwirtschaftliche Produktion. Während dieser beiden Jahre ging er persönlich in die Dörfer und beschwor die Bauern, die Produktion aufrechtzuerhalten. Gleichzeitig milderte er die Vorschriften und feuerte die Bauern an, sich aufs äußerste anzustrengen. Er ließ die Leute kleinere Felder privat bewirtschaften und erlaubte ihnen, diese Erträge frei auf dem Markt zu verkaufen . . .»

«O weh, Onkel Yin», ich konnte nicht umhin, ihn zu unterbrechen. «Wie können Sie noch immer die ‹Drei Freiheiten und den Einen Vertrag›[4] erwähnen! Wissen Sie denn nicht, daß diese Kulturrevolution nach den Verantwortlichen für die ‹Drei Freiheiten und den Einen Vertrag› fahndet? Die Wandzeitungen in Peking deuten schon auf Liu Schao-tschi hin, ohne seinen Namen zu nennen, und kritisieren offiziell die wieder unter Strafe stehende kapitalistische Politik!»

«Ist das wirklich wahr?» Der alte Mann traute seinen Ohren nicht und starrte mich mit offenem Munde an.

«Leider ist das wahr», sagte ich mit leiser Stimme. «Mit eigenen Ohren habe ich manch einen darüber diskutieren gehört.»

«Ich bin eben so alt, daß ich mit der Entwicklung nicht mehr Schritt halten kann.» Als er resigniert den Kopf schüttelte, zitterten sogar seine wenigen weißen Haare. Plötzlich straffte er sich wieder, und er zog die Brauen so fest zusammen, daß sein Gesicht wie eine schrumplige Orange aussah. «Ich verstehe nicht», sagte er zornig. «Würden die Bauern nicht rebelliert haben, wenn er nicht so gehandelt hätte, wie er es tat?»

«Bitte, reden Sie nicht so», warnte ich ihn hastig. «Wenn Ihr Verwandter diese Politik befolgt hat, wird er zumindest einer Kritik nicht entgehen können.»

Der alte Mann lachte auf und sagte gleichgültig: «Was bedeutet schon Kritik? Für die Kader ist öffentliche Kritik das tägliche Brot. Selbst ein kleiner Fisch wie ich mußte in den letzten Jahren auf kleinen wie großen Versammlungen immer wieder Kritik einstecken.»

«Schon richtig. Man sagt aber, daß es dieses Mal darum geht, vor dem Revisionismus auf der Hut zu sein und ihm zu widerstehen. Die Hauptaufgabe ist, die Wurzeln von Liu Schau-tschis Revisionspolitik aufzudecken. Leute, die seine Politik bloß ausführten, werden sich einer Gedankenreform unterziehen müssen.»

«Das ist auch richtig so», stimmte der Alte offensichtlich etwas besänftigt zu. «Wenn Landrat Yin die Idee, die den ‹Drei Freiheiten und dem Einen Vertrag› zu Grunde liegt, durchführte, so hat er lediglich die Befehle von oben in die Tat umgesetzt. Wie hätte er so etwas aus sich selbst heraus erfinden können? Seit Beginn der ‹Anti-Rechts-Kampagne› war er ohnehin nur dem Namen nach Vorsitzender des Kreiskomitees.»

Obwohl der alte Yin für den Augenblick mit sich im reinen zu sein schien, versank er nach diesem Gespräch in nachdenkliches Schweigen. Wenn er nichts zu tun hatte, saß er auf einem Hocker vor der Tür, rauchte seine lange Pfeife und zwinkerte nervös mit den Augen, als ob ihm etwas zu schaffen mache.

Danach entwickelten sich die Dinge sehr rasch. In den zwei Tagen, die wir Hsiau Dschang nicht mehr gesehen hatten, waren überall in der kleinen Stadt rote und grüne Plakate aufgetaucht, die die Gründung einer örtlichen Roten Garde verkündeten. Sie riefen alle Bürger und Schüler auf, sich zu erheben und bei der Revolution mitzumachen. Besonders die politischen Kader wurden eindringlichst aufgefordert, sich selbst im Feuer der Kritik zu reinigen und ihre revolutionären Pflichten zu erfüllen.

Der schönste und wichtigste Teil der Kreisstadt war eine in ost-westlicher Richtung verlaufende Straße. Das Haus des alten Yin stand am westlichen Ende, und wenn ich am Straßenrand auf den Zehenspitzen stehend nach Osten blickte, konnte ich alle bedeutenden Gebäude der Stadt sehen: die Kreismittelschule und das Kino am jenseitigen Ende; das Büro des Kreiskomitees, das Kaufhaus und die Busstation in der Mitte; das Kreiskrankenhaus nahe dem Westende. In jenen Tagen sah ich oft, wie die Schüler der Mittelschule aus vollen Eimern den Kleister mit gewaltigen Strichen auf die Wände pinselten, um die Wandzeitungen daraufzukleben. Bauern, die geschäftehalber in die Stadt gekommen waren, standen herum und schauten ihnen neugierig zu. Die jüngeren unter ihnen zeigten mit Fingern auf die Plakate und machten ihre Bemerkungen. Gelegentlich wurde die Aufmerksamkeit der Leute durch Motorengeräusch abgelenkt, wenn ein Traktor aus den Bergen lärmend durch die Straße rollte. Die jungen Leute, die darauf saßen, zeigten begeisterte Gesichter, die von Wind und Sonne glänzten. Nachdem sie vorüber waren, wandte sich jeder wieder den großen schwarzen Schriftzeichen und den aufrührerischen Schlagworten zu:

Entlarvt den Nachläufer der Kapitalisten XXX!

Wir werden jeden bekämpfen, der sich zu verstellen sucht!

XXX muß sich beugen und seine Schuld bekennen!

XXX, deine Verbrechen sind erkannt, deine letzten Tage angebrochen!

Schensis Rotes Kommando und Hsingans Revolutionäre Gruppe marschieren mutig voran!

Auf der Straße konnte man hören, wie die Leute ungeniert die Anklagen gegen den Parteisekretär diskutierten. Die Roten Garden wollten eine große Versammlung abhalten, um ihn wegen seines Widerstandes gegen die ‹Sechzehn Punkte›[5], wegen Sabotage der Kampagne und wegen Korruption zu kritisieren und zu denunzieren. Sie drohten sogar, ihn öffentlich auf den Straßen vorzuführen. Gerade als die Kampagne ihren Höhepunkt erreicht hatte, erschien plötzlich am Eingang der Kreis-Elementarschule ein neues großes Plakat, das ein anderes Kadermitglied anklagte. Ich ging hinüber, um zu sehen, was da vor sich ging. Das große Tor war bereits von Schaulustigen umringt, die drei bis vier Reihen tief gestaffelt waren, und ich hatte Mühe, mich in den Hof vorzuarbeiten.

Der Text des Plakates lautete: Wer ist der wahre Klassenfeind? Darunter, in kleinerer Schrift: Gebt acht, daß Ihr nicht die kleinen Krebse fangt und den großen Fisch entkommen laßt! Die Bevölkerung wurde aufgefordert, den wirklichen Klassenfeind im Kreiskomitee herauszufinden, den Verbrecher aus der Unterwelt, den Kriegshelden der Kuomintang-Ära. Er habe sich als Radikaler verkleidet, seine Vergangenheit verfälscht und das Volk ständig ausgebeutet. Seine Frau aus der Klasse der Landbesitzer habe jeder Selbstreform widerstanden und dergleichen mehr. Anfangs begriff ich nicht, um wen es sich handelte, als ich aber die Leute ringsum die Angelegenheit diskutieren hörte, wurde mir klar, daß Landrat Yin gemeint war. Die Flammen hatten schließlich sein Haupt erreicht. Obwohl ich mir sagen mußte, daß diese Situation durch den Ablauf der Ereignisse bedingt und unvermeidlich sei, seufzte ich aus tiefem Herzen.

Nach dem Abendessen erschien Hsiau Dschang und brachte mir eine Busfahrkarte nach Handschung, für den nächsten Tag. Ich brachte das Gespräch auf die Wandzeitung, die ich am Tage vorher gesehen hatte, und fragte ihn beiläufig, worum es bei seinem ‹Onkel Landrat› eigentlich gehe.

Als er das Wort Onkel hörte, wurde sein Gesicht rot, und seine Nasenflügel zuckten vor Entrüstung. Zunächst äußerte er seinen Ärger über die Schwierigkeiten bei der Organisation der Arbeiten, klagte über die Rückständigkeit und die Sturheit der Bergjugend, die weder denken könne noch Verständnis für Politik habe. Dann kam er zur Sache: Das gerade neu eingerichtete Revolutionskorps war, wie sich herausgestellt hatte, von irgend jemandem aus dem Hintergrund dirigiert worden, denn plötzlich hieß es: «Zuerst den Landrat zurechtweisen und dann den Parteisekretär verhaften.»

«Es muß das Werk der Gefolgsleute von Liu Schao-tschi gewesen sein», sagte Hsiau Dschang zähneknirschend. «Sie wollten diejenigen beschützen, die auf dem Weg zum Kapitalismus sind. Deshalb änderten sie die Ziele der Kampagne und fingen an, auf einen halbtoten Hund einzuschlagen.»

«Warum denn das? Ist dein Onkel nicht ein Veteran aus früheren politischen Kampagnen?» Ich starrte Hsiau Dschang mit fragendem Blick an.

Er zuckte mit den Schultern. «Im schlimmsten Fall ist er nur ein Rechtsgerichteter, der durch das Netz geschlüpft ist.

Mein Onkel...» Hier stutzte er plötzlich und schüttelte energisch den Kopf, als ob er sich entschlossen habe, diesen Familienbanden abzuschwören.

«Jeder weiß, daß Yin Fei-lung seit vielen Jahren nur mehr dem Namen nach Landrat war. Jetzt mit solchem Getöse auf ihn loszugehen, ist doch der Weg in die falsche Richtung. Es wäre wirklich nichts anderes, als die kleinen Krebse zu fangen und den großen Fisch entkommen zu lassen. Dieser angeklagte Parteisekretär ist verderbt und korrupt und unmoralisch im Umgang mit Frauen. Das Volk war erbost über ihn, und doch haben sie ihn einfach laufenlassen. Ich werde den Verdacht nicht los, daß ausgerechnet er aus dem Hinterhalt ein paar Rotgardisten manipuliert und diese Spaltung herbeigeführt hat. Aber als ich vorschlug, man solle den wahren Schuldigen dingfest machen, wurde mir vorgeworfen, ich würde meinen eigenen Verwandten decken. Zum Teufel!»

Er hatte sich in eine solche Wut geredet und war so erregt, daß er nicht ruhig auf der Bank sitzen konnte. Unvermittelt stand er auf und schlug mit der Faust auf den Tisch, daß die Tassen und Teller fast zerschellten. In meinem Schreck wußte ich nicht, wie ich ihn besänftigen sollte. Ich schaute zu dem alten Yin hinüber. Der blinzelte gleichgültig mit den Augen und rauchte seine lange Pfeife. Gelegentlich streifte er Hsiau Dschang mit einem kalten Blick, ohne ein Wort zu sagen.

Als an diesem Tage die Sonne hinter den Bergen untergegangen war, kam ein Wind auf, der allmählich stärker wurde und immer lauter heulte. Hsiau Dschang, der befürchtete, in einen Sturm zu geraten, weigerte sich, noch länger zu bleiben. Zum Schutz gegen den Wind schlug er den Kragen hoch und machte sich eilig auf den Weg. Der alte Yin zündete das Licht an, räumte den Tisch auf, kochte Wasser und deckte das Feuer zu, während ich meine Sachen für die Reise am nächsten Tag zusammenpackte.

Als wir uns gewaschen hatten, war es bereits halb zehn. Um diese Zeit haben sich die meisten Menschen in den Bergen schon zur Ruhe begeben. Gerade als wir das Licht löschen und ins Bett gehen wollten, hörte ich ein leises Klopfen an der Tür. Der alte Yin saß vorgebeugt auf der Bettkante, um sich die Schuhe auszuziehen, und hörte anscheinend nichts. Ich fragte mich, wer das wohl sein könne, und ging hin, um den Riegel von der Tür wegzuschieben. Schattenhaft schlüpfte unter einem Windstoß ein Mensch herein und schloß sogleich die Tür wieder hinter sich. Im Licht der schwingenden Lampe sah ich, daß es Landrat Yin war. Daß er zu dieser späten Stunde kam, erschreckte mich sehr.

Er entschuldigte sich für die nächtliche Störung. «Es kommt selten vor, daß ich Gelegenheit habe, einer Genossin aus Peking zu begegnen. Darum kann ich mich nicht enthalten, einige Fragen zu stellen und mich belehren zu lassen.»

Mit einer Handbewegung lud ich ihn ein, am Tisch Platz zu nehmen. Der alte Yin zog seine Schuhe wieder an und setzte sich dazu. Landrat Yin nahm seine Mütze und seine Brille ab. Wohl weil er nicht wußte, wie er beginnen sollte, zog er ein Taschentuch heraus und begann, seine Brille zu putzen. Ohne Brille erschien sein gebräuntes Gesicht größer als sonst. Es war überschattet von Müdigkeit und Zweifel. Da wir nahe beieinander saßen, bemerkte ich eine Narbe, die von seinem linken Auge zum Ohr reichte. Auch auf dem Rücken seiner rechten Hand sah ich eine drei Zentimeter lange Operationsnarbe. Ich nahm an, daß beide aus seiner Soldatenzeit stammten. Ohne diese Merkmale hätte man ihn nicht für den «Militaristen» gehalten, als den ihn die Wandzeitungen anklagten. Ich ahnte nicht, ob er wußte, daß sein Name auf den Plakaten stand, aber ich brachte es nicht über mich, ihn danach zu fragen.

Eine Weile schwieg er. Dann schaute er mich plötzlich direkt an und kam gleich zur Sache: «Wozu haben wir eigentlich diese Kulturrevolution?»

Am eindringlichen Ton seiner Stimme erkannte ich die Sorge und das Leid in seinem Herzen. Indessen war ich mir selbst in diesem Augenblick nicht im klaren über die wahre Bedeutung und den Zweck der Kulturrevolution. Ich konnte nur herunterleiern, was bereits sattsam aus den Zeitungen bekannt war und was man in den Diskussionen immer und immer wieder vernommen hatte.

Je länger er zuhörte, um so verwirrter schien er zu werden. Er neigte den Kopf nach einer Seite und zog die Augenbrauen eng zusammen.

«Ich verstehe immer noch nicht, was diese Kulturrevolution mit mir zu tun hat.» Er wartete, bis ich meinen Vers dazu gesagt hatte, und fuhr dann fort, während er sich bedächtig die Brille wieder aufsetzte. «Ich habe in diesem Kreis niemals einen leitenden Posten gehabt, ich war nicht einmal der Zweite in der Amtsführung. Ich habe niemals mit Organisation, Propagandaarbeit oder Politik zu tun gehabt. Was immer die Partei mir auftrug, habe ich ausgeführt. Ich habe nur einen Kopf, den die Partei umbilden kann, wenn es ihr beliebt. Was die Herkunft meiner Familie betrifft, so habe ich seit der Befreiung fünf- oder sechsmal darüber berichtet. Was gibt es da zu verbergen, worüber sollte ich lügen?»

Der letzte Satz war eher zu sich selbst gesprochen. Dann senkte er den Kopf und stützte ihn auf die rechte Hand. Im Schein der Lampe glänzte die Narbe auf seinem Handrücken hellrot.

Weder ich noch der alte Yin wußten etwas zu sagen. Mein

Gastgeber hustete trocken, langte in seine Tasche nach Streichhölzern und zündete mechanisch seine geliebte Pfeife an, die vom langen Gebrauch schon schwarz glänzte.

Ich zog ein Paket Zigaretten der Marke Da-Tjiän-Men aus meiner Tasche und bot sie Landrat Yin an, aber er machte nur eine abwehrende Kopfbewegung und sagte, er rauche nicht. Ich steckte mir selbst eine an und versuchte, ihn zu trösten. Ich beschwor ihn, an die Politik der Partei und des Volkes zu glauben und besonders auf die Lehre des Vorsitzenden Mao zu vertrauen: ‹Strenge Kritik üben, aber milde im Urteil sein.› Als ich die Zigarette ausdrückte, war mein Mund trocken vom Reden. Hätte ich weiter gesprochen, wären es lauter Lügen geworden.

Landrat Yin lauschte aufmerksam und nickte dann und wann, obwohl er ein bitteres Lächeln nicht verbergen konnte. «Meinetwegen mache ich mir keine Sorge», sagte er frei heraus. «Das ist das einzig Gute, wenn man keine Kinder hat. Aber ich habe ein Gefühl des Unbefriedigtseins, obwohl ich nicht genau weiß, warum. Es kommt mir vor, als ob ich nie etwas geleistet, niemals etwas zum Wohle des Volkes und der Nation beigetragen hätte.»

«Sie sollten nicht zuviel grübeln», sagte ich. «Keiner von uns sollte zuviel darüber nachdenken. Solange jeder sein Bestes tut, trägt er zum Wohle des Landes bei.»

Aber er lächelte schmerzlich und schüttelte ungläubig den Kopf.

«Als ich den Kommunismus kennenlernte, war ich fast dreißig Jahre alt», sagte er nachdenklich. «Zu der Zeit war ich mir nicht klar darüber, ob die kommunistischen Ideale je verwirklicht werden könnten und wie es sein würde, wenn es dennoch geschähe. Ich glaubte nur, daß sie besser seien als die ‹Drei Prinzipien des Volkes› von Sun Yat-sen. Die kommunistische Machart war der der Kuomintang überlegen, und Mao Tse-tung war besser als Tschiang Kai-schek. Der hat ja nie richtig ernst gemacht gegen die Japaner. Mit fünfzehn Jahren wurde ich zur Armee eingezogen und hatte manches Schwere durchzustehen. Ich war einzig daran interessiert, selbst zu überleben und voranzukommen, um Kommandeur eines Regiments, einer Division und schließlich General zu werden. Ich dachte nur an mich selbst. Als mir dann irgend jemand sagte, daß die Kommunisten den Menschen beizubringen suchten, für andere zu leben und für das einfache Volk Chinas zu arbeiten, begann ich zu begreifen, wie unbedeutend und wie schmutzig ich war. Ich fühlte, daß mein Leben leer gewesen war und daß ich vergeblich gelebt hatte. Ich erinnere mich, daß ich einmal so bewegt war, daß meine Hände zu schwitzen begannen und die Reitpeitsche in meiner Hand ganz feucht wurde.

Aber schließlich komme ich aus einer sozial niederen Schicht. Als Kind habe ich wenig Schulbildung genossen, und obwohl ich nach der Befreiung an mehreren Kursen teilnahm, ist mein Bildungsstand zu niedrig geblieben. Die Lehren des Marxismus habe ich niemals verstanden. Manchmal glaube ich, daß marxistische Bücher nur für Intellektuelle geschrieben sind oder daß sie in erster Linie gar nicht für das chinesische Volk gemeint waren. Vor der ‹Anti-Rechts-Kampagne› gebot mir die örtliche Parteiorganisation, Liu Schao-tschis Buch ‹Wie man ein guter Kommunist wird› zu studieren, und ich schien davon zu profitieren; denn schließlich spricht er unsere eigene Sprache. Jetzt werden wir angehalten, uns die Lehren des Vorsitzenden Mao anzueignen. Vorgestern haben wir einige verstaubte Exemplare seiner Werke aus dem Vorratsraum hervorgeholt.»

Ich erzählte ihm, daß Liu Schau-tschi gezwungen worden

sei abzutreten, und daß sein Werk ‹Wie man ein guter Kommunist wird› als Gift angesehen werde, da er Aussprüche von Konfuzius und Menzius zitiere. Landrat Yin erschrak und war vollkommen verwirrt.

«Was ist denn falsch an Konfuzius und Menzius?» fragte er. «Ich studierte einmal einen Artikel vom Vorsitzenden Mao, der auch Zitate von Konfuzius und Menzius enthielt!»

«Wenn der Vorsitzende Mao sie gebraucht, ist das natürlich etwas ganz anderes», erklärte ich mit größter Selbstverständlichkeit. «Aber wenn andere sie bringen, dann geschieht das, um ihre konterrevolutionären Ziele durchzusetzen.»

Da ich aber in diesem Punkte nicht viel klarer sah als er, wechselte ich rasch das Thema: «Wieso gab es denn Unstimmigkeiten in den beiden Berichten über Ihren Familienhintergrund?»

Er starrte mich an, als ob er von jemandem am Schopfe gehalten würde, der ihn nicht loslassen wollte.

«Ich habe falsch berichtet», gab er offen zu, und Reue stand auf seinem Gesicht geschrieben. «Nicht lange nachdem ich zu den Kommunisten übergegangen war, wurde ich in eine Studiengruppe gesteckt, in der man die Politik der Milde gegen Kriegsgefangene behandelte. Der Kaderleiter rief die Leute auf, wahrheitsgetreu zu berichten und ihre Herzen auszuschütten. Einer machte den Anfang und trat vor die Partei hin, und die Sünden, die er bekannte, waren wirklich haarsträubend. Erschießen wäre ein zu mildes Urteil gewesen, aber ihm wurde alles verziehen. Wir Offiziere, die wir uns ergeben hatten, waren zu Tränen gerührt. Jeder wollte nun der erste sein, dem Kader zu bekennen und sein Herz zu erleichtern. Es schien, als ob wir um so glorreicher aus dem Prozeß hervorgehen würden, je schlimmer unsere Vergangenheit gewesen war. Damals bedauerte ich es tatsächlich, daß mein Vater kein Militarist oder Chef der Geheimpolizei gewesen war. So schrieb ich dann in das Formular, das ich auszufüllen hatte, ‹Landbesitzer›. Das war wenigstens glaubwürdig, da man ja allgemein annahm, daß alle Offiziere Tschiang Kai-scheks der Ausbeuterklasse der Landbesitzer angehörten. Während der Landreform im Jahre 1953 stufte das Arbeitskomitee in meinem Heimatdorf meine Familie als ‹arme Bauern› ein, weil meine Familie zur Zeit der Befreiung überhaupt kein Land besessen hatte. Ursprünglich hatten wir etwas Land gehabt, aber 1948 wurde es meiner Schwester als Aussteuer gegeben. Meine Eltern lebten von dem, was ich ihnen schickte, und das war mehr, als sie aus ihrer Landwirtschaft herausholen konnten. Zu der Zeit empfand ich, daß es der Partei gegenüber nicht ehrlich wäre, als ‹armer Bauer› eingestuft zu werden. Mein Vater war schon gestorben, und so schrieb ich dem Parteisekretär, daß wir als ‹reiche Bauern› betrachtet werden sollten. Später teilte der Kreis meiner Mutter mit, daß das geändert worden sei in ‹Bauer aus dem oberen Mittelstand›. Aber nun hatte mein Schwager darunter zu leiden, da er wegen der wenigen Mu (Ar) Ackerlandes zu einem ‹reichen Bauern› gemacht worden war. Damit kam er in die Kategorie der ‹Schwarzen Fünf›[6]. Diese zusätzliche Belastung brachte Schwierigkeiten zwischen ihm und seiner Frau mit sich und belastete ihre Ehe.»

Seine Stimme wurde allmählich immer leiser und erstarb schließlich ganz. Nur ein trauriges Lächeln blieb auf seinem Gesicht stehen. Ich fand keine Worte, ihn zu trösten, und tat nur einen tiefen Seufzer.

«Es ist spät geworden!»

Das war das erstemal, daß der alte Yin seinen Mund auftat. Er hatte seine lange Pfeife schon beiseite gelegt, saß mit verschränkten Armen da und schaute besorgt auf Landrat Yin.

Der Wind hatte etwas nachgelassen, aber jetzt konnte man das Rieseln des Regens vernehmen, das so klang wie das Kauen der Seidenraupen. Landrat Yin stand auf, als ob er aus einem Traum erwache, setzte seine Mütze auf und murmelte etwas Unzusammenhängendes vor sich hin. Der alte Yin wiegte den Kopf, als wir schweigend seinen Verwandten zur Türe begleiteten, und wollte Landrat Yin seinen neben der Tür stehenden Schirm mitgeben, doch dieser lehnte ab und war mit einem Schritt vor der Tür. Erst als seine schlanke Gestalt in dem Dunkel von Wind und Regen verschwunden war, verriegelte der alte Yin die Tür und löschte das Licht. Schweigend tasteten wir uns im Finstern zum Bett.

Am nächsten Tag fuhr ich nach Handschung.

Eine Woche später kehrte ich nach Hsingan zurück. Es war zur Stunde des Sonnenuntergangs, und die Bergspitzen, die Häuser und Bäume leuchteten im Abendlicht wie Gold. Die Busstation war über und über mit Plakaten beklebt, mit riesigen Schriftzeichen, bunten Karikaturen und Propagandabildern, so farbenprächtig und verwirrend für das Auge, daß man nicht wußte, wohin man schauen sollte. Mit meiner Reisetasche in der Hand schlenderte ich durch die kleine Wartehalle. Ein Blick auf die Titelzeilen sagte mir, daß es sich um Landrat Yin handelte.

Eilends ging ich zur Kreismittelschule hinüber, um mir auch die dortigen Wandzeitungen anzuschauen. Als ich am Eingang des Kinos vorbeikam, sah ich, daß die Filmplakate mit Schlagzeilen in gewaltigen Lettern überklebt waren. Über dem Kassenfenster war eine Notiz angebracht: ‹Geschlossen zwecks Konzentration auf die Revolution!›

Am Eingang zum Hauptquartier des Kreiskomitees war kein Mensch zu sehen, mit Ausnahme eines Mannes in mittleren Jahren, der gebückt und gesenkten Hauptes die Stufen fegte, bewacht von einem jungen Burschen, der Ringe von Zigarettenrauch in die Luft blies. Vielleicht war er der Sekretär des Kreiskomitees, aber ich war nicht in der Verfassung, Fragen zu stellen. Die Straße schien mir belebter als ein paar Tage zuvor. Mehr Menschen gingen auf und ab, meist Mittelschüler in grünen Uniformen mit roten Armbinden. Die rote Farbe herrschte überall vor: rote Schlagworte, Plakate mit großen, roten Zeichen, rote Plakatwände. Im Lichte der untergehenden Sonne boten sie ein furchterregendes, drohendes Bild. Ich stellte fest, daß alle Geschäfte entlang der Straße ihre Namen geändert hatten: Rote-Garde-Kaufhaus, Kampf-Restaurant, Rote-Garde-Photogeschäft, Beschützt-den-Osten-Imbißstube, Der-Osten-ist-rot-Theater, Dienst-am-Volk-Reparaturwerkstätte landwirtschaftlicher Maschinen.

Schon aus der Entfernung sah ich vor der Mittelschule eine Menge Menschen stehen. Als ich näher kam, stellte ich fest, daß eine Debatte im Gange war. Die Menge war so dicht gedrängt, daß man nicht einmal eine Nadel hätte dazwischenschieben können. Ich beschloß zurückzugehen, doch da vernahm ich plötzlich eine bekannte Stimme, die aus der Richtung der Debatte kam. Wer mochte das sein? Die Neugier trieb mich, es herauszufinden. Ich legte mein Gepäck auf den Boden und stellte mich darauf, mit dem Rücken zur Schulmauer, um besser sehen zu können. Drei Rotgardisten waren mitten in einer Auseinandersetzung, zwei gegen einen. Der einsame Kämpfer war ein breitgesichtiger junger Mann mit dichten Augenbrauen, er befand sich offenbar in der Defensive. Sein Gesicht war feuerrot, er fluchte laut und wischte sich dauernd mit der Hand den Schweiß von der Stirn. Seine beiden Gegner schienen stolz, Oberwasser gewonnen zu haben. Mit erhobenen Häuptern und bösen Blicken, kleine Speicheltröpfchen nach rechts und links verspritzend, sahen sie aus wie siegreiche Kampfhähne. Der Aggressivere war kein anderer als Hsiau Dschang. Auch sein Gesicht war rot, sein Nacken feist, aber sein Gehabe war übermütig, und er hielt den Kopf höher als die anderen.

«Nochmals sage ich», wandte das Breitgesicht unnachgiebig ein, «wir sollten im Einklang mit der Parteipolitik handeln. Wer sich der Revolution angeschlossen hat, dessen Vergangenheit wird nicht weiter untersucht. Das steht im Einklang mit den Anweisungen des Vorsitzenden Mao!»

«Unsinn», wies Hsiau Dschang ihn zornig zurecht. «Du hast die Lehren des Vorsitzenden Mao überhaupt noch nicht verstanden. Der Vorsitzende Mao hat auch gesagt, daß jede Unterdrückung gerächt und jedes Unrecht gesühnt werden muß, doch alles zu gegebener Zeit. Was sagst du nun? Jetzt ist die Zeit gekommen, unsere Klassenbrüder zu rächen!»

«Schau her, wenn man um der Gerechtigkeit willen selbst seine Verwandten nicht verschont, wo stehst du dann?» forderte heftig der andere.

«Wenn einer getötet hat, muß er dafür mit dem Leben bezahlen. Daran gibt es nichts zu deuteln», rief Hsiau Dschang nachdrücklich.

Einige Schüler stimmten ihnen im Chor bei, und obwohl der mit dem breiten Gesicht seine Argumente hartnäckig verteidigte, wurde er schließlich doch niedergeschrien.

Mag sein, daß ich von der langen Reise übermüdet war, aber ich fühlte mich plötzlich schwindelig, und mir wurde übel. Hastig sprang ich hinunter, hob mein Gepäck auf und ging zum Hause des alten Yin. Auf dem ganzen Weg tönte mir das Geschrei nach: «Der Mörder muß mit seinem Leben bezahlen.»

Als ich die Türschwelle des alten Yin erreicht hatte, brach eben die Dämmerung herein. Ich war müde und hungrig. Ich hatte nur noch den einen Wunsch, mich hinzulegen und zu schlafen. Doch als ich das Haus betrat, erlebte ich eine Enttäuschung. Zwei Gäste saßen darinnen. Ein weißhaariger Mann im Alter des alten Yin las aus einem roten Buche die Aussprüche des Vorsitzenden Mao in einem so schweren Schensi-Akzent vor, daß ich kein Wort verstand. Die andere Person war eine alte Frau, deren Augen an dem kleinen roten Buch in ihrer Hand hingen. Reglos saß sie da, bis sie meine Schritte hörte. Erst dann schaute sie auf, als ob sie gerade erwacht sei. Sie blickte mich erstaunt an, und ihr Mund hing herab, als ob ihr Kinn ausgerenkt wäre. Für einen Augenblick hielt der Mann inne und schaute mich an, fuhr dann aber fort zu lesen. Der alte Yin stand vom Bettrand auf, nickte mir grüßend zu und setzte sich wieder hin. Er legte das kleine rote Buch auf seine Knie und starrte schweigend auf dessen Einband.

Ich legte mein Gepäck neben die Pritsche, auf der ich vor einer Woche geschlafen hatte, und holte Wasser, um mich zu waschen. Ich begann zu bedauern, daß ich nach Hsingan zurückgekommen war. Von Handschung aus hätte ich über Sian direkt nach Peking zurückkehren können. Doch ich war gekommen, um ein zweites Gepäckstück abzuholen und für einen Freund in Peking eine hölzerne Badewanne zu kaufen. Wie hätte ich ahnen können, daß man gerade heute den alten Yin verhörte? Er war bereits in Schwierigkeiten, und daß nun jemand aus einer anderen Provinz in seinem Hause Quartier nahm, machte die Sache nur schlimmer. Während ich mich abtrocknete, faßte ich den Entschluß, abzureisen, sobald sich eine Fahrgelegenheit bieten würde.

Der alte Yin kam herüber, holte Wasser zum Reiswaschen und kochte einen Topf Reis. Als er fertig war, stellte er ihn auf den Tisch und dazu einen Teller voll Salzgemüse. Daraufhin standen die beiden Alten auf, als hätten sie sich einer schweren

Last entledigt, nahmen die beiden Hocker, auf denen sie gesessen hatten, und gingen. Sie waren kaum draußen, als der alte Yin zum Wandschrank ging und die Schale mit dem Pökelfleisch aus Hunan herausnahm, das ich ihm aus Sian mitgebracht hatte. Er hatte es für eine besondere Gelegenheit aufbewahrt.

Ich sagte ihm, daß ich am nächsten Tag nach Sian zurückkehren wolle. Er nickte. «Es ist das beste, diesen Platz so bald wie möglich zu verlassen.» Mit diesen Worten beugte er sich über seinen Reis und verlor kein Wort mehr über seine privaten Angelegenheiten.

Wir hatten gerade unsere Schalen geleert und die Eßstäbchen hingelegt, als wiederum Leute von der Umerziehungsgruppe hereinkamen. Dieses Mal waren es zwei andere: eine ältere Frau und eine andere Frau um die Vierzig mit kurzgeschnittenem Haar und selbstsicherem Auftreten, ganz offensichtlich eine tüchtige Funktionärin.

«Alter Yin, haben Sie sich die Angelegenheit überlegt?» fragte die Frau in mittleren Jahren sofort, nachdem sie die Tür aufgestoßen hatte. Dabei schweiften ihre scharfen Augen über die Reisschalen auf dem Tisch.

«Ich weiß tatsächlich nichts», sagte der alte Yin und räumte den Tisch ab.

«Gebrauchen Sie Ihren Verstand und versuchen Sie, sich zu erinnern», sagte sie geduldig. Inzwischen hatte sie sich den bequemsten Platz neben dem Tisch ausgesucht. Sie schien sich darauf einzurichten, dort eine geraume Zeit zu verbringen. Die alte Frau nahm an der anderen Seite des Tisches Platz, zog ein Exemplar der Aussprüche des Vorsitzenden Mao aus ihrer Tasche und richtete ihren Blick fest auf den alten Yin.

«Das ereignete sich doch erst vor etwa zwanzig Jahren.

Wieso können Sie sich nicht mehr daran erinnern?» fuhr die Frau mittleren Alters fort. «Außerdem diente jener junge Mann unter Ihrem Sohn. So viele Leute wußten davon. Wie kommt es, daß Ihr Sohn Ihnen gegenüber niemals ein Wort davon erwähnt hat? Er war erst achtzehn Jahre alt, so voller Leben, und jener Militarist und Tyrann Yin Fei-lung schoß ihn brutal nieder! Das ist Klassenhaß! Wie kann man das ungesühnt lassen? Und wie kam Ihr eigener Sohn zu Tode? Die Kulturrevolution wird hier eine Generalabrechnung machen.»

«Mein Sohn starb ein Jahr vor der Befreiung von Schensi», erwiderte der alte Yin ruhig, während er sorgfältig den Tisch abwischte.

«Wie ist er gestorben? Als Kanonenfutter für Yin Fei-lung? Der war doch ein sturer Antikommunist und hat die jungen Männer als Kanonenfutter verbraucht. Das ist ein ganz verabscheuungswürdiges Verbrechen. Sie selbst haben schon ein reifes Alter erreicht, was haben Sie noch zu fürchten? Raffen Sie sich rasch auf, um die Angelegenheit zu bereinigen!»

«Einen Verwandten zu decken, wird Ihre Schuld nur vermehren», ergänzte die alte Frau. «Lassen Sie sich durch seine vielen Besuche nicht täuschen. Er ist wie das Wiesel, das in der Neujahrsnacht zum Gratulieren kommt und dann die Hühner holt. Seine Absichten sind alles andere als ehrenwert. Wenn er nichts Schimpfliches getan hat, warum strengt er sich dann so an, Ihnen den Mund zu verschließen?»

Der Raum war schon so dunkel, daß keiner das Gesicht des anderen mehr erkennen konnte, aber der alte Yin machte keine Anstalten, das Licht einzuschalten. Er saß still auf der Kante seines Bettes. Ich war todmüde und hatte nur noch das Verlangen, mich hinzulegen. Schließlich konnte ich nicht anders und zündete das Licht an. Als die beiden Frauen ihre Bücher öffneten, um nach einem Zitat zu suchen, schlich ich mich aus der Tür, auf der Suche nach Hsiau Dschang.

Offensichtlich hatte Hsiau Dschang sich einen enormen Ruf erworben, denn es war nicht schwierig, ihn ausfindig zu machen. Er war sowohl stellvertretender Kommandeur des Revolutionscorps als auch Direktor der Propagandastelle geworden. Er hatte ein Büro nur für sich allein und sogar eine Sekretärin. An der Tür seines Büros war ein ganz neues lakkiertes Schild mit roten Zeichen angebracht: ‹Propaganda-Büro. Unbefugten ist der Zutritt untersagt.› Leute kamen und gingen, und die helle Beleuchtung deutete darauf hin, daß man die ganze Nacht durchzuarbeiten gedachte.

Hsiau Dschang trug eine neue Uniform mit breitem Ledergürtel. Sein Gesicht strahlte Energie aus, er bot ganz das Bild eines jungen Mannes, der es bis zur Spitze gebracht hat und das mit Genugtuung genießt.

Eigentlich wollte ich ihn fragen, warum er seine Meinung über seinen Onkel geändert habe, aber die Sekretärin warf mir einen Tigerblick zu, so daß ich meine Neugierde bezähmte. So sagte ich nur, daß ich wegen dringender Geschäfte unbedingt nach Peking zurückkehren und darum die Stadt morgen verlassen müsse. Ob er mir zu einer Fahrkarte verhelfen könne?

«Überlassen Sie das nur mir», erklärte er bestimmt und klopfte sich auf die Brust, «gleich morgen früh erhalten Sie Nachricht.»

In einer Zeit von noch nicht zwei Wochen hatte sich Hsiau Dschang beträchtlich verändert. So wie er sich äußerte und wie er sich gab, kam er mir vor wie jemand, der im Begriff ist, eine Rede zu halten. Er war erfüllt von Selbstvertrauen, ja von Arroganz.

Da alles erledigt war, schickte ich mich an zu gehen.

«Sie wollen schon wieder gehen? Es ist doch noch früh.»

Dabei schob er ostentativ den Ärmel hoch und schaute wichtigtuerisch auf seine neue Armbanduhr.

Ich lächelte, sagte aber nichts. Ich verließ das Propagandabüro und machte noch einen Spaziergang. Die Straßen waren fast ganz leer, obwohl es erst gegen neun Uhr war. Die meisten Geschäfte hatten geschlossen, und viele Wohnungen waren schon dunkel. Der Wind wehte von den Bergen, und die Nachtluft war so kalt wie Eiswasser. Ich war nur mit einem Pullover bekleidet und mußte immer wieder niesen. Die Mondsichel hing über den Bergen, deren von Wolken bedeckte Gipfen gespensterhaft wirkten, wie kauernde Raubtiere, die sich auf ihre Beute stürzen wollen.

Dem Wind entgegen ging ich die Straße hinunter von Ost nach West und wieder zurück. Da alle Geschäfte geschlossen waren, blieb mir nichts anderes übrig, als in die Wohnung des alten Yin zurückzukehren. Die beiden Frauen waren immer noch dabei, den alten Yin zu ermahnen. Er saß auf dem Bettrand und hörte höflich zu, während er seine lange Pfeife rauchte. Ich war so müde, daß ich unaufhörlich gähnte. Auf meiner Armbanduhr sah ich, daß es schon bald zehn Uhr war. Die Frau, die wie eine Funktionärin aussah, bemerkte, daß ich auf die Uhr schaute. Sie stand auf und sagte: «Sie sollten lieber schlafen gehen; morgen sprechen wir weiter.» Dann ging sie mit der alten Frau eilends davon.

Als Bewohner dieser Gebirgsregion verfügten sie noch über menschliche Wärme. Ich war ganz gerührt: obwohl die beiden Frauen eine Umerziehungssitzung durchführten, waren sie mitfühlend genug, die Leute ins Bett gehen zu lassen. In den Provinzen wechselten sich die Kader bei ihren Verhören ab, und dauerten diese nicht häufig von acht Uhr morgens bis ein oder zwei Uhr nachts?

Ich war so erschöpft, daß ich, nachdem ich das Licht gelöscht hatte, ins Bett fiel. Sämtliche Knochen taten mir weh. Doch vor dem Einschlafen versuchte ich, dem alten Mann noch ein paar tröstende Worte zu sagen: «Herr Yin, Sie würden diesen Frauen am besten alles sagen, was zu sagen ist. Bei deren ‹Überredungen› gibt es nicht Nacht noch Tag. Sie werden nicht aufhören, bis sie ihr Ziel erreicht haben. Wozu wollen Sie alle diese Qualen auf sich nehmen? Es wäre besser, Vertrauen in die Partei und in das Volk zu haben und diese Angelegenheit zu klären, damit sie endgültig erledigt wird.»

Meine Stimme wurde leiser und leiser, als ob ich nur mit mir selbst redete, bis sie schließlich in der Dunkelheit verstummte. Nach einer Weile unterbrach ein langes und bitteres Lachen des alten Yin das Schweigen.

«Ich weiß ja selbst nicht, was geschah. Ich hörte nur, daß es da während des Krieges einen Soldaten gab, der einen Befehl verweigerte und daß Yin Fei-lung ihn persönlich erschoß. Ich habe den Soldaten nicht gekannt und den Vorfall auch nicht gesehen – was kann ich also dazu sagen? Wenn sie Yin Fei-lung los sein wollen, sollen sie ihn absetzen. Muß man unbedingt verjährte Rechnungen immer wieder hervorholen? Mein Sohn fiel im Kampf auf seiten der Kommunisten. Was kann ich dazu sagen?»

Was konnte er dazu sagen? Diese Frage, auf die es keine Antwort gab, verfolgte mich bis in meine Träume.

Zu meiner großen Überraschung erhielt ich am nächsten Tag ein Empfehlungsschreiben von Hsiau Dschang, der übernatürliche Macht zu haben schien. Es garantierte mir einen Flug für denselben Tag. Im Handumdrehen war ich zu einem ‹Sonderbeobachter› seines Revolutionscorps geworden und brauchte nicht einmal den Flugpreis zu bezahlen. Als die Maschine zum Start bereit war, erschien Hsiau Dschang, um Abschied zu winken. Ich winkte vom Fenster aus zurück, verlor ihn aber bald aus den Augen, und Hsingan verschwand in der Ferne. Außerhalb des Fensters erschien nun Berg auf Berg, die endlose Kette des Tsinling-Gebirges.

An einem windigen Nachmittag im Frühjahr 1968 spazierte ich durch den Dungdan-Park in Peking, als ich Hsiau Dschangs Vetter in die Arme lief. Ich hatte ihn vorher nur einmal in Hsingan getroffen, aber er erkannte mich wieder und begrüßte mich. Er trug eine schwere, baumwollgefütterte Jacke und eine Tasche über der Schulter. Er saß auf einer Bank und schälte sich eine Birne. Erfreut über das Wiedersehen setzte ich mich neben ihn, und wir begannen zu plaudern. Er war mit einer Gruppe der Roten Garden nach Peking gekommen, um eine Klage anhängig zu machen. Das Hauptquartier der Roten Garden in der Provinz Schensi hatte sich wegen der These ‹Greift an mit Vernunft, aber verteidigt mit Gewalt› in zwei einander befehdende Parteien gespalten. Seine Gruppe hatte die Initiative ergriffen, Vertreter in die Hauptstadt zu entsenden, um die Unterstützung des ‹Zentralkomitees der Kulturrevolution› für seine Gruppe zu erhalten.

Ich fragte ihn nach der neuesten Situation in Sian und über das Ergehen seines Onkels und seines Vetters. «Ihr Vetter ist wohl noch höher gestiegen?» fragte ich mit einem scherzhaften Ton in meiner Stimme. «Welchen hohen Posten bekleidet er jetzt?»

Unerwarteterweise zog bei dieser Bemerkung ein Schatten über sein Gesicht. «Die Dinge sind für meinen Vetter nicht gut gelaufen.» Er stotterte leicht, als ob er sich nicht entscheiden könne, wieviel er mich wissen lassen solle. «Seit drei Monaten ist er nicht nach Hause gekommen, und kein Mensch weiß, wo er ist. Mein Onkel ist so verärgert über ihn, daß er Magenbeschwerden bekommen hat.»

Mein alter Freund tat mir leid, als ich das hörte. Hsiau Dschangs Vetter bemerkte, daß sie unglücklicherweise in entgegengesetzten Lagern gestanden hätten. Hsiau Dschangs Gruppe hatte sich gewalttätigen und militanten Praktiken verschrieben, und es wurde öffentlich verlautbart, daß der Führer dieser Gruppe verhaftet werden solle. Höchstwahrscheinlich war er daraufhin untergetaucht.

«Ihr beide habt euch in jeder Beziehung zu auffällig benommen», kritisierte ich ihn offen. «Seht ihr denn nicht, daß sich die Zeiten gewandelt haben? Haltet ihr es für zulässig, weiter zu rebellieren? Bald wird die Volksbefreiungsarmee die Sache in die Hand nehmen. Ihr jungen Leute wollt eben nicht lernen. Ihr wollt die Bedeutung von Disziplin in einer Gruppe nicht wahrhaben und kämpft ständig um Macht und für eure eigenen Interessen. Wenn ihr so fortfahrt, wird nichts Gutes dabei herauskommen!»

Sehr verlegen wegen meiner harten Kritik an den Roten Garden erklärte er zu seiner Verteidigung: «Wir haben gewiß unsere Fehler. Mein Onkel hat das auch gesagt. Dies ist die erste Reise, die mich aus der Provinz Schensi herausführt. Ich habe mich niemals in irgendeiner Situation vorgedrängt. Nur dieses Mal nahm ich die Gelegenheit wahr, Peking zu sehen. Ich bin nicht wie mein Vetter. Er hat sich übernommen und kann nun nicht mehr zurück – sein Vater sagt, daß ihm der Erfolg in den Kopf gestiegen sei. Zur Zeit der Exekution von Landrat Yin war er dermaßen ‹rot›, er war schon purpurrot...»

«Was haben Sie da gesagt?» unterbrach ich ihn, da ich meinen Ohren nicht traute, «die haben Landrat Yin hingerichtet?»

Er nickte. «Das war Anfang 1967.»

«Was war sein Verbrechen?» Doch kaum hatte ich diese

Worte ausgesprochen, winkte ich schon ab. Mein Herz war voll Trauer und Verzweiflung. «Schon gut. Ich kann mir denken, welche Anklagen das gewesen sind. So weit hergeholt wie möglich. Was man auch sagen mag, er war ein Revolutionär für die Sache. Wie konnte man ihn also zum Tode verurteilen?»

«Damals fühlte jeder, daß es ein notwendiger Schritt im Interesse der Revolution sei. Wenn sie nicht ein paar Leute hinrichten würden, konnten sie ihre Autorität nicht durchsetzen und ihren Einfluß nicht ausdehnen. Nachher wußten wir alle, daß wir zu weit gegangen waren. Einige aus unserem Lager wollten sogar die Angelegenheit für meinen Vetter ins reine bringen, aber es schien nicht die richtige Zeit dafür zu sein, und so wurde das Vorhaben fallengelassen. Yin Fei-lung war nicht der einzige Fall. Da waren noch viele andere.»

Während wir sprachen, wirbelte ein plötzlicher Windstoß Sand und Papierschnitzel auf. Die Sonne war längst untergegangen, der Himmel sah trüb und trostlos aus und stand vor uns wie eine Wand aus gelbem Dunst. Ich kniff die Augen zu und wandte meinen Kopf vom Winde ab, der mir rauh ins Gesicht peitschte. Aber dieser Junge, der im gelben sandigen Hochland aufgewachsen war, schien das nicht einmal wahrzunehmen. Während der Wind am stärksten brauste, streckte er sogar begeistert seine Arme aus, als wolle er ihn festhalten. Danach nahm er das Gespräch wieder auf.

«Ich kam in Hsingan gerade an dem Tage an, als man Yin Fei-lung den Prozeß machte. Ich erinnere mich, daß, als das Urteil ‹sofortige Exekution› verkündet wurde, Landrat Yins Kopf nach vorne fiel. Wenn die beiden Kerls von der Roten Garde, die hinter ihm standen, ihn nicht festgehalten hätten, wäre er ohnmächtig zusammengebrochen. Seine Frau versuchte so schnell wie möglich auf die Tribüne zu gelangen und schrie unablässig: ‹Leute, folgt den Richtlinien! Ihr müßt doch die Richtlinien befolgen!› Aber sie wurde sofort ergriffen und abgeführt. Darauf kühlte die Begeisterung der Masse ab. Nur die Roten Garden vor und zu beiden Seiten der Plattform klatschten und schrien Beifall. Mein Vetter sprang auf die Tribüne und begann Revolutionsparolen zu schreien: ‹Blutschuld muß mit Blut bezahlt werden!›, ‹Die Hinrichtung des Militaristen, Tyrannen und Anti-Revolutionärs Yin Fei-lung ist ein großer Sieg für die Sache Mao Tse-tungs!› Zuerst schrien wir mit ihm, aber dann wurden die Stimmen weniger, das Rufen leiser. Etwas schien mir die Kehle zuzuschnüren, so daß mir der Schmerz die Brust zu sprengen drohte. Beim letzten Ruf ‹Lang lebe der Vorsitzende Mao› stimmte nur ein einziger ein. Jeder schaute auf; es war Yin Fei-lung, der mitgeschrien hatte. Die Arme waren ihm auf dem Rücken zusammengebunden; seine Brille war heruntergefallen, aber er hielt den Kopf hoch erhoben, und obwohl sein Gesicht wachsgelb war, blickten seine Augen starr geradeaus, als er ein ums andere Mal ausrief: ‹Lang lebe der Vorsitzende Mao!› Alles war still. Das einzige, was man hörte, war seine Stimme, die schrie und schrie.»

«Ach» – ich holte tief Luft, meine Brust fühlte sich an, als ob sie bersten wolle. Ich fand keine Worte.

«Gewöhnlich wird bei öffentlichen Gerichtsverhandlungen dem Angeklagten der Mund zugebunden, um zu verhüten, daß er antirevolutionäre Parolen ausruft. Aber jemand sagte, das sei diesmal nicht nötig, der Gefangene werde wahrscheinlich nicht den Mut haben, so etwas zu tun. Aber als er schrie: ‹Lang lebe der Vorsitzende Mao›, wagten die, welche ihn festhielten, nicht, ihm den Mund zuzuhalten aus Furcht, etwas Falsches zu tun. In diesem Augenblick drängten die Menschen aus dem Hintergrund auf die Plattform. Sie kümmerten sich nicht im geringsten um das Kommando des Vorsitzenden der Versammlung: ‹Ordnung und revolutionäre Disziplin!› Die Roten Garden stürmten nun auf die Plattform, um die Menschenmenge zurückzudrängen. Der Vorsitzende befürchtete einen Aufruhr und ordnete die sofortige Hinrichtung an. Vier oder fünf Mitglieder der Roten Garden zogen Landrat Yin auf einen Lastwagen hinauf und fuhren ihn, ohne ihn vorher noch auf den Straßen zur Schau zu stellen, sofort zum Steinhügel. Sie kennen doch die Stelle am Grabenrand, nicht wahr?»

Ich nickte. Als ich einmal auf einem Karren mit in die Berge gefahren war, war ich dort vorbeigekommen, an schroffen Felsen zu beiden Seiten eines fächerförmigen Geländes, auf dem Steine und Felsbrocken lagen; es war das ausgetrocknete Bett eines alten Bergstroms.

«Sie banden Landrat Yin an einen Pfahl, der zwischen den Felsen eingerammt war. Als sie ihre Gewehre auf ihn anlegten, erhob er wieder sein Haupt und schrie laut: ‹Lang lebe die Kommunistische Partei! Lang lebe der Vorsitzende Mao!› Seine Augen wölbten sich, als ob sie aus ihren Höhlen hervortreten wollten, und auf seinen Lippen standen Blutstropfen, weil er so heftig darauf gebissen hatte. Alle waren verunsichert. Wie konnte man auf solche Ausrufe hin das Feuer eröffnen? Man mußte ihn also erst zum Schweigen bringen. Mein Vetter hatte zwei große Taschentücher bei sich. Er lief hin und stopfte sie ihm als Knebel in den Mund. Dann gab er das Kommando: ...Feuer! Diesmal gab es keine Rufe, keinen Beifall. Keiner wollte sich dem toten Körper nähern, der schlaff an dem Holzpfahl hing, allein und verlassen. Ich wandte mich ab, da ich nicht hinschauen konnte. Ein Bauer hielt mich am Ärmel fest und fragte eindringlich: ‹Wie konnte man ihn erschießen, da er doch ausrief: Lang lebe der Vorsitzende Mao?› »

«Was war Ihre Antwort darauf?» fragte ich.

Mit einem bitteren Lächeln zuckte er mit den Schultern. «Ich antwortete ihm, er solle sich um seine eigenen Sachen kümmern.»

Wir schwiegen beide. Ein neuer Windstoß. Es wurde dunkel, früher als gewöhnlich.

«Wie geht es dem alten Yin?» fragte ich in Erinnerung an den gastfreundlichen alten Herrn.

«Er ist tot.»

Dann stand Hsiau Dschangs Vetter auf; er habe an einer Versammlung teilzunehmen, und eilte davon. Ich fragte nicht, wie der alte Yin gestorben war; denn mir fiel ein Zitat Mao Tse-tungs ein, das Teil unserer täglichen Lektüre war: Leute sterben allezeit.

Der Vorsitzende Mao ist ein faules Ei

Anfang September des Jahres 1971 schrieb mir mein Mann von der Kaderschule Siebenter Mai[1] im nördlichen Kiangsu, daß die Zeit seiner Umerziehung durch Arbeit bald beendet sein und er etwa Mitte des Monats nach Nanking zurückkehren würde, rechtzeitig zum vierten Geburtstag von Djing-Djing, der auf den 15. September fiel. Er hatte vor, an diesem Tag mit seinem Sohn einen Ausflug zum Sun Yat-sen-Denkmal zu machen; denn, so schrieb mein Mann in seinem Brief: «Wir sind nun schon drei Jahre in Nanking, und noch immer haben wir die Ming-Gräber und das Sun Yat-sen-Denkmal nicht besucht.»

Hätte er mich nicht daran erinnert, so wäre mir Djing-Djings Geburtstag völlig entfallen. Seit unserer Rückkehr nach China hatten wir selbst unsere eigenen Geburtstage nicht mehr im Kopf. Nur am Jahresende erinnerten meine Kollegen mich daran, auf Lebensmittelkarten ein Pfund Nudeln zu kaufen – Geburtstagsnudeln, um den Geburtstag des Vorsitzenden Mao festlich zu begehen. Sonst war das Wort «Geburtstag» für mich ein Begriff der Vergangenheit geworden.

Als ich an diesem Tage Djing-Djing aus dem Kindergarten abholte, erzählte ich ihm von den Plänen seines Vaters. Er war entzückt, als er begriff, daß sein Vater, den er so lange nicht mehr gesehen hatte, mit ihm einen Ausflug machen wollte.

Sein kleines rundes Gesicht strahlte vor Freude, als er neben mir herhüpfte.

Plötzlich schaute er zu mir auf und fragte: «Mama, was ist ein Geburtstag?»

«Dein Geburtstag ist der Tag, an dem du geboren wurdest», antwortete ich, ohne weiter darüber nachzudenken. Als ich aber seinen fragenden Blick sah, wurde mir klar, daß er ja gar nicht wissen konnte, was das Wort Geburtstag bedeutet. Da ich zu jener Zeit im achten Monat schwanger war, legte ich seine kleine Hand auf meinen gewölbten Leib und sagte: «In einem Monat wird das Baby geboren, und an dem Tag, an dem es ankommt, wird sein Geburtstag sein.»

Ich konnte nicht feststellen, ob er meine Erklärung begriffen hatte. Er lief voraus und rief aufgeregt: «Geburtstag! Geburtstag!» Ich konnte kaum mit ihm Schritt halten und war völlig außer Atem, als wir am Haupteingang unserer Wohnanlage angekommen waren. Unser Wohnkomplex ‹Tiger-Paß› lag auf einem Hügel und bestand aus mehreren Reihen einstöckiger Häuser. Sie beherbergten die Familien von mehr als zweihundert Fakultätsmitgliedern der Fachhochschule für Hydraulik. Da unsere Wohnanlage auf halber Höhe lag, war ich beim Hinauf- und Herabsteigen bei dem heißen Wetter jedesmal in Schweiß gebadet. Djing-Djing verweilte nicht, um mit seinen Spielgefährten zu plappern, sondern lief schnurstracks zu unserer Wohnung und begrüßte freudig die alte Frau, die ihm entgegenkam: «Nai-Nai!»[2], das heißt: «Großmütterchen.» Meine Nachbarin, Tante Wang, hatte die alte Frau für mich gefunden, um Djing-Djing zu betreuen und mir nach der Entbindung zur Hand zu gehen. Sie hieß mit Nachnamen An, stammte aus Nord-Kiangsu und war eine aufrichtige, redliche Person. Obwohl wir erst wenige Tage zusammen waren, verstanden wir drei uns ausgezeichnet.

«Nai-Nai! – Großmütterchen, ich werde Geburtstag haben, und Papa will mich zum Sun-San . . . Denkmal mitnehmen!»

«Zum Sun-San was?» Großmutter war über sechzig und schwerhörig.

«Zum Sun Yat-sen-Mausoleum», berichtigte ich, immer noch außer Atem. Ich begann zu bedauern, mit dem Jungen darüber gesprochen zu haben. Wenn er jetzt überall herumerzählte, daß er seinen Geburtstag feiere, dann würden die Leute schließlich denken, daß seine Eltern noch voll kapitalistischen Gedankenguts seien. Deshalb zog ich ihn rasch ins Haus und ermahnte ihn, seinen Geburtstag nicht mehr zu erwähnen, sonst würde eines Tages ein alter ‹Konterrevolutionär› aus ihm werden. Zwar konnte er nicht begreifen, warum er nicht über seinen Geburtstag reden durfte, aber er wußte genau, was ein alter ‹Konterrevolutionär› ist. Sein Gesicht verschloß sich, und er nickte ernst. Erleichtert überließ ich ihn Großmutter An, die ihn wusch und ihm das Abendbrot gab.

Indessen konnte er die schöne Nachricht einfach nicht für sich behalten. Nach dem Abendessen ging er zu Tante Wang hinüber, um zu spielen, und dabei erzählte er es ihrem siebenjährigen Sohn Dung-Dung, der gerade in die Schule gekommen war. Wir waren unmittelbare Nachbarn, und unsere Kinder hatten gemeinsam den Kindergarten besucht, waren bald Freunde geworden und spielten viel zusammen. Als Tante Wang später am Abend zu einem Besuch herüberkam, war das erste, was sie sagte: «Ich höre, daß Djing-Djing bald Geburtstag hat. Ist das wahr?»

«Ja», gab ich verlegen zu.

Tante Wang betreute die jüngste Gruppe im Kindergarten, die Drei- und Vierjährigen, und daher stand Djing-Djing unter ihrer Obhut. Da sie viel Geduld hatte und auch gut sang, war sie bei allen Kindern beliebt. Wie so viele Kantonesinnen war sie eine lebhafte und gesprächige Frau. Sie wurde als eine ‹arme Bürgerin der Stadt› bezeichnet – ich habe nie ganz begriffen, was damit gemeint war – man sagte, das seien Erwerbslose oder Gelegenheitsarbeiter –, aber ich hatte nie den Mut, Tante Wang danach zu fragen. Sie gehörte jedenfalls zu den ‹Fünf bevorzugten Elementen›[3] der Gesellschaft. Daher war sie selbstbewußt und sprach mit lauter Stimme. Offensichtlich betrachtete sie mich mit Wohlwollen; denn sie kam öfter zu einem Schwätzchen herüber, wenn sie mit der Hausarbeit fertig war. Ihr Mann und ich gehörten zur gleichen Lehrereinheit, er arbeitete damals gerade in der Kaderschule ‹Siebenter Mai› in den Reisfeldern. Da wir beide außer unserer Berufstätigkeit und dem Haushalt ein Kind versorgen mußten, hatten wir uns angewöhnt, einander beim Einkaufen oder ähnlichen Dingen auszuhelfen. Und wenn sie mir Großmutter An nicht vermittelt hätte, so wäre ich als neu Hinzugezogene ziemlich hilflos gewesen. «Dung-Dungs Geburtstag war vor einigen Tagen, am 29. August, aber ich habe ihn nicht gefeiert.» Sie sagte es mit einem Unterton des Bedauerns. «Wenn sein Vater zurückkommt, werde ich ihn bitten, mit ihm zum Lotos-See zu gehen.»

«Das wäre schön», erwiderte ich. «Sie sollten bei diesem wunderbaren Herbstwetter mit dem Boot fahren und bei der Gelegenheit auch ein paar Photos machen!»

«Nur schade, daß wir keine Kamera haben!»

Ich hätte ihr gerne unsere Kamera geliehen, aber ich fürchtete, sie würde mich in Verlegenheit bringen, indem sie mein Angebot zurückwies. Deshalb verschluckte ich die Worte, die ich schon auf der Zunge hatte. Ich erinnerte mich noch allzu gut an einen Vorfall im vergangenen Jahr, als ich spontan und freigebig dem Vorsitzenden unserer Parteieinheit die Kamera angeboten hatte. Als er sah, daß es eine Kamera Marke Canon war, hatte er sie rundweg abgelehnt. Seither hatte ich es nicht mehr gewagt, diesen in einem ‹militaristischen Land› hergestellten Photoapparat auszuführen.

Ich sah, daß Tante Wang unaufhörlich gähnte. Sie sah müde aus, und ich fragte sie teilnahmsvoll, ob sie sich heute nicht habe ausruhen können, nachdem sie gerade Nachtdienst gehabt hatte. Sie schüttelte den Kopf und bedeckte den Mund mit der Hand. Sie hatte dunkle Ränder unter den Augen.

«Ich habe den ganzen Tag im Bett gelegen, konnte aber einfach nicht schlafen», sagte sie und schaute sich vorsichtig um. Als sie sah, daß die Küchentür verschlossen war, weil Großmutter An dahinter ein Bad nahm, und daß Djing-Djing im Nebenzimmer bereits schlief, beugte sie sich zu mir herüber und flüsterte: «Sie kennen doch die Tochter von Lehrerin Schi, Hsiau Hung, nicht wahr?»

«Ja, natürlich», antwortete ich. «Ist sie nicht mit Djing-Djing zusammen in der selben Gruppe im Kindergarten?»

Hsiau Hungs Vater und ich gehörten der gleichen Abteilung an. Da er einer bevorzugten Familie entstammte, war er schon sehr früh Parteimitglied geworden. Außerdem hatte er sich während der Kulturrevolution einen Namen gemacht und war zur Zeit von der Regierung der Provinz Kiangsu damit beauftragt worden, die mittleren Kader in einer ideologischen Studiengruppe zu schulen. Seine Frau war Lehrerin und absolvierte gerade ihren Arbeitsdienst in der Kaderschule ‹Siebenter Mai›. Da beide Eltern nicht in Nanking waren, blieb Hsiau Hung Tag und Nacht der Obhut des Kindergartens überlassen. Sie war ein hübsches, liebenswertes Kind mit rosa Bäckchen. An einem Sonntag im Sommer hatte auch ich sie zum Spielen mit mir nach Hause genommen.

«Ich will Ihnen etwas sagen, aber Sie müssen es unbedingt für sich behalten», flüsterte Tante Wang mir ins Ohr.

«Selbstverständlich», versprach ich bereitwillig. Ich nötigte sie auf einen Stuhl neben dem Schreibtisch und setzte mich selbst auf die Bettkante.

«Um zehn Uhr in der vergangenen Nacht», fuhr sie flüsternd fort und beugte sich dabei ganz nah zu mir herüber, um ja nicht belauscht zu werden, «als alle Kinder schliefen, erschien der Sektionschef von der politischen Abteilung zusammen mit Lau Schau vom Rundfunk und einem Tonbandgerät. Die Leiterin des Kindergartens begleitete sie. Ohne Umschweife forderten sie mich auf, Hsiau Hung sofort zu wecken. Das kleine Mädchen schlief so fest, daß ich es nicht wach bekommen konnte. Darum trug ich es in den Speisesaal, um ihm das Gesicht mit kaltem Wasser abzuwaschen. Auch als das Kind endlich die Augen öffnete, war es noch völlig verschlafen. Sektionschef Wang schloß die Tür und begann, nachdem Lau Schau das Tonbandgerät eingeschaltet hatte, das Kind zu verhören.

Zunächst fragte er: ‹Wie heißt dein Vater? Wie heißt deine Mutter?› Dann fuhr er fort: ‹Hat dir jemand beigebracht, reaktionäre Schlagworte auszurufen?› Hsiau Hung schüttelte den Kopf mit geschlossenen Augen. Nach einer Weile wurde der Sektionschef ungeduldig und sagte eindringlich: ‹Aber deine Spielkameradin hat genau gehört, wie du reaktionäre Schlagworte gerufen hast...› Hier berührten Tante Wangs Lippen beinahe meine Ohren. ‹Der Vorsitzende Mao ist ein faules Ei. Hast du das gesagt?!› Offensichtlich ging dem Kind plötzlich der Ernst der Lage auf; denn es öffnete die Augen – diese klaren, blanken Augen, die der Nuß der Lidschi-Frucht gleichen. Es starrte den Sektionschef Wang an, dann die Leiterin des Kindergartens und schüttelte dabei immer wieder den Kopf.

Beim Verhör wechselten sie sich ab und bedrängten das Kind, die Wahrheit zu sagen. Zwischendurch ermahnte man das Kind, es solle ein gutes kleines Mädchen des Vorsitzenden Mao sein. Man versicherte ihm, daß es bei einem Bekenntnis nichts zu fürchten brauche. Schließlich nannte der Sektionschef den Namen der Spielkameradin, die es angezeigt hatte. Das schien sein Gedächtnis aufzurütteln, und es brach in lautes Weinen aus. Wir mußten es eine ganze Weile beschwichtigen, ehe es sich beruhigte. Ich glaubte, daß die Angelegenheit jetzt ein Ende habe, aber dann fingen sie wieder von vorne an. ‹Warum hast du diese reaktionären Worte ausgesprochen? Wo hast du sie gehört? Hat dein Vater sie gebraucht? Hat deine Mutter das gesagt? Hat dein Lehrer das gesagt?› Bei jeder Frage schüttelte Hsiau Hung ihr Köpfchen. Ach, Lehrerin Wen, Sie können sich nicht vorstellen, wie verschreckt ich war. Kalter Schweiß lief mir über den Rücken!»

Hier richtete Tante Wang sich auf. Mit ihrer rechten Hand klopfte sie sich sacht auf die Brust und machte den Eindruck, als ob sie einer Ohnmacht nahe sei. Dann fuhr sie fort: «Zufällig warf ich einen Blick auf meine Armbanduhr und stellte mit Entsetzen fest, daß es Mitternacht war. Das vom Schlaf übermannte Kind konnte kaum die Augen offenhalten. Als man es wieder fragte: ‹Hat deine Mutter das gesagt?› schloß es die Augen und nickte. Man drang weiter in das Kind: ‹Wann hat sie es gesagt? Wo hast du es gehört?› Aber darauf wußte es keine Antwort. Und wieder stellte man Fragen über Fragen. Nichts kam dabei heraus, aber schließlich erlaubte man mir, das Kind wieder ins Bett zu bringen. Noch in meinen Armen fiel es in tiefen Schlaf. Nach der Beendigung des Nachtdienstes war ich außerstande, auch nur ein Auge zuzumachen; immerzu geht mir die Sache durch den Kopf.»

Kein Wunder, daß sie nicht schlafen konnte. Ich selbst war allein vom Zuhören schon völlig verstört.

«Sagten Sie, daß man das alles auf Band aufgenommen hat?»

«Ja, natürlich», erwiderte Tante Wang, «und das wird für den Rest ihres Lebens in ihren Akten bleiben.»

«In ihren Akten.» Ich legte meine Hände auf meinen Leib, weil mich plötzlich ein Kälteschauer packte. «Du liebe Zeit, sie ist doch noch ein Kind.»

«Ja, noch nicht vier Jahre alt, etwas jünger als Ihr Sohn Djing-Djing», seufzte Tante Wang.

Ich konnte kein Wort herausbringen und schüttelte nur ungläubig den Kopf. Wahrscheinlich kam das ganze Verhör auch der kleinen Hsiau Hung wie ein böser Traum vor. Mir fiel ein, daß zwar der Vater des Kindes einen guten familiären Hintergrund hatte, daß aber seine Mutter aus einer Landbesitzerfamilie stammte. Aus diesem Grunde setzte sie sich bei allen Tätigkeiten besonders ein. Nun hatte sich ihre Tochter ins Unglück gestürzt, und die Eltern ahnten nicht das geringste davon! Arme Hsiau Hung, noch keine vier Jahre alt, und schon gab es einen Bericht über sie. Das Tonband würde verwahrt werden, und falls sie in Zukunft etwas tun würde, das nicht auf der ‹Linie› lag, würde dieser Fall bestimmt wieder aufgerollt werden und damit feststehen, daß sie bereits ‹von Kindesbeinen an ein Reaktionär war›.

Kein Wunder, daß Tante Wang nicht schlafen konnte. Ich war dermaßen erschüttert, daß auch ich mich die ganze Nacht schlaflos herumwälzte, wobei ich im Geiste die strahlenden Augen und die rosigen Wangen Hsiau Hungs vor mir sah.

Seither fragte ich Tante Wang täglich nach dem Stand der Dinge. Zunächst hatte sie selbst einen schriftlichen Bericht zu machen gehabt. Dann mußte die Leiterin des Kindergartens einen Bericht an die Schule schicken. Anschließend wurde jemand damit beauftragt, in der Heimat von Hsiau Hungs Mutter im Kreise Tien-Tschang Nachforschungen anzustellen. Jetzt war ich um die Mutter besorgt. Und der arme Vater! Das ganze Jahr hindurch reiste er emsig im Lande umher, um andere zu inspizieren, nicht ahnend, daß nun seine Frau der Gegenstand einer Untersuchung geworden war.

An einem Sonntagabend wusch Großmutter An in der Küche gerade das Geschirr ab, und Djing-Djing bedrängte mich, ihm aus dem Kinderbuch die Geschichte «Wie man einen Spion ergreift» vorzulesen.

Wir waren gerade mittendrin, als Tante Wang zur Tür hereinkam. Sie schaute nach rechts und links, ihre kleinen Augen flackerten nervös, sie schien erregt und tat geheimnisvoll. Hsiau Hungs Mutter muß etwas Unangenehmes zugestoßen sein, war mein erster Gedanke. Rasch gab ich Djing-Djing zwei Bonbons, schob ihn in die Küche zu Großmutter An und sagte ihm, daß er dort die Bilder betrachten könne. Behutsam schloß ich die Tür hinter ihm.

«Was ist mit Hsiau Hungs Mutter?» fragte ich hastig. Ich bot ihr nicht einmal einen Platz an, sondern wies nur auf den Stuhl vor dem Schreibtisch. Ich selbst stützte meinen schweren Leib und nahm auf der Bettkante Platz, ganz Ohr für das, was Tante Wang zu berichten hatte.

«Die Mutter von Hsiau Hung?!» Tante Wang starrte mich an, dann machte sie eine abwehrende Bewegung mit den Händen und sagte: «Es geht nicht um Hsiau Hungs Mutter, es geht um Djing-Djing!»

«Um Djing-Djing?» fragte ich verständnislos zurück.

«Ach, wie soll ich es Ihnen nur sagen...» Sie ließ sich auf einen Stuhl fallen, rückte ihn zu mir heran, beugte sich so nahe vor, daß sie mit ihrem Kinn fast meinen Leib berührte, und flüsterte leise: «Dung-Dung hat mir erzählt, daß er heute nachmittag mit Djing-Djing gespielt hätte, und dabei hätte dieser ausgerufen... Er hat ein reaktionäres Schlagwort gerufen!»

«Ein reaktionäres Schlagwort? Was denn für eines?» Noch immer begriff ich nicht.

«Ach!» Unfähig, länger still zu sitzen, sprang sie auf, und so nahe an meinem Ohr, wie sie konnte, platzte sie heraus, ein Wort nach dem anderen betonend: «Er hat gesagt: ‹Der Vorsitzende Mao ist ein faules Ei!›»

«Was?!» schrie ich und sprang auf die Füße.

«Pst! Leise! Nicht so laut!»

Tante Wang hielt mich fest und drückte mich auf die Bettkante zurück. Mein ganzer Körper war bewegungsunfähig und mein Kopf eine leere Höhle. Nur meine Lippen wiederholten unwillkürlich «Reaktionäres Schlagwort. Reaktionäres Schlagwort...»

«Ihr Sohn ist ja noch so klein», versuchte mich Tante Wang zu trösten, und dabei setzte sie sich neben mich. «Den kann man ja noch umerziehen. Man sollte es ihm in Ruhe erklären und ihn nicht schlagen.»

Es dauerte ziemlich lange, bis ich mich gefaßt hatte und fragen konnte: «Wer hat das außer Dung-Dung noch gehört?»

«Ich weiß nicht.» Tante Wang zog ihre Brauen zusammen und neigte gedankenverloren den Kopf. «Ich glaube, daß nur unsere beiden Jungen zusammen gespielt haben.»

Um der Sache auf den Grund zu gehen, beschloß ich, Dung-Dung zu fragen. Großmutter An kam gerade aus der Küche und wischte sich die Hände an der Schürze ab, als ich eben das Zimmer verlassen wollte und Tante Wang hinter mir herzog.

Mit dem Gewicht des Kindes in mir schwankte ich leicht.

«Was gibt's?» fragte Großmutter An.

«Ich bin gleich wieder zurück», antwortete ich und ging mit Tante Wang zu deren Wohnung hinüber.

Als wir dort ankamen, erschrak Dung-Dung heftig über den

Ausdruck in meinem Gesicht. Die kleinen Augen weit aufgerissen und abwehrend mit den Händen fuchtelnd, flüsterte er: «Ich habe es nicht gesagt! Ich habe gar nichts gesagt! Djing-Djing hat es gesagt!»

Erst nach eindringlichem Fragen fand ich heraus, was sich zugetragen hatte. Am Nachmittag hatten die beiden Knaben im Garten gespielt und dann damit begonnen, jeden, der ihnen in den Sinn kam, ein faules Ei zu nennen. «Papa ist ein faules Ei! Mama ist ein faules Ei!» Und dann entschlüpfte Djing-Djing der Name der einen Person, die er nie hätte erwähnen dürfen.

«Ich werde ihm eine tüchtige Tracht Prügel verabreichen!» Kaum hatte sich mein Schreck gelegt, stieg Zorn in mir auf. Meinen Leib stützend, stampfte ich wütend auf den zementierten Fußboden.

«Prügel allein werden das Problem nicht lösen, Lehrerin Wen», ermahnte mich Tante Wang. «Man muß die Sache an der Wurzel anpacken und dem Kind von klein auf beibringen, den Vorsitzenden Mao zu lieben, ja, den großen Vorsitzenden heiß zu lieben...»

Als ob ich das nicht getan hätte! Ich empfand die Bemerkung als eine unerhörte Kränkung, es schnürte mir die Kehle zu, und meine Tränen schossen nur so heraus.

Den Vorsitzenden Mao nicht lieben? Wo sollte ich nur mit meinen Erklärungen beginnen? Damit das Kind nicht im Ausland zur Welt käme, hatten wir uns beeilt, nach China zurückzukehren. Noch ehe unser Sohn das Licht der Welt erblickte, hatten wir einen Namen ausgesucht, nämlich «We-Dung» – Schütze Mao Tse-tung. Schon als Säugling hatte mein Mann ihn hochgehoben, damit er das Porträt des Vorsitzenden Mao zu erkennen lernte, und noch ehe er «Mama» sagte, rief er bereits «Mao! Mao!». Wie kann man da sagen, daß das Kind nicht zur Liebe für den Vorsitzenden Mao erzogen wurde? Er lag noch in den Windeln, da strahlte er bereits beim Anblick der Photos des Vorsitzenden Mao und strampelte vergnügt mit den Beinchen. Auch wir Eltern standen dem nicht nach. Als im Jahre 1969 die Bewegung ‹Blüte der Treue› fanatisch betrieben wurde, habe ich neben der Tagesarbeit nachts noch vier Stunden drangegeben, um an dem riesigen gestickten Porträt des Großen Vorsitzenden mitzuarbeiten. Um den Appellen der revolutionären Einheiten nachzukommen, hatten wir in allen Zimmern, mit Ausnahme von Küche und Toilette, an allen Wänden das Porträt des Vorsitzenden Mao aufgehängt, darüber hinaus noch Gedichte und Kalligraphien von seiner Hand. Erst als all dies der Genossin Tschiang Tsching zu vulgär erschien und sie Order gab, damit aufzuhören, haben wir die Bilder wieder abgenommen.

Wie konnte man uns vorwerfen, wir würden den Vorsitzenden Mao nicht lieben? Um ihm zu folgen, hatten mein Mann und ich unsere Familien verlassen und waren nach China gefahren, wo wir weder Freunde noch Verwandte hatten. Immer wieder hatte mein Mann unserem Sohn erklärt, daß einzig der Vorsitzende Mao unsere Familie sei.

«Weinen Sie doch nicht, Lehrerin Wen», versuchte Tante Wang mich zu trösten. «Hochschwanger, wie Sie sind, dürfen Sie sich nicht aufregen. Wie schon gesagt, Djing-Djing ist ja noch jung und kann noch auf den rechten Weg gebracht werden.»

Wenn man sie so reden hörte, bekam man das Gefühl, Djing-Djing sei bereits ein hoffnungsloser Fall. Ich fühlte mich so elend, daß ich am liebsten lauthals meinen Kummer herausgeheult hätte. Aber ich befürchtete, daß meine Nachbarn es hören könnten und die unangenehmen Neuigkeiten nur weitere Verbreitung finden würden. Darum holte ich tief

Atem und wischte mir die Tränen ab, die unaufhörlich von meinem Gesicht herabrollten. Plötzlich bewegte sich das Kind in meinem Schoß. Was sonst ein geheimes Glücksgefühl ausgelöst hatte, wurde in diesem Augenblick zu einem stechenden Schmerz. Ich vergaß meine Tränen und stützte meinen Leib mit beiden Händen.

«Dung-Dung!» Mit diesen Worten hatte sich Tante Wang ermahnend an ihren Sohn gewandt. «Dung-Dung, du darfst auf keinen Fall mit jemand anderem über Djing-Djings Sache reden. Sonst verprügele ich dich. Und dann wird Djing-Djing nie wieder mit dir spielen!»

Dung-Dung starrte seine Mutter mit seinen schmalen Augen an, die den ihren glichen. Er nickte mehrmals zustimmend und mit so ernster Miene, daß er wie ein alter Mann aussah.

Voller Ärger kehrte ich heim. Großmutter An war gerade dabei, Djing-Djing zu baden und ihn anzukleiden. Sie erschrak, als sie sah, wie verärgert ich war. «Was ist passiert, Lehrerin Wen?» Ohne auf ihre Frage zu antworten, begann ich, Djing-Djing auszufragen. Das Kind hob sein rundes Gesichtchen mit dem leicht geöffneten Mund und den leuchtenden Augen; es zupfte an seinem noch feuchten Haar. «Dung-Dung hat gesagt, du hättest ausgerufen, der Vorsitzende Mao...» Hier senkte ich meine Stimme und schaute mich aus Gewohnheit nach allen Seiten um, ehe ich fortfuhr: «...ist ein faules Ei! Hast du das gesagt?!»

«Daß ich nicht tot umfalle!» stieß Großmutter An erschrokken hervor und stampfte heftig mit dem Fuß auf, um ihrem Entsetzen Nachdruck zu verleihen.

Jetzt schien sich Djing-Djing zu erinnern. Sein Gesicht verzog sich jämmerlich, und er schaute mich verängstigt an. «Hast du das gesagt oder nicht?» bedrängte ich ihn.

«Ja, ich habe...» Seine Stimme klang so leise wie das Summen einer Mücke.

«Warum hast du das getan?» schrie ich ihn an. Djing-Djings Gesicht war wie versteinert, und seine Augen blickten jetzt stumpf wie die Augen eines toten Fisches. Selbst in meinem Zorn stieg Mitleid für ihn in mir auf, aber dann wurde mein Mitgefühl von bösen Vorahnungen verdrängt. So manche Eltern hatten zu mir gesagt: Ein Kind mag stehlen oder rauben, aber es darf sich beileibe keines politischen Vergehens schuldig machen. Bei diesem Gedanken beugte ich mich vor und gab dem Kind zwei schallende Ohrfeigen. Erschrocken hielt es die Händchen vor das Gesicht und brach schreiend in Tränen aus.

«Ach, seien Sie doch nicht so hart mit dem Kind!» Die alte Frau zog das Kind erschrocken von mir fort, wobei Djing-Djing nur noch lauter weinte und seine tränennassen Wangen mit den Händen abzuwischen suchte. «Sag das ja nie wieder!» schalt ihn Großmutter An mit ernstem Gesicht. «Nur Konterrevolutionäre sagen solche Dinge. Und wenn du das noch mal tust, bekommst du von mir Schläge auf den Mund. Sieh mal, wie du deine Mutter aufgeregt hast. Versprich sofort, daß du so etwas nie wieder sagen wirst.»

«Nicht mehr... wieder... sagen», stammelte er unter Schluchzen.

«Komm, wir gehen dein Gesicht waschen.» Ohne auf eine Reaktion von mir zu warten, zog Großmutter An den Kleinen in die Küche.

Was sollte ich bloß tun? Niedergeschlagen und total erschöpft ging ich in mein Zimmer. Ich schloß die Tür hinter mir, lehnte mich gegen die Wand und machte die Augen fest zu in dem inständigen Wunsch, nichts mehr hören zu müssen und sorglos sein zu können. Der Aufruhr in meinem Herzen glich dem Steigen und Fallen einer brandenden See ohne Aussicht auf ein rettendes Ufer. Mir war nicht einmal klar, ob mein Zorn auf Djing-Djing oder die Sorge um mich selbst überwog. Am liebsten hätte ich sofort meinem Mann geschrieben, doch dann fürchtete ich, daß im Falle einer Zensur der Brief als schwerwiegender Beweis gegen uns verwendet werden könnte. Es war bestimmt besser, seine Rückkehr abzuwarten. Für ihn würde das auch den Verdruß noch einige Tage hinauszögern. Der Kummer würde mit der Zeit zwar vergehen, aber was mich bedrückte, war die unvermeidliche Enttäuschung des Vaters über den Sohn. Es würde ihn im Innersten schmerzen. Nachdem er Tausende von Meilen gereist war, um in die Heimat zurückzukehren, hatte er schon so viele persönliche Enttäuschungen überwinden müssen. Jetzt setzte er alle Hoffnung in seine Nachkommen, die unter der Roten Fahne geboren und aufgezogen werden sollten, um ohne die Bürde einer überholten Weltanschauung als Glied eines Achthundertmillionenvolkes ein friedliches Leben führen zu können. Erst vier Jahre war Djing-Djing alt, und schon stand diese demütige Hoffnung in Gefahr, vernichtet zu werden. Wie sollte der Vater mit seinem Schmerz fertig werden?

Nach langem Überlegen beschloß ich, meinem Mann das Geschehene überhaupt nicht zu erzählen, auch nicht nach seiner Rückkehr. Aber wie konnte man verhindern, daß andere den Vorfall aufgriffen? Gewiß, ich könnte Großmutter An bitten, darüber zu schweigen, und auch Tante Wang eine diesbezügliche Andeutung machen. Da sie und mein Mann aus derselben Provinz kamen und die Kantonesen für ihre Loyalität bekannt sind, vertraute ich darauf, daß sie die Angelegenheit nicht der Schulbehörde melden würde. Aber bei ihrem Mann war ich mir schon nicht so sicher. Er war mein Kollege und als Aktivist bekannt; er unterhielt enge Beziehungen zu Parteimitgliedern und zu seinen Vorgesetzten. Obwohl seine Frau und ich befreundet waren, wahrte er mir gegenüber stets eine höfliche Distanz, vielleicht deshalb, weil ich durch eine «amerikanisch-imperialistische Erziehung vergiftet» war. Ich beschloß, von nun an ganz besonders vorsichtig zu sein und ihn auf keinen Fall irgendwie zu verletzen. Ebensowenig konnte ich es mir leisten, Tante Wang vor den Kopf zu stoßen, vor allem aber mußte ich mich vor Dung-Dung hüten.

Die Überlegung, daß ein erwachsener Mensch einem siebenjährigen Kind gegenüber auf der Hut sein müsse, ließ mich erröten. Das alles hatte Djing-Djing mir eingebrockt! Ich barst beinahe vor Zorn, während ich zwischen Wand und Schreibtisch hin- und herging und die Ohren schloß vor den schluchzenden Lauten aus dem Zimmer nebenan. Das Baby in mir bewegte sich wieder. Wie ein elektrischer Strom fuhr es durch meinen Körper. Ich stützte meinen Leib und setzte mich hin.

Auf dem Schreibtisch standen, gegen die Wand gelehnt, die Werke des Vorsitzenden Mao: seine gesammelten Sentenzen, seine Gedichte, seine ausgewählten Schriften; manche in Leinen gebunden, manche broschiert. Mit einem Seufzer schaute ich auf das Porträt des Großen Vorsitzenden. Es schien leicht zu lächeln, so, als bliebe er völlig unberührt von allem, was vor sich ging. Sein kühler und gleichgültiger Blick ließ mich erschauern.

In diesem Augenblick machte das Kind in mir eine heftige Bewegung. Zuerst war ich benommen, dann verspürte ich einen dumpfen Schmerz. Meinen Leib umfassend, sagte ich leise: Warte noch ein Weilchen. Wenn du zur Welt kommst, werde ich einen Vorwand finden, dieses Bild von der Wand zu entfernen...

So saß ich da, sinnend, sorgend, seufzend, bis tief in die Nacht hinein, ehe ich endlich das Licht löschte und ins Bett ging. Bei Tagesanbruch erhob sich Großmutter An, um das Frühstück zu bereiten. Um sechs Uhr stand auch ich auf, um auf den Markt zu gehen und kleinere Einkäufe zu machen. Da ich kaum geschlafen hatte, war mein Mund wie ausgedörrt, und meine Augenlider waren geschwollen. Mit schwerem Kopf und unsicheren Füßen wankte ich durchs Zimmer. Bei meinem Anblick erschrak Großmutter An und war besorgt.

«Sie haben nicht gut geschlafen», sagte sie. «Legen Sie sich wieder hin, ich werde zum Markt gehen.»

Ich schüttelte den Kopf. Nicht wissend, was ich antworten sollte, sagte ich zusammenhanglos: «Djing-Djings Vater wird bald heimkehren.»

«Erzählen Sie ihm nichts von alldem!» riet sie mir mit Entschiedenheit. «Ich meine, Sie sollten es sich nicht so zu Herzen nehmen. In meinem Heimatkreis Huai-An pflegen die Bauern den Namen des Vorsitzenden Mao zu gebrauchen, wenn sie schwören und wenn sie fluchen; aber dann hat es sich gewaschen. Die meisten von ihnen leben seit drei Generationen als arme Bauern, und niemand hat ihnen etwas angetan!»

Großmutter Ans schlichte und aufrichtige Art tröstete mich, aber wie sollte ich ihr klarmachen, welch ein himmelweiter Unterschied war zwischen der Beurteilung von armen Bauern und von Intellektuellen!

Als Djing-Djing erwachte, lächelte er wie immer, nur seine Augen waren noch geschwollen. Er hatte längst vergessen, welches Ungemach er ausgelöst hatte.

«Mama, ist heute mein Geburtstag?» fragte er, noch ehe er damit begonnen hatte, seinen Frühstücksreis zu löffeln.

Ich setzte eine strenge Miene auf und kümmerte mich nicht um seine Frage. Ich war zugleich ärgerlich und belustigt. Schließlich ist ein Kind nur ein Kind. Sein rundes Gesichtchen voll unschuldiger Erwartung erinnerte mich an seine

Spielgefährtin Hsiau Hung und an das mitternächtliche Verhör, dem man sie unterzogen hatte. Dieses Mal betraf es Djing-Djing. Bei diesem Gedanken verging mir jeglicher Appetit. Großmutter An bemühte sich, mir das Frühstück schmackhafter zu machen, und öffnete eine Flasche gegorener Sojabohnenmilch, die ihr jemand geschenkt hatte. Sie nötigte mich, davon zu kosten.

Dank ihrer Fürsorge konnte ich so meine Schale Reisbrei hinunterwürgen, wenngleich ich dieser berühmten Delikatesse gewiß nicht die gebührende Ehre erwies, weil mir nichts schmeckte von dem, was ich aß.

Um viertel vor acht nahm ich Djing-Djing bei der Hand und ging mit ihm zur Tür hinaus. Zur gleichen Zeit verließen meine Nachbarn, die Familie Dscho, ihre Wohnung. Herr Dscho schritt erhobenen Hauptes mit festen Schritten in seinem makellosen Mao-Anzug daher, gefolgt von seiner hageren, schmächtigen Frau. Als sie mich erblickte, lächelte sie spontan.

«Guten Morgen, Lehrerin Wen!»

«Guten Morgen, guten Morgen!» antwortete ich hastig und beobachtete aufmerksam den Gesichtsausdruck des Ehepaares. Herr Dscho nickte mir mit einem schwachen Lächeln zu, erhob dann gleich wieder seinen Kopf und ging in selbstbewußter Haltung weiter. Frau Dscho blieb kurz stehen, streichelte Djing-Djings Kopf und eilte ihrem Mann nach. Ich verlangsamte absichtlich meine Schritte, und bald darauf kamen auch die beiden Söhne der Dschos herausgelaufen. Sie waren bereits in der Mittelschule und trugen stolz die Binde der Roten Garde am Arm. Als sie uns erblickten, riefen sie uns lachend zu: «Djing-Djing!» und eilten ebenfalls davon. Diese beiden Rotgardisten schienen sich nicht anders zu benehmen als sonst, und ich schloß daraus, daß sie von dem jüngsten Geschehen um Djing-Djing nichts wußten. Ich fühlte mich außerordentlich erleichtert.

Auch der Familie Dscho gegenüber würde ich vorsichtig sein müssen. Es war keineswegs Zufall, daß die Schulleitung uns diese Wohnung zugewiesen hatte. Drei Familien lebten in diesem Flügel; unsere Tür lag genau gegenüber dem Eingang der Familie Wang, und daneben wohnten die Dschos. Herr Wang entstammte einer Gelehrtenfamilie aus Nanking, sein Vater war Professor. Aber weil sein Großvater ein Beamter der früheren Nationalregierung gewesen war, gab er sich in allem superradikal, um dadurch seine Loyalität zur Partei zu beweisen. Damals, als die Roten Garden ihren Siegeszug antraten, verkündeten große Plakate, daß es unstatthaft sei, Hausgehilfinnen zu halten. Daraufhin hatten die Wangs sofort ihre Hilfe entlassen. Ihr Sohn Dung-Dung hatte bei seiner Geburt nur zweieinhalb Pfund gewogen und war, seit er den Inkubator des Krankenhauses verlassen hatte, von der alten Haushälterin großgezogen worden. Vier Jahre lang waren sie einander nahe gewesen und so vertraut geworden, daß die plötzliche Trennung ein herber Einschnitt war. Der alten Frau und Dung-Dung fiel die Trennung besonders schwer, und sogar Tante Wang konnte ihre Tränen nicht zurückhalten. Nur Herr Wang hatte keine Gefühlsregung gezeigt, außer daß er seine Brauen mißbilligend zusammengezogen hatte.

Seine Familie war die erste aus unserem Wohnblock gewesen, die den Appellen der Roten Garden Folge geleistet hatte. Um ihren Beifall auszudrücken, hatten die Roten Garden das Plakat mit der Aufschrift «Befreit die Haushaltshilfen» unter Gong- und Trommelschlag eigenhändig von Wangs Haustür abgerissen. Als später die Zahl der arbeitslosen Frauen, die keinen Lebensunterhalt finden konnten, enorm anstieg, hatten diese eine Eingabe an Premier Tschu En-lai gemacht mit der

Bitte um Abhilfe. Bald darauf zirkulierte ein Runderlaß des Inhalts, daß unter gewissen Umständen eine Haushaltshilfe gehalten werden könnte. Zu dieser Zeit hatte sich Herr Wang der Bewegung ‹Siebenter Mai› angeschlossen und war bei dem Programm ‹Reform durch Arbeit› im Norden der Provinz Kiangsu tätig. Da seine Frau oft zur Nachtschicht gehen mußte, wollte sie gern die alte Frau wieder einstellen, doch Herr Wang blieb unnachgiebig. Tante Wang blieb daher nichts anderes übrig, als Dung-Dung in wattierte Jacken zu wickeln, so daß er aussah wie ein unförmiger Ball, und ihn auch bei Temperaturen unter null Grad auf dem Rücken mit zur Nachtschicht zu nehmen. Wenn es dazu noch stürmte und schneite, hatte ich Mitleid mit dem Kind und bestand zuweilen darauf, daß es bei uns blieb und mit Djing-Djing zusammen schlief. Wegen dieser Erfahrungen hatte ich Angst vor Herrn Wang und hielt mich zurück.

Herr und Frau Dscho waren beide bedeutende Parteimitglieder. Entweder waren sie gerade beauftragt, an Versammlungen teilzunehmen, oder sie hatten problematische Kollegen zu verhören. Aus diesem Grunde waren sie nie abkömmlich, um auf dem Lande praktische Arbeit zu leisten. Vielleicht war dies der Grund, warum beide besonders begeistert verkündeten, wie bedeutend und richtig die ‹Direktive Siebenter Mai› des Vorsitzenden Mao sei und daß sie für alle Zeiten befolgt werden müsse. Dies traf insbesondere auf Herrn Dscho zu, einen versierten Fachmann der politischen Phraseologie, die ihm glatt über die Lippen kam. Hinter seinem Rücken nannten ihn die Leute den Super-Linken, doch keiner hatte den Mut, ihn direkt zu fragen, wann er selbst den Pfad der ‹Direktive Siebenter Mai› zu beschreiten gedenke. Die Söhne der Dschos übertrafen die Eltern noch in ihrem Eifer. Zu Anfang der Kulturrevolution, als die Knaben noch in der

Volksschule waren, taten sie sich bereits hervor und organisierten Abordnungen von Kindern der übrigen Familien in unserem Wohnkomplex zum «durchsuchen und beschlagnahmen». Mit mörderischer Miene knallten sie mit Lederriemen um sich, und jeder in unserer Wohnanlage, ob alt oder jung, war vor ihnen auf der Hut.

«Hör zu, Djing-Djing», schärfte ich meinem Sohn ein, «von jetzt an wirst du nicht mehr hinübergehen und bei Tante Dscho spielen.» Aber trotz dieser Ermahnung wußte ich nur zu gut, daß es das sicherste sei, das Kind in der Wohnung zu halten.

Am Morgen des dreizehnten September wachte ich mit heftigem Herzklopfen auf. Mittags sollte mein Mann eintreffen. Jetzt, wo das so langersehnte Ereignis kurz bevorstand, mischte sich in das Gefühl der Freude eine schmerzliche Vorahnung. Mein Herz schlug rasch und schwer, und mein Gemüt war bedrückt.

Als ich gerade mit dem Ankleiden fertig war, kam Großmutter An fröhlich zur Tür herein, um mir zu zeigen, was sie alles eingekauft hatte. Sie war schon um vier Uhr aufgestanden, um frisches Gemüse und Fisch zu kaufen. Beim Anblick ihres gefüllten Korbes und ihrer frohen Miene war ich zugleich beglückt und beschämt. Nun lebte ich schon mehrere Jahre in China, aber ich hatte es noch niemals fertiggebracht, wegen eines Gaumenschmauses meinen Schlaf zu verkürzen.

Als ich mich anschickte, zur Arbeit zu gehen, und wie gewohnt Djing-Djing mitnehmen wollte, sagte Großmutter An: «Sein Vater kommt doch heute nach Hause. Warum wollen Sie ihn dann noch zum Kindergarten bringen?»

Daraufhin protestierte auch Djing-Djing: «Mama, ich möchte heute nicht gehen!» «Du solltest es lieber doch tun», sagte ich nach kurzem Überlegen, «dann kann Großmutter An ungestört arbeiten.»

Das Kind war enttäuscht, aber in diesem Augenblick öffnete sich die Tür bei den Wangs, und Dung-Dung kam mit seiner Mutter heraus, die Schultasche auf dem Rücken. Die beiden Kinder fingen sogleich an, miteinander zu plaudern, und rasch war Djing-Djings Protest vergessen. Danach traten auch die Mitglieder der Familie Dscho aus der Tür, und nach einem kurzen Gruß gingen wir alle unserer Wege.

Es war ein wunderschöner Tag. Die Morgensonne übergoß alles mit strahlendem Licht. Der Weg zum Kindergarten war zu beiden Seiten mit französischen Firmiana-Bäumen, einer Platanenart, bestanden. Die Sonne schien durch das Laub, das seinen Schatten auf den gepflasterten Weg warf, und eine leichte Brise bewegte die Blätter, so daß ihre Schatten in vielerlei Formen auf dem Pflaster tanzten. Während ich unter den Bäumen daherschritt, versuchte ich, den Ausdruck der Nachbarn zu deuten. Jener Super-Linke schritt wie gewohnt erhobenen Hauptes und unnahbar dahin. Hatte seine Frau meinem Djing-Djing wohl den Kopf gestreichelt? Die beiden Brüder waren nach dem kurzen Ausruf «Tante Wen!» gleich davongelaufen. War es, weil sie es eilig hatten, zur Schule zu kommen, oder versuchten sie, mir aus dem Wege zu gehen? Was Tante Wang betraf, so war ich beunruhigt; denn sie hatte mir nur kurz einen guten Morgen gewünscht und sich dann Frau Dscho zugewandt, mit der sie sich eingehend über das Wetter unterhielt. Wenn sie so freundschaftlich mit einem Parteimitglied umging, würde sie da nicht doch den Ausruf Djing-Djings mit ihr besprechen?

Während ich darüber nachdachte, begann mein Kopf zu schmerzen. Djing-Djing lief hüpfend voraus, und beim Versuch, ihn einzuholen, drang mir der Schweiß aus allen Poren, und mein Leib zog sich krampfhaft zusammen. Mit der einen Hand wischte ich mir den Schweiß von der Stirn und stützte mit der anderen, schwer atmend, meinen Leib. Als ich endlich den Kindergarten erreichte, waren die anderen Kinder schon versammelt, und ich sah Hsiau Hung auf dem Fußboden mit Bauklötzen spielen. Sie trug einen rosafarbenen Kittel, auf den ihre Mutter mit großen Zeichen «Liebe die Arbeit» gestickt hatte. Plötzlich hob sie ihr Köpfchen, und als sie mich erkannte, rief sie laut: «Hallo, Mami von Djing-Djing!» Mit Mühe gelang es mir, ihr zuzulächeln, dann wandte ich mich rasch ab; denn meine Augen füllten sich mit Tränen.

Als ich nachmittags nach Hause kam, war ich überrascht, Djing-Djing glückstrahlend auf den Knien seines Vaters vorzufinden. «Was ist mit dir los? Du siehst ja furchtbar aus!» rief mein Mann, der bei meinem Anblick erschrak. Er setzte sogleich Djing-Djing ab, eilte mir entgegen und ließ mich auf dem Bettrand Platz nehmen.

«Es ist nichts», antwortete ich, «ich bin nur zu schnell gelaufen.»

Djing-Djing kletterte auf einen Stuhl und begann in den Kinderbüchern zu blättern, die in einem Stapel auf dem Tisch lagen. «Schau, Mami, all diese Bücher hat der Vati mir mitgebracht», rief er. Mit einem einzigen Blick sah ich, daß es sich um die üblichen Comics über Agentenjagd handelte. Ich sagte nichts dazu, aber ich mochte diese Art Bücher ganz und gar nicht, da sie die Vorstellungswelt der Kinder mit Spionen und Agenten füllten. In Djing-Djings kleiner Welt existierten nur zwei Arten von Menschen: die Guten und die Spione. Es schien, als sei China eine Nation von Spionen geworden.

Mein Mann und ich waren sehr lange getrennt gewesen, und wir hätten uns unendlich viel zu erzählen gehabt. Doch jetzt, beim Wiedersehen, schauten wir einander nur an und wußten nicht, wo wir anfangen sollten. Sein Gesicht war tief gebräunt, und er sah kräftig und gesund aus. Sein Haar war ganz kurz geschnitten. Sein geflickter blauer Baumwollanzug war vom vielen Waschen grau geworden und mit neuen Flikken besetzt. Er sah nicht anders aus als die Arbeiter in einer Kommune aus der Umgebung Nankings.

Großmutter An kochte in der Küche das Mittagessen, und alle Räume waren durchzogen vom Duft des Fisches in der mit Reiswein gewürzten Brühe. Mein Mann blickte auf meinen gewölbten Leib und sagte dann nur lächelnd: «Es duftet gut!»

«Das Essen ist fertig!» rief Großmutter An. «Djing-Djing, wasch dir die Hände!»

Nur ungern trennte er sich von seinen Bilderbüchern, kletterte vom Stuhl und ging in die Küche.

«Beim Bücherkaufen solltest du darauf achten», sagte ich rasch zu meinem Mann, «daß nicht zu viele Bilder des Vorsitzenden Mao drin sind.»

«Sei ganz beruhigt», sagte er, verständnisvoll schmunzelnd. «Meine Kollegen haben mich schon gewarnt. Ich solle lieber keine Bilderstreifen über die Arbeitshelden Le Feng und Wang Djiä kaufen, da auf jeder zweiten Seite Bilder des Vorsitzenden Mao erscheinen. Manche Kinder haben schon viel Ungemach verursacht, weil sie, ohne es zu wollen, beim Ausmalen der Bilder die Züge des Großen Vorsitzenden verschmiert haben. Er beugte sich zu mir herüber und flüsterte mir ins Ohr: «Meine Kollegen entfernen sogar die Bilder des Vorsitzenden Mao, ehe sie den Kindern die Bücher geben. Man darf nur nicht darüber reden. Wir müssen gut auf Djing-Djing aufpassen. Er ist in einem schwierigen Alter. Er versteht zwar unsere Worte, aber er begreift ihren Sinn noch nicht. Laß ihn ja nicht auf dem Boden herummalen und gib ihm keine Kreide und keine Bleistifte in die Hand. Falls er einmal

Dummheiten machen sollte, könnten wir uns mit unserem Hintergrund niemals reinwaschen, selbst wenn wir uns dafür ins Meer stürzen würden. Gerade jetzt, wo diese Frau bei uns wohnt, müssen wir ganz besonders vorsichtig sein. Heutzutage kann man nicht genug auf der Hut sein.»

«Ja, ja!» stimmte ich eilig zu und vermied es, meinem Mann in die Augen zu sehen. Im Unterleib verspürte ich einen dumpfen Schmerz.

Beim Essen häuften mein Mann und Großmutter An abwechselnd immer wieder Fisch und Gemüse auf Djing-Djings kleine Reisschale. «Bist du auch immer artig gewesen?» fragte ihn sein Vater. «Und hast du auch nichts angestellt?»

«Nein, nichts», versicherte Djing-Djing ohne Zögern und stopfte sich eifrig Fisch in den Mund.

Großmutter An warf mir einen Blick zu, sagte aber nichts und fuhr fort zu essen. Mein Mann drängte mich, mehr Fisch zu essen: «Eine schwangere Frau muß viel Fisch essen, er enthält viel Calcium und Phosphor.»

Beim Anblick seines heiteren Gesichts, aus dem die Freude sprach, nach langer Zeit wieder daheim zu sein, empfand ich im innersten Herzen ein Schuldgefühl. Er berichtete, wie er gelernt hatte, sich selbst die Haare zu schneiden und seinen Anzug zu flicken, und ich bemühte mich, das Mahl mit Haltung zu beenden.

Am Nachmittag begegnete ich auf dem Wege zur Arbeit Dung-Dungs Vater. Mit einer Hand schob er sein Fahrrad, in der anderen balancierte er einen großen verschlossenen Speisebehälter. Mit einem Blick erkannte ich, daß er in dem berühmten Da-San-Yüan-Restaurant eine geröstete Ente gekauft hatte. Er nickte höflich, als ich ihn grüßte, und seine weißen Zähne glänzten in seinem gebräunten Gesicht.

Während mein Mann nach dem Abendessen darauf wartete,

daß das Wasser warm würde, um ein Bad zu nehmen, trugen Djing-Djing und ich wie üblich unsere Hocker in den Garten, um dort eine Weile zu sitzen. In Nanking sind im September die Morgen- und die Abendstunden kühl, und es ist eine Wohltat, nach der Abendmahlzeit draußen zu sitzen. Viele Familien essen sogar im Freien. Daher standen allabendlich bei Einbruch der Dämmerung Tische und Stühle im Hof unserer Wohnanlage; die Lehrkräfte und ihre Familien saßen in Hemd und kurzen Hosen draußen und hielten in einer Hand den Fächer und in der anderen die Eßstäbchen. Die Abendluft vibrierte von ihrem Lachen und ihrem witzigen Geplauder.

An diesem Abend saßen wir an unserem gewohnten Platz unter dem Küchenfenster der Wangs. Tante Wang, die stets spät von der Arbeit zurückkehrte, war gerade dabei, das Abendessen zuzubereiten. Der Duft von Gemüse und Austernsoße drang aus dem Fenster. Während sie in der Küche hantierte, summte sie ein Lied, das mir unbekannt war. Das war mir neu; ich hatte gedacht, daß sie nur Revolutionslieder kennen würde. Ich konnte nur ihren Oberkörper sehen. Sie trug eine hellrote Bluse mit kurzen Ärmeln. Ihr Haar war frisch frisiert, auf ihrem Gesicht stand ein Lächeln. Sie war eine typische Frau aus dem Süden, die gern modisch gekleidet ging, doch dies war das erstemal, daß sie so leuchtende Farben trug. Wie ich sie so wohlgemut bei ihrer Arbeit sah, mochte ich sie nicht durch meine Begrüßung stören. Viele der Lehrer, die gerade von der Arbeit zurückgekommen waren, saßen draußen im Hof versammelt, begrüßten einander lebhaft und machten mehr Lärm als an einem Feiertag.

Um halb zehn, als Djing-Djing und Großmutter An längst im Bett waren und mein Mann und ich uns gerade zurückziehen wollten, hörten wir das Schreien eines Kindes. Ich erkannte Dung-Dungs Stimme. Beunruhigt zog ich rasch die Bluse wieder an, die ich gerade abgelegt hatte.

«Kümmere dich nicht um anderer Leute Angelegenheiten», ermahnte mich mein Mann.

«Ich will nur mal nachschauen. Ich bin gleich wieder da», antwortete ich und eilte zur Tür. Als ich sie vorsichtig öffnete, sah ich, daß Frau Dscho ihren Kopf bereits durch den Türschlitzt gesteckt hatte, um zu lauschen.

«Was ist los?» fragte ich sie. «Dung-Dung schreit ja zum Steinerweichen.»

«Das weiß ich auch nicht», antwortete sie und öffnete die Tür einen Spalt weiter.

Zuerst hatte Dung-Dungs Vater mit lauter Stimme etwas gesagt, doch dann wurde es abrupt still, so, als würde man das Radio abschalten. Selbst Dung-Dungs Heulen wurde leiser, bis es schließlich in ein stilles Schluchzen überging. Frau Dscho und ich lauschten eine Weile, dann schlossen wir unsere Türen wieder.

«Was gab es?» fragte mein Mann, als ich zum Bett zurückkam.

«Nichts», antwortete ich. «Dung-Dung weinte.»

Dennoch war ich beunruhigt. Seit mehreren Jahren waren wir unmittelbare Nachbarn, und ich hatte Dung-Dung kaum jemals weinen hören. Seine Eltern vergötterten ihren einzigen Sohn und hatten ihn nie mit lauter Stimme zurechtgewiesen. Bang begann ich mich zu fragen, ob es etwas mit Djing-Djing zu tun haben könnte, und schlief auch in dieser Nacht sehr schlecht. Immer wieder wachte ich auf, und das Kind in mir war so schwer, daß es mir schier den Atem nahm.

Der folgende Tag war ein Sonntag. Absichtlich ließ ich unsere Tür offen in der Hoffnung, daß Dung-Dung herüberkäme, um mit Djing-Djing zu spielen. Aber ich konnte weder ihn noch sonst jemanden von der Familie Wang erblicken. Ich drängte meinen Mann, mit Djing-Djing zu den Ming-Gräbern und zum Sun Yat-sen-Mausoleum zu gehen, aber er meinte, daß es dort an Sonntagen zu voll sei. Er wollte lieber am darauffolgenden Tag hinfahren, da Djing-Djing dann ohnehin Geburtstag hätte. Er sei außerdem schon lange nicht mehr in der Stadt gewesen. Darum brach er nach einem frühen Mittagessen wohlgemut mit Djing-Djing zu einem Stadtbummel auf.

Am Nachmittag lieferte der Kohlenhändler unsere Ration von hundert Briketts, die er vor der Tür aufbaute. Großmutter An ließ es nicht zu, daß er ihr half, sie ins Haus zu tragen. Sie nahm jeweils vier Stück auf einmal und stapelte sie in der Küche unter der Spüle auf. Da ich ihr nicht helfen konnte, fegte ich den Kohlenstaub zusammen. Als ich einmal meinen Kopf hob, sah ich, daß die Tür der Wangs einen Spalt geöffnet war und Dung-Dung aus seinen schmalen Augen zu mir herüberblickte.

«Dung-Dung, wo ist deine Mutter?» fragte ich ihn, während ich weiterfegte.

«Sie hält ihren Mittagsschlaf», flüsterte er. Dabei öffnete er die Tür etwas weiter und streckte den Kopf heraus.

«Warum hast du letzte Nacht geweint?» fragte ich ihn, ebenfalls flüsternd. Er schaute mich schweigend an und blinzelte.

«Hat dein Vater dich geschlagen?»

Er zögerte, dann sagte er leiser: «Er hat mich verprügelt.» Dabei zuckte er, als ob er noch den Schmerz verspüre.

«Tatsächlich?» rief ich überrascht und ließ den Besen fallen, er schlug auf ein Brikett, das in Stücke ging.

«Schauen Sie nur, was Sie angerichtet haben!» Großmutter An kam herbeigelaufen, außer sich über diese Verschwendung. Sie nahm mir den Besen aus der Hand und fegte die Stücke zusammen.

Da ging ich zu Dung-Dung hinüber und fragte ihn: «Warum hat dein Vater dich denn geschlagen? Hast du etwas angestellt?»

«Ich habe ein reaktionäres Wort gesagt», gab er treuherzig zu.

«Was?» stöhnte ich erschrocken. «Hast du das gesagt? Nun sag, wer es gesagt hat, du oder Djing-Djing?» Er nickte, dann schüttelte er den Kopf. «Ich will es nie wieder sagen, mein Papa hat mir verboten, mit irgend jemandem darüber zu sprechen...»

«Dung-Dung», ertönte plötzlich die Stimme von Herrn Wang. Verschreckt zog der Junge seinen Kopf zurück und schlug die Tür laut hinter sich zu.

«Was war denn nun eigentlich los?» Großmutter An hatte einen Teil der Unterhaltung mitbekommen. Sie vergaß zu fegen, richtete sich empor und starrte mich forschend an: «Wer hat es nun gesagt?»

«Vielleicht war es Djing-Djing gar nicht.» Ich begann einen Hoffnungsschimmer zu sehen. Aber dann fühlte ich einen stechenden Schmerz; denn die Tür war gegen meinen Leib geschlagen.

«Ist Ihnen nicht wohl?» fragte die alte Frau besorgt, als sie sah, daß ich meinen Leib mit beiden Händen stützte.

«Es ist nichts», antwortete ich. Ich ließ eine Hand über meinen Leib gleiten, der sich anfühlte wie ein fester Ball. Das beunruhigte mich. «Ich werde mich eine Weile hinlegen!»

Aber wie konnte ich Ruhe finden? Meinen Leib haltend, ging ich im Zimmer auf und ab, ängstlich auf die Rückkehr von Mann und Sohn wartend. Ich kann nicht sagen, wieviel Zeit verstrichen war, bis ich Djing-Djings Stimme hörte, der freudig «Mama» rief. Großmutter An öffnete rasch die Tür, und Djing-Djing stürzte mit einer Schachtel in der Hand herein. «Mama, neue Schuhe! Papa wird mich morgen an meinem Geburtstag zum Mausoleum mitnehmen!»

Ich lief hinüber und packte ihn. «Komm hierher!» schrie ich und zog ihn ins Schlafzimmer. Als mein Mann zur Tür hereinkam und uns beide sah, folgte er uns und fragte mehrmals: «Was ist los?»

Ich zog Djing-Djing zum Schreibtisch hinüber, zeigte mit ernstem Blick auf das Porträt des Vorsitzenden Mao und fragte ihn leise: «Djing-Djing, ich will, daß du mir die Wahrheit sagst. Dung-Dung hat gesagt, daß er das reaktionäre Wort gebraucht hat. Hast du es gesagt oder nicht?»

Als das Kind «reaktionäres Wort» vernahm und auf das Bild des Vorsitzenden Mao blickte, erstarrte sein Gesicht.

«Reaktionäres Wort? Was für ein reaktionäres Wort?» Mein Mann, aufgebracht und voller Spannung, faßte Djing-Djing fest an den Schultern.

«Ich habe es nicht gesagt!» Djing-Djing schüttelte immer wieder mit dem Kopf und schaute verängstigt seinen Vater an. «Ich habe es nicht gesagt! Es war Dung-Dung...»

«Ach!» Ich stieß einen Seufzer der Erleichterung aus. Mir war, als würde die schwere Eisenplatte, die auf meinem Herzen gelastet hatte, von mir genommen.

«Was hat er gesagt? Sag es mir! Schnell!» Sein Vater faßte ihn an den Schultern und schüttelte ihn. «Was hat er gesagt? Wo hat er es gesagt?»

«Im Hof», stammelte Djing-Djing und zeigte zum Fenster. «Dung-Dung wollte, daß ich sage..., der Vorsitzende Mao... ein faules Ei. Aber ich wollte es nicht sagen. Da hat Dung-Dung es gesagt.»

«Wann war das? Antworte, schnell!» fragte ich ungeduldig.

«Ich glaube, es muß gestern nachmittag gewesen sein», unterbrach Großmutter An. Unbemerkt war sie uns ins Schlafzimmer gefolgt. «Da haben die beiden eine ganze Weile zusammen gespielt.»

«Gestern?» Ich war verdutzt und glaubte aus allen Wolken zu fallen.

«Wo gibt es denn so etwas? Daß Kinder solche reaktionären Worte sagen?» Das Gesicht meines Mannes war dunkel vor Zorn, als er das Kind heftig schüttelte. Djing-Djing war so verängstigt, daß er in Tränen ausbrach.

«Hör auf zu weinen!» schalt sein Vater. «Wie war es nun? Hast du es gesagt oder nicht?! Antworte mir!»

Djing-Djing heulte noch lauter. Vor meinen Augen begann es zu flimmern. Großmutter An stützte mich und rief aus: «Du liebe Zeit, wie schlecht sie aussieht!»

Noch am gleichen Tage wurde ich ins Krankenhaus eingeliefert, und nach einer Nacht voller Angst und Schmerzen gebar ich vorzeitig unser zweites Kind.

Meine Kollegen bemerkten öfters mit Erstaunen und etwas Neid: «Lehrerin Wen, Ihre beiden Söhne haben am gleichen Tage Geburtstag!» Darauf antwortete ich stereotyp mit einem Lächeln: «Das verdanke ich dem Vorsitzenden Mao!»

Und in der Tat war ich dem Großen Vorsitzenden dankbar; denn von nun an wurde Tante Wang eine zuverlässige Freundin, und sogar ihr Mann nickte mir zu und lächelte freundlich, wann immer er mir begegnete.

Nachtwache

Liu Hsiang-dung ging mit langen Schritten in den Speisesaal der Staatsfarm, unterm Arm eine große Schale und in der Hand ein Paar Eßstäbchen. Der Speisesaal war gedrängt voll; lange Schlangen standen vor den Ausgabeschaltern und zogen sich bis in die entfernteste Ecke, wo gewöhnlich Suppe verkauft wurde. Es herrschte ein ungewöhnliches Gedränge, weil an diesem Nachmittag die neu eingetroffenen Lehrer zum Essen kamen, denen zuvor ihre Betten zugewiesen worden waren. Gleichzeitig hatten all jene, die am nächsten Morgen nach Nanking zurückkehren sollten, sich schon früh angestellt, um ihre letzte Mahlzeit auf der Staatsfarm einzunehmen. Da an den Tischen kein Platz mehr war, verzehrten die meisten ihr Essen im Stehen. Liu Hsiang-dung reihte sich am Ende einer der Schlangen ein. Er suchte in seiner Tasche nach den Reis- und Gemüsemarken und studierte die Speisekarte, die an der Wand hing.

Das Tages-Menü, mit schwarzer Tusche auf leuchtendrotes Papier geschrieben, weckte sofort sein Interesse. Um die Neuangekommenen zu bewillkommnen und die Abreisenden zu verabschieden, bot die Küche heute etwas Besonderes. Es gab ‹Löwenkopf› – das sind große Klöße aus Hackfleisch –, süßsaure Rippchen und Salzwasser-Ente, eine Spezialität der Nankinger Küche. Das Menü hatte seinen Appetit angeregt, und als er sah, wie die Leute um ihn herum ihr Mahl verschlangen, begann sein Magen zu knurren. Seit er im vergangenen Jahr nach China zurückgekehrt war, hatte sich sein Appetit gewaltig gesteigert. Er aß jetzt zweimal soviel wie früher und verspürte dennoch keine Magenbeschwerden. In Amerika war er ständig in Sorge gewesen, ein Magengeschwür zu bekommen. Der Gedanke, daß der menschliche Magen sich so schnell umstellen konnte, faszinierte ihn.

> Soldaten der Revolution müssen sich
> fest ins Gedächtnis prägen, die Drei
> Großen Regeln und die Acht Punkte
> einzuhalten: Erstens, Gehorsam bei
> jeder Handlung...

Das Radioprogramm der Staatsfarm hatte begonnen. Liu Hsiang-dung brauchte nicht auf seine Uhr zu schauen, um zu wissen, daß es fünf Uhr dreißig war. Morgen für morgen trompeteten die Lautsprecher das Lied ‹Der Osten ist rot›, um jeden aus dem Bett zu scheuchen. Beim Mittagessen und während der Arbeitspausen wurden Revolutionslieder gesendet – zum Entspannen. Und schließlich begleitete die Melodie ‹Der Osten ist rot› alle wieder ins Bett. Das Leben war genau reguliert und änderte sich nie; Armbanduhren schienen überflüssig. Er dachte daran, wie schwer es ihm gefallen war, sich an die lärmenden Lautsprecher zu gewöhnen, als er nach Nanking kam. Er empfand sie als Einschränkung seiner persönlichen Freiheit, die seine Gedanken störten und ihn zur Gleichschaltung zwangen. Er hatte sogar mit dem Gedanken gespielt, dies dem Genossen Abteilungsleiter gegenüber zu erwähnen und einen Verbesserungsvorschlag zu unterbreiten. Doch schon bald war ihm bewußt geworden, daß die Stimme aus dem Lautsprecher ein fester Bestandteil des täglichen Lebens im Neuen China war. Darum zwang er sich, die störenden

Geräusche zu akzeptieren, und mit der Zeit nahm er sie ganz gelassen hin. Neulich war er nach dem Setzen der Reispflanzen, einer besonders schweren und mühsamen Arbeit, sogar eingeschlafen, noch ehe die Sendung beendet war.

«Beeilt euch! Schnell! Salzwasser-Ente ist ausverkauft! Kohl kostet drei Cents pro Teller!» Der Genosse Gemüseverkäufer schrie es lauthals, als Liu Hsiang-dung zum Ausgabeschalter kam. Durch die schmale Öffnung sah er, daß die besonderen Gerichte tatsächlich schon ausverkauft waren; es blieb ihm nichts anderes übrig, als zwei kleine Teller mit Fleischscheiben und Gemüse sowie etwas Reis zu verlangen. Er balancierte seine Schale vorsichtig vor sich her und suchte nach einem weniger bevölkerten Platz, wo er stehend sein Essen verzehren konnte.

«Junger Liu!»

Jemand rief seinen Namen; als er sich umwandte, sah er, daß Lau Ho, der im gleichen Wohnheim wohnte wie er selbst, ihn mit seinen Eßstäbchen zu sich herüberwinkte. Lau Ho und drei oder vier Kollegen aus seiner Abteilung hatten einen Tisch für sich allein und verzehrten mit gutem Appetit ihre Mahlzeit. Sie rückten zusammen und ließen ihn auf einer Ecke der Sitzbank Platz nehmen.

«Du bist zu spät gekommen, die Ente ist schon ausverkauft», sagte Lau Ho bedauernd.

«Das macht nichts», erwiderte Liu Hsiang-dung und zuckte gleichgültig mit den Schultern. Als ‹Grasländer›[1] hielt er ohnehin nicht viel von einer Salzwasser-Ente. Er fand die gedünstete Ente seiner taiwanesischen Heimat sehr viel schmackhafter. An den Knochenhaufen auf den Tischenden sah er, daß die anderen alle eine Portion Ente verzehrt hatten.

«Junger Liu, wirst du nach deiner Entlassung von der Staatsfarm wieder Unterricht erteilen?» fragte ein ihm gegenüber sitzender Kollege, der anschließend einen Knochen ausspie und geräuschvoll seine Schale leerkratzte.

«Er wird Assistent für Mathematik im ersten College-Jahr», antwortete Lau Ho für ihn mit einem Anflug von Neid.

Liu Hsiang-dung murmelte eine Bestätigung und tat so, als sei er von seinem Mahl vollständig in Anspruch genommen. Die gegenwärtige Bildungspolitik, abwechselnd zu studieren und auf dem Lande zu arbeiten, warf nicht nur die Lehrpläne über den Haufen, sondern kostete auch manchen Lehrer seine Stelle, wenn er aus dem Arbeitsdienst zurückkehrte. Deshalb beneidete man natürlich jeden, der von neuem seine Lehrtätigkeit aufnehmen konnte. Aber da die Universitäten gerade erst wieder angefangen hatten, neue Studenten aufzunehmen, gab es nur erste Semester; er mußte bis zum dritten Jahr warten, ehe sich entscheiden würde, ob er wieder in seinem Spezialfach unterrichten konnte. Aber um nicht zwei Jahre lang müßig zu sein, hatte er nachdrücklich darum gebeten, an der Unterrichtsfront eingesetzt zu werden. Sein Gruppenführer hatte ihn daraufhin für diese Assistentenstelle vorgemerkt, mit der er beginnen sollte, sobald er seinen Arbeitsdienst abgeleistet hatte. Die Aufgabe des sogenannten Assistenten bestand lediglich darin, dem Mathematiklehrer zur Seite zu stehen und den Studenten bei den Vorlesungen und im Wohnheim Nachhilfe zu erteilen.

Liu Hsiang-dungs ernsthafter Entschluß, alle seine Kräfte dem sozialistischen Aufbau des Vaterlandes zur Verfügung zu stellen, half ihm, darüber hinwegzusehen, daß man ihn auslachte, weil er seine Talente auf einer so niedrigen Stufe einsetzte. Er hatte sogar eine Menge Fachliteratur auf die Staatsfarm mitgebracht, um sich gründlich vorzubereiten. Der Zufall wollte es, daß sich in derselben Arbeitsgruppe ein anderer junger Lehrer befand, der gerade von der Assistentenarbeit in einer Mathematikklasse kam. Liu Hsiang-dung war sofort zu ihm gegangen und hatte ihn um Rat und Hilfe gebeten. Zunächst war der junge Mann bestürzt gewesen, als er die vielen Bücher gesehen hatte; dann hatte er laut gelacht. Bei der ersten Gelegenheit nahm er Liu Hsiang-dung beiseite, um ihm zu sagen, daß man im ersten Jahr mit Dezimalstellen und Addieren beginne. Bis zu ihrem Abschluß würden die Studenten es nicht einmal bis zur Differentialrechnung gebracht haben, von schwierigeren Rechenformen ganz zu schweigen.

«Wenn du ihnen beibringen kannst, daß 0,1 plus 0,1 gleich 0,2 und 0,5 plus 0,5 nicht gleich 1,25 ist, dann hast du deine Aufgabe voll und ganz erfüllt.»

Diese schonungslose Mitteilung wirkte auf Liu Hsiang-dung wie eine kalte Dusche. Er hatte seine Bücher zusammengebündelt, unter seine Strohmatratze gelegt und nie mehr erwähnt, daß er eine Assistentenstelle anstrebe. Ihm war klar, daß seine Enttäuschung nicht die Studenten betraf – sie wurden abkommandiert, um an der Universität Mathematik zu studieren. Aber wovon war er enttäuscht? Warum war er so verwirrt und entmutigt? Außerstande, eine Antwort darauf zu finden, hatte sich der Kummer bleischwer auf sein Herz gesenkt.

«Achtung, Genossen!» Der Ansager der Staatsfarm unterbrach plötzlich die Revolutionslieder, um eine Mitteilung durchzugeben. «Heute abend Punkt sieben Uhr wollen sich bitte alle Genossen im Speisesaal versammeln, um die Leistungen des Arbeitsdienstes während dieser drei Monate zu bewerten. Wir möchten auch die neuen Lehrer willkommen heißen, die hierher gekommen sind, um der ‹Direktive Siebenter Mai›[2] des Vorsitzenden Mao Folge zu leisten. Nach dem Bericht des Kommune-Komitees wird ein Vertreter jeder Studiengruppe berichten, was seine Gruppe in dieser Periode des Arbeitsdienstes gelernt hat. Nach der allgemeinen Versammlung werden Gruppendiskussionen stattfinden. Bitte um pünktliches Erscheinen!»

Da der Versammlungstermin bereits jedem längst bekannt war, verursachte die Ansage keine besondere Aufregung.

«Es ist der letzte Abend; hoffentlich dauert die Versammlung nicht zu lange.» Mit diesen Worten nahm Lau Ho sein leeres Geschirr und verließ den Saal.

«Was ich gelernt habe, ist genau das gleiche wie das letzte Mal, also werde ich mit dem, was ich zu sagen habe, in zwei Minuten fertig sein», sagte leichthin ein Kollege, der neben Liu Hsiang-dung gesessen hatte. Er hatte sein Essen beendet und seine weiße Porzellanschale glänzend reingeschabt. Plötzlich wandte er sich mit einem interessierten Blick Liu Hsiang-dung zu: «Dies ist das erstemal, daß du an der ‹Direktive Siebenter Mai› teilnimmst. Da hast du sicherlich zahlreiche nachhaltige Eindrücke gewonnen. Deshalb könntest du heute abend eine lange Rede halten.»

Als er das Wort «Rede» hörte, errötete Liu Hsiang-dung und antwortete hastig: «Ich werde warten, bis ich wieder in Nanking bin, ehe ich Reden halte. Da ich heute Nachtwache habe, hat mich der Gruppenführer von der Versammlung dispensiert.»

«Aber weil du morgen nach Nanking zurückkehrst, solltest du wirklich teilnehmen», meinte fürsorglich ein anderer Kollege. «Wenn du heute die Nachtwache übernimmst, kannst du nicht einmal den Schlaf nachholen. Es lohnt sich also nicht.»

«Das macht nichts. Eine Nacht ohne Schlaf macht mir nichts aus.»

Tatsächlich hatten die eigennützigen Motive der anderen es Liu Hsiang-dung ermöglicht, die Nachtwache zu übernehmen. Nachdem er vor drei Monaten erfahren hatte, welcher

Art diese Versammlungen waren, hatte er absichtlich einen Grund gesucht, ihnen fernbleiben zu können. In der damaligen Versammlung hatte er der vorigen Gruppe von Lehrern zugehört, wie sie rührselig und weitschweifig von der Wirkung berichteten, welche die Teilnahme an der Umerziehung durch die armen, unteren und mittleren Bauern im Norden der Provinz Kiangsu auf sie ausgeübt hatte. Begeistert hatten sie davon erzählt, wie vollkommen sich ihre Lebensauffassung geändert und ihre Überzeugungen gewandelt hätten. Es sei wie eine Wiedergeburt gewesen. Einige der Lehrer hatten reichlich Tränen vergossen, und auch er selbst war von dem Gesagten so betroffen gewesen, daß sich seine Hände zu Fäusten geballt hatten und die Handflächen feucht von Schweiß gewesen waren.

Nun waren die drei Monate im Nu vergangen. Noch heute schrak er beim Gedanken an diese Versammlung zusammen, wußte er doch, daß er zu gegebener Zeit nicht wie die anderen gefühlvoll und beredt Lobeshymnen anstimmen konnte so wie Schauspieler in einem bewegenden Drama.

Als sein Kollege erwähnte, daß er eine Rede halten solle, war das durchaus nicht sarkastisch gemeint gewesen. Er selbst wußte, daß er ein guter Redner war. Vor einigen Jahren hatte er in den Vereinigten Staaten von Amerika während der Diau-yü Tai-Bewegung[2] mit einer Reihe gleichgesinnter Freunde eine Rede-Tournee von Berkeley bis Chicago unternommen. Auf Tribünen und von Autodächern herab oder wo sonst gerade Platz gewesen war, hatte er stundenlang Reden gehalten. Was ihn damals getrieben hatte, war nicht nur tief empfundener Patriotismus gewesen, sondern auch ein hohes Ideal. Für dieses Ideal hatte er nachts die Werke von Lenin und Mao Tse-tung studiert und sich zahlreiche Notizen gemacht. Aus Furcht vor den Nachstellungen des FBI wagte er nicht einzuschlafen, ohne vorher seine Manuskripte unter seinem Kopfkissen versteckt zu haben.

Er dachte an jene höchst aufregenden Tage zurück. Im Vergleich dazu war das Leben nach seiner Rückkehr in die Heimat ruhig und ereignislos verlaufen. Mit Ausnahme des dreimonatigen Einsatzes in der Landwirtschaft hatte er seine Zeit mit der Anti-Lin Piao-Kampagne und in ideologischen Studierzirkeln verbracht. Ganze sechs Monate hatte er auf das Studium eines kleinen Werkes ‹Staat und Revolution› verwandt, sich mit jedem Wort und jedem Satz auseinandergesetzt, ja, fast das ganze Buch auswendig gelernt. Anfangs hatte er eifrig an den Diskussionen teilgenommen, ganz besonders dann, wenn er merkte, daß viele Lehrer nicht die leiseste Ahnung hatten, was es bedeutet, den ‹Mechanismus des Staates zu zerschlagen› und welche Wege der Kommunismus für die Zukunft weist. Er hatte zahlreiche Theorien und Meinungen zitiert, um nicht nur die Möglichkeit, sondern auch die Unvermeidbarkeit dieser Zukunftsgesellschaft zu beweisen. Je mehr er davon sprach, desto mehr hatte er sich an dem Ideal einer utopischen Welt berauscht. Einmal hatte er sich in eine solche Begeisterung hineingeredet, daß er nicht mehr wußte, wie lange er gesprochen hatte. Als er endlich zum Schluß kam, bemerkte er, daß einer seiner Kollegen fest eingeschlafen war. Der Diskussionsleiter gähnte mit weit geöffnetem Mund und zwang sich zu einem Lächeln, als sich ihre Augen trafen. Vielleicht hatte das ihm den Ruf eines ‹brillanten Redners› eingetragen?

Was ihn schmerzte, war indessen nicht dieser Spitzname, sondern die Wahrheit, die er allmählich zu erfassen begann. Ihm dämmerte, daß die führende Schicht der Intellektuellen nur um der Diskussion willen diskutierte und keineswegs, weil sie mit dem Herzen dabei waren. Und wenn sie Fragen stellten, dann oft nur, um ihre eigene Frustration abzureagieren. Gerade das hatte ihn besonders geschmerzt. Er konnte nicht umhin, zu zweifeln: Wie viele Genossen in diesem Zentrum der Weltrevolution mochten wohl in Wahrheit an die Theorien von Marx und Lenin und an die Aussprüche von Mao Tse-tung glauben? Wie auf so viele andere Fragen fand er auch darauf keine Antwort. Je mehr sich sein Ruf als ‹brillanter Redner› verbreitete, desto schweigsamer wurde er mit der Zeit.

«Laßt euch Zeit, eßt ruhig weiter!»

Einer nach dem anderen verließen die Kollegen den Tisch, und schließlich blieb Liu Hsiang-dung allein zurück. Wenige Menschen saßen noch verstreut im Speisesaal, und die Stille wurde nur durch die donnernden Revolutionslieder aus dem Lautsprecher unterbrochen. Währen Liu Hsiang-dung gemächlich weiteraß, kam plötzlich jemand herüber und setzte sich ihm gegenüber auf die Bank. Beim Aufblicken sah er, daß es der junge Bauer war, den die Staatsfarm zum Korbflechten angestellt hatte. Der junge Mann grinste Liu Hsiang-dung an, während er mit seiner Aluminiumdose die Knochen auf dem Tisch zur Mitte hinschob, um für seine Dose und einen Teller Salat Platz zu schaffen. Liu Hsiang-dung bemerkte, daß nur drei ‹Mantous›[3] in seiner Dose waren. Diese gedämpften Brötchen und der Salat waren alles, was er hatte. Liu Hsiang-dung ließ den Blick über die auf dem ganzen Tisch verstreuten Knochen schweifen und blickte mitleidig auf sein Gegenüber, das gierig einen Mantou verschlang.

«Kehren auch Sie morgen nach Nanking zurück?» begann der junge Mann das Gespräch, nachdem er einen seiner Mantous verzehrt hatte.

«Ja», antwortete Liu Hsiang-dung. «Und wie ist es mit Ihnen? Werden Sie bald nach Huaian zurückkehren?» Der junge Bauer stopfte sich mit seinen Stäbchen zweimal den Mund mit

Salat voll, ehe er erwiderte: «Noch nicht sicher. Wenn ich die Körbe auf dieser Staatsfarm fertig habe und es hier sonst nichts mehr zu tun gibt, dann werde ich wohl zurückgehen.» Damit ergriff er den zweiten Mantou und stopfte ihn in den Mund. Seine Backen wölbten sich, eine höher als die andere. Sein großes, rundes Gesicht war tief gebräunt; unter seinen buschigen Augenbrauen starrte er auf das gedämpfte Brot vor sich.

Früher hatte Liu Hsiang-dung gelegentlich einige Worte mit dem jungen Mann gewechselt und wußte, daß er Weidung – verteidigt Mao Tse-tung – hieß, ein nach der Kulturrevolution in Mode gekommener Vorname, wie übrigens auch sein eigener. Liu Hsiang-dung wußte auch, daß der Jüngling einer armen Bauernfamilie entstammte. Er schien Anfang zwanzig zu sein, und da er kaum mit jemand anderem sprach und niemandem seine Aufmerksamkeit schenkte, war er nicht sonderlich beliebt. Der Buchhalter der Staatsfarm schimpfte oft hinter seinem Rücken, er sei faul. Das hing damit zusammen, daß der Vertrag zwischen der Staatsfarm und seiner Kommune auf Stundenlohn und nicht auf Akkordarbeit basierte. Darum machte er es sich oft bequem und benötigte manchmal zwei bis drei Tage für einen Korb. Einmal riß dem Buchhalter – einem alten Parteimitglied – die Geduld, und er versuchte, einen neuen Vertrag auf der Basis der gefertigten Stückzahl auszuhandeln. Doch er bekam eine glatte Absage: «Akkordarbeit? Das sei ja die revisionistische Linie von Liu Schao-tschi. Wolle nicht die Kulturrevolution gerade die Wurzeln des Revisionismus ausrotten? Der Vorsitzende Mao sage immer wieder: ‹Vertraut den Massen und verlaßt euch auf die unteren und mittleren Bauern …!›» Alles, was er da vorbrachte, stimmte tatsächlich mit der offiziellen Doktrin überein, und der Buchhalter, rot vor Wut, konnte nur dazu schweigen. Obwohl Liu Hsiang-dung von dieser Sache gehört hatte, konnte er nicht umhin, den jungen Bauern nun mit anderen Augen zu betrachten.

«Sie sind schon ziemlich lange von zu Hause fort – haben Sie kein Heimweh?» fragte Liu Hsiang-dung, während er seine Reisschale leerschabte.

Der junge Mann murmelte etwas, und seine dichten Augenbrauen hoben sich. Nachdem er seinen Bissen hinuntergeschluckt hatte, sagte er kalt: «Zurückgehen bedeutet auch nur Arbeit – Arbeit in der Landwirtschaft.»

Liu Hsiang-dung nickte wortlos. Er schob die letzten Reiskörner in den Mund und stand auf, um zu gehen. Als er das rechte Bein über die Bank heben wollte, hörte er ein trockenes Lachen.

«Ihre Art von Arbeit, ha!»

Liu Hsiang-dung erschrak über diese Bemerkung und errötete leicht. Doch der Mann schien nur ein Selbstgespräch zu führen, und während er den letzten Mantou anstarrte, verzog sich sein Mund verächtlich. Liu Hsiang-dung hob seine Reisschale auf, stieß die Bank beiseite und entfernte sich schweigend.

Die Mainächte im nördlichen Kiangsu sind mild und kühl. Die Sichel des zunehmenden Mondes stand schräg am Himmel zwischen den funkelnden Sternen, und die wenigen Lichter in den verstreuten Bauernhäuschen ließen den Himmel weit und hoch erscheinen. Die Ebene breitete sich endlos aus. Liu Hsiang-dung schlenderte mit auf dem Rücken verschränkten Armen allein die Straße entlang. Aus den Gräben zu beiden Seiten der Straße floß Wasser gurgelnd in die Reisfelder. In der unendlichen Stille war dieses Geräusch vorherrschend und vertraut. Alles in dieser Nacht erinnerte ihn an seine Heimat. Dort – in der Hafenstadt Hualien – würden zu dieser nächtlichen Stunde die Insekten summen und eine

Brise vom Pazifik her wehen. Die Berge dort würden düstere Schatten werfen und der Mond so nahe sein, daß man ihn mit den Händen zu greifen vermöchte. Kein Vergleich mit dieser endlosen Ebene, die den Menschen so winzig erscheinen ließ, daß ein Gefühl der Ohnmacht in ihm emporstieg. Er vermochte zwar nicht zu sagen, wann dieses Gefühl in ihm entstanden war, es wurde jedoch mit der Zeit immer stärker. Immer wieder mußte er sich darüber wundern, wie sich in dem einen Jahr nach der Rückkehr in sein Vaterland sein Gemütszustand gewandelt hatte. Ihm war, als sei er frühzeitig gealtert. Wie lange war es her, daß er mit einigen gleichgesinnten Freunden, alles entschlossene Idealisten, im Anblick der eisigen Klippen des Grand Teton jenes Gedicht des Vorsitzenden Mao ‹Frühling im Garten Tjin› rezitiert hatte? Laut und klar hatten sie die Worte gesungen: ‹Jetzt ist die Zeit für große Männer.› Wo war nur der Heldenmut geblieben? Damals hatte er seine Dissertation aufgegeben und hätte sein Leben für die Verteidigung des heiligen Landes Diau-yü Tai geopfert. Aber was war aus Diau-yü Tai geworden? Einmal hatte er einem Kollegen an der Universität diese Frage gestellt. Der hatte sich einen Augenblick am Kopf gekratzt, ehe er sagte: Diau-yü Tai? Liegt das nicht im Westen von Peking? Ist das nicht der Ort, wo man die hohen Ränge und die ausländischen Würdenträger empfängt? Danach hatte er nie wieder davon gesprochen.

Zuweilen überkam ihn ein Schuldgefühl, und er fragte sich, ob er nur ein unreifer Linksradikaler sei, dem es an Gleichmut fehle und dessen patriotische Gefühle in Zweifel und Entmutigung entartet seien. Bei seiner Rückkehr im Jahre 1973 war er voller Kampfgeist gewesen. Er erinnerte sich an die beiden ersten Wochen in Peking, als er während einer Besichtigungstour entdeckte, daß über die Situation in Taiwan überhaupt nichts bekannt war. Wann immer Taiwan erwähnt wurde, zitierte ein Kadermitglied aus den mittleren Rängen Informationen und Statistiken, die alt und überholt waren, zum Beispiel, daß die Taiwanesen nur dadurch ihr Leben fristen könnten, daß sie ihre Kinder verkauften, oder daß die gesamte Bevölkerung Taiwans die Eroberer mit Speis und Trank willkommen heißen würde, sobald sich das Festland dazu entschlossen habe, Taiwan zu ‹befreien›. Er war darüber so bestürzt gewesen, daß er eine ganze Nacht aufgeblieben war, um ein langes Memorandum zu verfassen, das er am Tage vor seiner Abreise aus Peking dem Staatsrat zugeschickt hatte. Er hatte auch die Liga der Taiwanesischen Demokratischen Selbstverwaltung aufgesucht, wo er jedoch erfahren mußte, daß deren Kenntnisse und Gedankengänge um mehr als eine Generation der Realität nachhinkten. Man wußte nicht nur nichts über das Durchschnittseinkommen eines gewöhnlichen Arbeiters auf Taiwan, sondern hatte auch keine Ahnung von der aktuellen Bedeutung der ‹Selbstverwaltung›. Liu Hsiang-dung war so aufgebracht und verärgert gewesen, daß er, ohne auch nur einen Schluck Tee getrunken zu haben, fortging. Zurückblickend bedauerte er seine damalige Reaktion jetzt schmerzlich.

Sein Memorandum war wie ein Stein gewesen, den man in den Ozean geworfen hat. Dennoch war in einem Leitartikel zum Nationaltag 1978 der Ausdruck ‹Blutsbrüder› in Verbindung mit den taiwanesischen Landsleuten gefallen, und man spürte einen herzlichen Ton der Verbundenheit. Obwohl das nur eine verbale Verbesserung der Beziehungen war, hatte Liu Hsiang-dung sie als wohltuend empfunden. Bald darauf hatte er gehört, daß der Ausdruck ‹Blutsbrüder› verwandt worden sei, weil Premier Tschu En-lai einen diesbezüglichen Vorschlag von einem Taiwanesen erhalten hatte, der auf Tschus

Einladung hin zurückgekehrt war. Es wurde auch erzählt, daß dieser Taiwanese ein glühender Verfechter einer Unabhängigkeitsbewegung für Taiwan sei, die von der Staatsführung Taiwans als antirevolutionär betrachtet wurde. Keiner wußte, ob dieses Gerücht der Wahrheit entsprach, aber es machte nachdenklich. Liu Hsiang-dung hatte sich oft gefragt, wie die aus dem Ausland heimgekehrten Studenten ihrem Vaterland am besten dienen könnten.

Bei diesem Gedanken tat er einen tiefen Seufzer. Er starrte auf den einsamen Stern am Himmel, der stumm auf ihn herabschien. Er schlenderte weiter und näherte sich bald der Wohnanlage der Staatsfarm, die still und dunkel dalag. Er blickte auf seine Uhr – es war fast halb elf; Zeit also, seine Nachtwache anzutreten. Eilig ging er zum Büro des diensttuenden Wächters. Unmerklich war ein Nachtwind aufgekommen, der nun mit jedem Stoß kälter wurde.

Das Büro der Wache lag im Osten der Wohnanlage gleich neben dem Lagerraum für die landwirtschaftlichen Gebäude. Liu Hsiang-dung konnte hinter den geschlossenen Fenstern einen gelblichen Lichtschimmer wahrnehmen. Er öffnete die Tür und trat ein. Da saß Lau Fu unter dem Licht und schnitt sorgfältig eine Blechdose zurecht. Auf einem Tisch neben ihm stand ein unfertiger Petroleumofen, daneben lagen eine Ahle, ein runder Holzhammer und anderes Handwerkszeug.

Lau Fu murmelte einen guten Abend und schaute ihn über seine Brille hinweg an, während seine Hände weiter mit einer Eisenschere hantierten.

Liu Hsiang-dung erwiderte den Gruß Lau Fus und setzte sich ihm gegenüber an den Tisch. Es war das zweite Mal, daß die beiden gemeinsam die Nachtwache durchführten. Beide Male hatte sich Lau Fu damit beschäftigt, Petroleumöfen herzustellen. In der Schule hatte er sich mit diesen Öfen einen

Namen gemacht. Es hieß, daß er seit Halbzeit der Kulturrevolution schon mehr als ein Dutzend solcher Öfen verfertigt hätte, die er umsonst an diejenigen abzugeben pflegte, die sie am dringendsten benötigten. Infolgedessen war er ein recht populärer Mann.

«Da du deinen Dienst unter der ‹Direktive Siebenter Mai› erfolgreich abgeschlossen hast und morgen nach Nanking fahren wirst, möchte ich dich heute abend zu Nudeln einladen.» Lau Fu hatte gerade eine Blechdose aufgeschnitten, auf dem Tisch ausgebreitet und klopfte sie nun mit einem Hammer glatt.

«Du hast mich das letzte Mal freigehalten, deshalb bin ich heute dran!» sagte Liu Hsiang-dung und öffnete eine der Tischschubladen, um die Nudeln und die Eier herauszuholen, die er schon vorher dort hineingelegt hatte. Ein Band von Lenins Werken lag auch darin.

«In Ordnung», antwortete Lau Fu zustimmend, «aber da ich alle übrigen Zutaten hier habe, werde ich wieder das Kochen besorgen.»

Seine Umsicht brachte Liu Hsiang-dung in eine gewisse Verlegenheit; denn er hatte überhaupt nicht an die Gewürze und die Beilagen gedacht. Er nahm das Buch heraus und schloß die Schublade. Inzwischen war Lau Fu dabei, Löcher in das Stück Blech zu stanzen. Aufmerksam beobachtete Liu Hsiang-dung, wie er die Löcher eindrückte. Bei jedem Druck entstand ein neues Loch, jedes gleich groß und akkurat, und das ging sehr schnell.

Schon bald nach seiner Ankunft auf der Staatsfarm hatte Liu Hsiang-dung erfahren, daß es eine Bewandtnis mit dem handwerklichen Geschick Lau Fus hatte. Lau Fu war ein begabter Student an der Zentral-Universität gewesen und war schon bald nach der Befreiung im Jahre 1949 in den Lehrkörper aufgenommen worden. Dort avancierte er rasch und wurde unmittelbar vor Ausbruch der Kulturrevolution im Jahre 1966 für die Stelle eines außerordentlichen Professors vorgeschlagen.

Bedauerlicherweise wurde er zu Ende der Kulturrevolution und am Anfang der Aktion ‹Reinigt die Klassenränge›[4] in einer anonymen Eingabe verdächtigt, während seiner Studienzeit an der Zentral-Universität Mitglied des Jugendkorps ‹Drei Prinzipien des Volkes›[5] gewesen zu sein. Darüber hinaus warf man ihm vor, falsche Angaben über sein Alter gemacht zu haben. Die zuständigen Stellen waren der Devise gefolgt, ‹Lieber von der Voraussetzung ausgehen, daß etwas dran ist, als daß nichts dran ist›, und hatten einen besonderen Ausschuß gebildet. Damit begann eine langwierige Untersuchung.

Zwei Jahre vergingen, ohne daß man etwas Belastendes hätte finden können. Die vier oder fünf Mitglieder des Sonderausschusses waren abwechselnd in Lau Fus Heimat gefahren, um dort Nachforschungen anzustellen, und hatten sich sogar in andere Provinzen begeben, um seine ehemaligen Klassenkameraden auszufragen. Sie konnten jedoch absolut nichts finden. Aber auch ohne einen Beweis dafür, daß er jemals an den Tätigkeiten jenes Jugendkorps beteiligt gewesen war, hatte man nicht gewagt, die Untersuchung einzustellen. Auf diese Weise wurde sein Fall in der Schwebe gehalten. Selbstverständlich war Lau Fu als Angeklagter auch das Opfer. Während der Säuberungsaktion sperrte man ihn länger als sechs Monate ein; anschließend kam er in ein Arbeitslager, damit er weiter beobachtet werden konnte. Schließlich war er mit den übrigen Lehrern der Universität nach Nord-Kiangsu geschickt worden, um auf der Staatsfarm für die Schule ‹Sieben-ter Mai› Aufbauarbeit zu leisten.

Dann folgten rasch aufeinander die ‹Eine Attacke und die

Drei Anti›[6], die Anti-Lin Piao-Kampagne sowie andere Kampagnen, und die Hochschule hatte keine Zeit mehr, sich um ihn zu kümmern. Die ganze Angelegenheit blieb ungelöst, und im politischen Tagesgeschehen vergaß man, daß es diesen Fall je gegeben hatte. Dennoch war Lau Fu selbst optimistisch geblieben, war ausgeglichen und stets freundlich. Mit dem Gedanken an Selbstmord hatte er nie gespielt, anders als seine Frau daheim in der Provinz Honan. Nachdem sie drei- oder viermal verhört worden war und kein einziges Wort von ihrem Mann gehört hatte – sie wußte nicht einmal, welches Verbrechens er beschuldigt wurde –, hatte sie sich aus Verzweiflung in den Fluß geworfen. Glücklicherweise konnte sie gerettet werden. Als ihm seine Verwandten später davon berichteten, hatte er nicht die geringste Gefühlsregung gezeigt. Hätten die dortigen Behörden nicht an die Hochschule geschrieben, daß seine von Schuldgefühlen gequälte Frau verdächtigt werde, Selbstmord versucht zu haben, hätte niemand etwas davon erfahren.

Schon in der Untersuchungshaft hatte Lau Fu begonnen, Petroleumöfen herzustellen. Zunächst hatte er den, den man ihm überlassen hatte, umgebaut. In der Zeit seiner Reform durch Landarbeit hatte er dann Blechdosen gesammelt, wo immer er sie auftreiben konnte, und hatte sie in seiner knappen Freizeit zurechtgeschnitten und glattgeklopft. Während seine Hände beschäftigt waren, konzentrierte sich auch sein Geist auf den Gegenstand seiner Tätigkeit. Auf diese Weise achtete er nicht darauf, was um ihn herum vorging.

«Sag, Lau Fu, ich hörte von einigen deiner Kollegen, daß die Hochschule dir in diesem Herbst einige Unterrichtsklassen übertragen will.»

Seit Liu Hsiang-dung das Schicksal Lau Fus kannte, empfand er eine große Sympathie für ihn. Darum freute er sich, ihm bei dieser Gelegenheit etwas Angenehmes berichten zu können. Niemals hätte er jedoch erwartet, daß Lau Fus einzige Antwort ein interesseloses ‹wirklich?› sein würde. Seine Augen blieben weiterhin auf seine Hände fixiert, die fortfuhren, Löcher zu stanzen. Liu Hsiang-dung schaute auf den gekrümmten Rücken über dem Tisch und den gebeugten Kopf unter dem Licht. Dabei fiel ihm in Lau Fus Haar eine vorzeitig ergraute Strähne auf.

Plötzlich überkam es Liu Hsiang-dung, und er sagte mit Nachdruck: «Du bist so viele Jahre lang Lehrer gewesen. Glaubst du nicht auch, daß deine Talente vergeudet sind, wenn du dauernd auf der Staatsfarm Gemüse anbaust und Petroleumöfen zusammenhämmerst, statt im Klassenzimmer zu lehren?»

«Ich mag das Leben auf der Staatsfarm», antwortete Lau Fu, und dieses Mal legte er seine Arbeit nieder. Er hob seinen Kopf und schaute Liu Hsiang-dung durch seine Brille mit einem halben Lächeln an. «Was übrigens die Vergeudung betrifft, so beschränkt sie sich keineswegs nur auf solche Dinge!»

Wie wahr! dachte Liu Hsiang-dung zustimmend. Als ob nur hie und da Dinge vergeudet würden!

«Meiner Meinung nach sollten die Staatsfarmen geschlossen werden», sagte Liu Hsiang-dung freimütig. «Wo sollen künftig all die Lehrer herkommen, wenn es mehr Studenten gibt? Außerdem ist es ein finanzieller Verlust! Kein anderes sozialistisches Land – einschließlich unseres geliebten Albanien – hat das getan. Es ist eine Verschwendung von Arbeitskräften und von Material, wenn jede Universität eine Staatsfarm betreibt.»

«Die chinesischen Kommunisten haben immer getan, was andere vor ihnen noch nicht getan haben», stellte Lau Fu feierlich fest und lächelte dabei. «Und was die finanziellen Verluste angeht, so sind sie nicht der Rede wert. In den vergangenen Jahren haben wir mehr als dreißigtausend jährlich eingebüßt, und das nur bei der Investition von Saatgut, Dünger und landwirtschaftlichen Geräten, den Lohn für die Lehrer nicht gerechnet. Schau, wir haben durchschnittlich hundert Leute auf einer Staatsfarm, und dennoch kann eine Jahresproduktion diese Menschen nur ein halbes Jahr lang ernähren. Wie soll man da ein Defizit vermeiden? Und dabei ist nicht einmal einkalkuliert, was durch Diebstahl abhanden kommt!»

Beim letzten Satz runzelte Liu Hsiang-dung die Stirn. Er erinnerte sich an seine Ankunft auf der Staatsfarm, als der Vorsitzende des Komitees trotz stärksten Arbeitsanfalls eine Versammlung einberufen hatte, um einen Plan für die Nachtwache aufzustellen. Darüber hatte er sich sehr gewundert. Der Vorsitzende Mao hatte die Lehrer hierhin beordert, um von den Kleinbauern zu lernen. Wenn sie von solchen Leuten umgeben waren, welchen Sinn sollte da eine Nachtwache haben? Dennoch wurde jede Nacht ein Wachtdienst durchgeführt. Dafür wurden die stärksten Männer ausgesucht. Als Folge davon mangelte es auf den Feldern stets an Arbeitskräften, und die vorgesehene Arbeit konnte nie zu Ende geführt werden. Trotz dieser Sicherheitsvorkehrungen kamen immer wieder Diebstähle vor, so daß selbst Liu Hsiang-dung sich entmutigt fühlte. Bei diesem Gedanken kam ihm das trockene Lachen jenes jungen Bauern während seiner letzten Mahlzeit in den Sinn.

«Intellektuelle sollten regelmäßig am Arbeitsprozeß teilnehmen», stellte Liu Hsiang-dung emphatisch fest, «aber den Universitäten dürfte man die schwere Last einer großen Staatsfarm wirklich nicht aufbürden!»

«Der Vorsitzende Mao hat erklärt: ‹,Die Direktive Siebenter

Mai‘ soll in alle Ewigkeit durchgeführt werden›.» Lau Fu zitierte diesen Ausspruch des Großen Vorsitzenden mit monotoner Stimme und hob seine Ahle auf, um weitere Löcher zu stanzen. Dann ergänzte er: «Seine jahrzehntelange revolutionäre Erfahrung hat ihn gelehrt, daß nur Arbeit die Gedanken eines Menschen verändern kann.»

Arbeit, Arbeit – Liu Hsiang-dung murmelte das Wort vor sich hin und empfand plötzlich, daß ihm seine Bedeutung entglitten war. Es mußte viele Jahre her sein, seit der Vorsitzende Mao eine Hacke in die Hand genommen hatte – außer, wenn er sich den Photographen stellte. Und doch hatte nur er allein sich seinen jugendlichen Revolutionsgeist erhalten, der selbst in seinem hohen Alter noch unvermindert stark war. Es mußte sein spezielles Geheimnis sein, und es schmerzte Liu Hsiang-dung, daß der Große Vorsitzende seinem Volke dieses Geheimnis vorenthielt. Welch ein Jammer! Er seufzte tief und stand auf, um mit verschränkten Armen im Dienstraum der Wache auf und ab zu gehen. Klack, klack! Das Geräusch, das Lau Fus Ahle beim Stanzen des Blechs verursachte, klang hart und monoton. Liu Hsiang-dung versuchte, nicht hinzuschauen und das Geräusch zu ignorieren. Er blickte zur Decke empor und begann die Balken zu zählen: eins, zwei, drei... eins, zwei, drei...

«Sollen wir unsere Runde beginnen?» Lau Fu hatte seine Arbeit eingestellt und seine Brille abgenommen. Er rieb sich die Augen.

Liu Hsiang-dung schaute auf seine Uhr. Es war genau Mitternacht. Er ging zur Schublade und nahm die Taschenlampe heraus. Lau Fu setzte seine blaue Tuchmütze auf, warf eine verschlissene Wattejacke über die Schultern, öffnete die Klappe des kleinen Kohleofens in der Ecke des Raumes und setzte einen Kessel mit Wasser darauf. Dann ergriff er eine andere Taschenlampe und ging mit Liu Hsiang-dung hinaus, um die Runde zu machen.

«Oh, das Wetter hat sich geändert, der Wind hat aufgefrischt!»

Liu Hsiang-dung wußte nicht, wie plötzlich sich das Wetter im nördlichen Kiangsu ändern kann. Im Nu hatte sich der Himmel pechschwarz gefärbt und die Sichel des Mondes völlig verdeckt. Der Wind pfiff laut; Liu Hsiang-dung mußte niesen.

Zunächst gingen sie rechts an den beiden Häuserreihen der Wohnanlage entlang. Sie inspizierten den Stall, die Tenne und die Scheune, gingen danach um den Radioraum herum zum Büro, machten die Runde um die Küche und den Speisesaal und kehrten schließlich zur Wachstube zurück. «Alles ruhig», bemerkte Lau Fu leichthin, nahm seine Mütze und die Jacke ab und hängte sie an die Wand. Dann begann er die Nudeln zu kochen. Seit Jahren an das Alleinsein gewöhnt, hatte er es zu einer gewissen Fertigkeit im Kochen gebracht. Seine Handgriffe waren behende und sicher. Nachdem Liu Hsiang-dung ihm die Nudeln und die Eier zugereicht hatte, stand er müßig da und beobachtete den Kollegen bei der Arbeit.

«Ihr hattet in den vergangenen drei Monaten das Glück, nicht mehr als Fleisch, Fisch und einige Dämpfbrote zu verlieren», bemerkte Lau Fu, während er das Mahl zubereitete. «Im vergangenen Herbst verloren wir in einer Nacht sieben Sack Reis, von denen jeder hundert bis zweihundert Pfund wog. Das war eine böse Zeit. Am Morgen entdeckte man, daß das Tor zum Speicher halb offen stand; außerdem Spuren von Rädern auf dem Boden. Weiter fand man nichts.»

«Willst du damit sagen», stieß Liu Hsiang-dung ungläubig hervor, «daß man einen Wagen benutzte und daß es mehr als einer war, der Reis stahl? Hat man die Täter geschnappt?»

«Die Täter geschnappt?» Dieses Mal war es Lau Fu, der ungläubig dreinschaute. «Der Vorfall wurde der Sicherheitsabteilung des Kreises gemeldet; man schickte Leute, um den Vorfall zu untersuchen. Der Parteisekretär der Staatsfarm und der Leiter der Verwaltung haben die Sicherheitsbeamten dabei fast einen ganzen Tag lang begleitet, aber ein offizieller Bericht wurde nicht gemacht. Seither wurden solche Fälle nicht mehr nach oben gemeldet.»

Liu Hsiang-dung war sprachlos. Er verschränkte seine Arme auf dem Rücken und ging neben dem Tisch auf und ab. Schon bald servierte Lau Fu zwei Schalen mit Nudeln und bat ihn, Platz zu nehmen. Die Zutaten waren nicht außergewöhnlich, doch durch Lau Fus Kochkunst war das Nudelgericht recht schmackhaft. Da Lau Fu das Kochen besorgt hatte, bestand Liu Hsiang-dung darauf, das Geschirr zu spülen. Als er damit fertig war und das Geschirr zurückstellte, war Lau Fu bereits wieder dabei, ein anderes Stück Blech zu zerschneiden. Liu Hsiang-dung blickte auf die ergrauten Schläfen seines Kollegen, unterdrückte einen Seufzer, setzte sich ihm gegenüber und öffnete das Buch mit den ausgewählten Werken Lenins.

Er konnte sich aber nicht konzentrieren. Zwei Seiten hatte er gelesen, ohne daß er ihren Sinn zu erfassen vermochte. Er beneidete Lau Fu um sein Vermögen, sich so intensiv auf eine Arbeit konzentrieren zu können.

«Vor der...», es drängte Liu Hsiang-dung, eine Frage zu stellen. «Was ich sagen wollte – was hast du vor der Kulturrevolution mit deiner Freizeit angefangen?»

Lau Fu hob den Kopf, schaute ihn verwundert an, blickte dann hinüber auf das Buch und sagte kalt: «Ich las Bücher.»

«Wirklich?» Unwillkürlich antwortete Liu Hsiang-dung im gleichen kalten Tonfall.

Lau Fu warf ihm einen Blick zu, dann beugte er sich wieder über seine Arbeit und fuhr fort, das Blech zurechtzuschneiden. Nach einer Weile begann er unbekümmert zu reden, als ob es sich um die Vergangenheit einer anderen Person handele. Sein Kopf blieb über die Arbeit gebeugt, während er sprach: «Einst habe ich Bücher geliebt. Neben Fachbüchern hatte ich eine besondere Vorliebe für Literatur und Geschichte. Mein Vater hatte Literatur studiert und eine Menge Bücher hinterlassen. Dann kaufte ich selbst viele Bücher. Ich habe wohl etwa achthundert bis neunhundert Bücher gesammelt. Bei Ausbruch der Kulturrevolution und während der Zeit der Zerschlagung der ‹Vier-Alten› – der alten Kultur, der alten Gebräuche, der alten Gewohnheiten und der alten Einstellung – verbrannte ich alle meine Ausgaben von überlieferten Werken. Später, als auch die neuen Schriftsteller nacheinander zu Fall kamen, hatte ich nicht die Zeit, sie auszusortieren. Ich lieh mir kurzentschlossen einen Holzkarren und verkaufte sie als Altpapier für vier Cents das Pfund. Seither habe ich kein einziges Buch mehr gekauft, ausgenommen die Werke Maos.»

Liu Hsiang-dung hörte mit offenem Munde zu, nicht wissend, ob ihn Schrecken oder Schmerz durchzog. Dann blitzte ein Bild in seiner Erinnerung auf, das er oft in Dokumentarsendungen des Fernsehens gesehen hatte: Der Vorsitzende Mao beim Empfang ausländischer Gäste und hinter ihm reichgefüllte Bücherregale, die wahre Schätze enthielten. Welch eine Augenweide!

Bücher, Bücher. Abrupt schob er das Buch von sich fort und stand auf. Klack! Klack! Lau Fu stanzte noch immer Löcher in das Blech – eintönig, mechanisch, endlos. Liu Hsiang-dung verschränkte wieder die Arme auf dem Rücken und schritt in dem kleinen Raum auf und ab. Er war so erregt, daß er mit dem Fuß hätte aufstampfen mögen, wohl wissend, daß es doch nichts helfen würde. So blieb ihm nichts anderes übrig, als seinen eigenen Fußstapfen zu folgen, vorwärts, rückwärts, hoffnungslos.

«Warum lese ich eigentlich Bücher?» fragte er sich plötzlich. Wenn der Vorsitzende Mao der einzige im ganzen Lande war, der noch Bücher las und sammelte, wie stand es dann um die Zukunft der chinesischen Kultur? Und was hatte die Kulturrevolution bewirkt? Ganze Ketten von Fragen drängten sich in seinem Kopf, bis er zu bersten schien, sein Herz aber fühlte sich unendlich leer. Er ging zum Fenster, um seine heißen Wangen gegen die kühle Glasscheibe zu pressen. Draußen vor dem Fenster war es stockfinster, nur der Wind brauste gelegentlich vorüber. Er wußte nicht, wieviel Zeit vergangen war, als er mitten in seiner Verwirrung das Bellen eines Hundes zu vernehmen glaubte. Mit einem Ruck hob er den Kopf. Das Licht, das auf Lau Fus Kopf fiel, der Petroleumofen, all das brachte ihn in die Wirklichkeit zurück. Im Nu war er hellwach.

«Ich hörte Hundegebell», sagte er zu Lau Fu. «Sollten wir nicht nachsehen?»

«Hundegebell? Na, schön», antwortete Lau Fu ohne besondere Begeisterung.

Er legte seine Arbeit nieder und erhob sich.

Liu Hsiang-dung lief zum Tisch und ergriff die Taschenlampe. «Ich gehe nach rechts, du nach links, und wir treffen uns dann beim Speisesaal.»

Sprachs, öffnete die Tür und rannte hinaus. Die Nacht war finster und der Wind blies heftig. Er schaltete das Licht seiner Taschenlampe ein und lief zum Speisesaal. Außer dem Geräusch seiner eigenen Schritte war es ringsum totenstill. Er fragte sich, ob er in seiner Nervosität das Heulen des Windes für Hundegebell gehalten hatte. Mit seiner Taschenlampe beleuchtete er die Tür zum Speisesaal und sah, daß sie fest verschlossen war. Er ließ den Lichtstrahl an den Fenstern entlanggleiten. Auch sie waren fest verschlossen.

Dann ging er um den Speisesaal herum zur Küche, die dahinter lag. Der Hund des Kochs saß auf den Stufen zur Küchentür und knurrte leise das Licht der Taschenlampe an. Als er Liu Hsiang-dung erkannte, begann er mit dem Schwanz zu wedeln. Liu Hsiang-dung richtete den Lichtstrahl zu den Fenstern empor und entdeckte, daß eines von ihnen einen Spalt offen stand. Im gleichen Augenblick hörte er, wie etwas Schweres auf den Boden fiel. Er lief zum Fenster und tat einen Blick in die Küche. Tatsächlich, auch das gegenüberliegende Fenster über dem Herd war geöffnet. Schnell wandte er sich um und lief dorthin, aber ehe er das Fenster erreicht hatte, sah er einen Schatten, der in Richtung auf das Gemüsefeld entfloh. Da war also wirklich ein Dieb! Zuerst erschrak er, und dann wurde er ärgerlich. Ohne zu überlegen, nahm er die Verfolgung auf. Dabei hielt er seine Taschenlampe auf den Rücken des Schattens gerichtet.

Der Fliehende war groß von Statur, kräftig gebaut, mit starken Beinen. Liu Hsiang-dung biß die Zähne zusammen und rannte hinter ihm her, aber obwohl er ihm näher zu kommen schien, konnte er ihn nicht einholen. Er stürmte über das Gemüsefeld in den Kartoffelacker, der von einem breiten Graben begrenzt wurde. Der Mann rutschte aus und fiel hinein, stand aber sofort wieder auf. Doch bevor er in den Graben fiel, schaute er sich um, und der Strahl der Taschenlampe traf voll auf sein Gesicht. Wie vertraut war doch dieses Gesicht! Liu Hsiang-dung blieb stehen und ließ beinahe die Taschenlampe aus der Hand fallen.

Er starrte geradeaus in die weite Finsternis. Der Wind blies ihm ins Gesicht und vermischte sich mit den Schwaden seines schweren Atems. In diesem Augenblick hörte er wieder den

Hund bellen. Lau Fu schien mit dem Hund die Verfolgung aufgenommen zu haben. Liu Hsiang-dung machte sich auf den Rückweg, leuchtete sorgfältig das Kartoffelfeld ab und ging am Graben entlang. Am Rande des Gemüsefeldes traf er auf Lau Fu und den Hund.

«Hast du etwas gesehen?» fragte Lau Fu.

Liu Hsiang-dung schüttelte den Kopf. Vielleicht war er vorhin zu schnell gelaufen; denn sein Herz schlug jetzt langsam und schwer. «Ich sah etwas wie einen schwarzen Schatten. Ich verfolgte ihn eine Weile, aber dann habe ich nichts mehr gesehen.»

Er hatte noch etwas mehr sagen wollen, aber sein Mund brannte und seine Zunge war trocken, darum unterließ er es.

Er hoffte im stillen, daß Lau Fu keine weiteren Fragen stellen möge. Schließlich bemerkte Lau Fu lediglich: «Ein Dieb, der in der Küche einbricht, kann nur versuchen, sich etwas zum Essen zu holen. Gehen wir! Wir sollten den Koch wecken, damit er nachschaut, was fehlt!»

Liu Hsiang-dung folgte ihm schweigend in den Dienstraum der Nachtwache.

Aufenthaltskontrolle

Ich kannte Peng Yü-lien nicht sehr gut. Obwohl wir direkte Nachbarn waren – mein Schlafzimmer lag ihrem Fenster und ihrer Tür gegenüber –, hatten wir nicht viel Gelegenheit, miteinander zu sprechen, weil wir in verschiedenen Einheiten arbeiteten. Wenn wir uns auf dem Weg von und zur Arbeit begegneten, lächelte sie freundlich, wobei sie ihre schneeweißen, ebenmäßigen Zähne zeigte und mich mit lebhaften, strahlenden Augen anschaute. Ich konnte dann nicht umhin, ihr Lächeln zu erwidern. Die alten Frauen im Wohnheim nannten sie hinter ihrem Rücken eine Sirene, vermutlich, weil sie auf ihre betörenden Augen eifersüchtig waren.

Für uns Frauen galt Peng Yü-lien keineswegs als Schönheit. Sie war untersetzt, aber da sie sich pflegte und sich besonders sorgfältig kleidete, erschien ihre Figur wohlproportioniert. Sie besaß einen vollen Busen, dessen Kurven allgemein Aufmerksamkeit erregten. Sie ließ ihr Haar im Frisiersalon beim Trommel-Turm immer kurz schneiden und fönen, und auch, wenn sie es wie alle anderen kurz trug, saß ihre Frisur doch ungewöhnlich schön und locker. Die Mädchen nannten das den Schanghai-Stil. Ihr Teint war dunkel und ihre Nase etwas flach. Ihr großes rundes Gesicht schien nicht zu ihrer kleinen Statur zu passen, aber ihre Augen waren groß und leuchtend und so ausdrucksvoll, daß sie jeden bezauberte, den sie anschaute. Die Männer waren schnell von ihr gefesselt, und so war es natürlich, daß viele Frauen ihr mit Neid und Feindschaft begegneten.

An einem Wintermorgen sprach ich zum erstenmal mit ihr, kurz nachdem ich in unseren Wohnblock eingezogen war. Es ergab sich, daß wir unsere Fahrräder zur gleichen Zeit durch das Tor hinausschoben, jede mit einem Einkaufskorb an der Lenkstange. Sie rief mir einen guten Morgen zu, ich erwiderte ihren Gruß, wir stiegen auf unsere Räder und fuhren zusammen zum Markt.

In der Nacht hatte es geschneit, und es war schrecklich kalt. Ich hatte mich warm angezogen und war in eine wattierte Jacke gehüllt, trug wattierte Hosen, wattierte Schuhe, dazu noch einen pelzgefütterten Mantel und eine Schneemütze. Ich hatte soviel an, daß es mich Mühe kostete, aufs Fahrrad zu steigen. Peng Yü-lien trug nur ein Paar Schanghai-Pumps mit stumpfem Vorderteil aus maronenbrauner Wolle, eine bunte Seidenjacke, die mit Seidenwatte gefüttert war und so eng anlag, daß ihre Figur vorteilhaft zur Geltung kam, eine maronenbraune Wollmütze und ein Paar schwarze Handschuhe. In der glitzernden Schneelandschaft sah sie besonders attraktiv und verführerisch aus.

Sie hat Mut, daß sie solch gewagte, bunte Kleider trägt, dachte ich bei mir.

Unser Atem verwandelte sich in Nebel, und ich bemerkte: «Ich hätte nicht gedacht, daß die Winter in Nanking so kalt sein können!»

«Ich mag Nanking nicht», sagte sie frei heraus. «Es ist im Winter eiskalt und im Sommer stickig heiß. Schanghai hat da ein viel angenehmeres Klima. Wenn man eine gute Konstitution hat, kann man dort im Winter mit einem dicken Pullover auskommen.»

Aus diesem übertriebenen Lob schloß ich, daß sie aus Schanghai kam. Die Leute in Schanghai scheinen immer an Überheblichkeit zu leiden, die selbst die kommunistische Partei bisher nicht hat ausrotten können.

«Was ist das doch für ein gemeines Pack!» begann sie plötzlich zu schimpfen, während sie kräftig in die Pedale ihres Fahrrades trat. «Die suchen sich natürlich eine eisige Winternacht mit Schneefall aus, um eine Aufenthaltskontrolle durchzuführen! Hat man Sie in der vergangenen Nacht auch kontrolliert?»

«Ja!»

Als ich an die letzte Nacht dachte, in der ich aus dem warmen Bett gekrochen war, um ausgefragt zu werden, und dann mit eiskalten Gliedern wieder ins Bett kam, schauderte ich wieder vor Kälte.

«Die kommen jedesmal zu mir, wenn sie eine Aufenthaltskontrolle durchführen. Diese...!» Und dann folgte eine üble Verwünschung.

Es war das erstemal, daß ich diesen klassischen Fluch aus dem Munde einer Frau hörte, ich erschrak, senkte den Kopf und wagte nicht, zu ihr hinüberzublicken.

Auch ich hatte die Aufenthaltskontrollen übersatt. Es gäbe nichts darüber zu sagen, wenn jeder Haushalt kontrolliert würde, aber bei Stichproben wurden nur einzelne Familien in einem Gebäude herausgepickt. Die ‹problematischen Fälle› werden jedesmal kontrolliert, sagten die Leute, und meine Wohnung war eine von denen, die jedesmal kontrolliert wurden. Aber sosehr es mich immer wieder irritierte, habe ich es doch nie gewagt, mich darüber zu beklagen.

«Ich frage mich, warum die letzte Nacht wieder eine Stichprobe gemacht haben», bemerkte ich, nur um etwas zu sagen. «Wahrscheinlich nur, weil sie nach dem Abendbrot nichts zu tun hatten», erwiderte sie verächtlich. «Die Leute in der Uhrenfabrik meinen, daß Nixon auf dem Wege nach Peking sei und deshalb überall öffentliche Sicherheitsmaßnahmen durchgeführt würden; es scheint, daß sie bis zu uns hierher reichen.»

Unterdessen waren wir am Markt angelangt, und da dort sehr viele Leute waren, verspürten wir keine Lust, weiterzureden. Wir trennten uns und stellten uns zum Einkauf an.

Auf diese erste Begegnung hin schenkte ich Peng Yü-lien besonders Beachtung wegen ihres Mannes Leng Dsi-hsüan. Die beiden schienen mir ein höchst ungleiches Paar zu sein, vor allem bestand ein großer Altersunterschied zwischen ihnen. Obwohl Peng Yü-lien auf die Mitte ihres Lebens zuging, schien sie im Hinblick auf ihr Aussehen und die Art, wie sie sich herrichtete, ihre Jugend noch nicht aufgegeben zu haben, ganz im Gegensatz zu ihrem Mann, der den Eindruck eines alternden Menschen machte. Es hieß, daß Leng Dsi-hsüan noch nicht einmal fünfzig sei, doch sein Gesicht zeigte so viele Furchen wie ein eben gepflügtes Feld, und sein Haar war zur Hälfte ergraut. Seine Schläfen waren kahl, und die zurückfliehende Haargrenze hatte seine Stirn beträchtlich vergrößert. Obwohl er eine Brille trug, war er so kurzsichtig, daß er seinen Rücken krümmte und den Kopf vorstreckte, wenn er etwas in Augenschein nahm. Im Gegensatz zu seiner Frau sah man ihn kaum lächeln, und er war so schweigsam, daß er davor zurückschreckte, mit den Nachbarn zu sprechen. Wenn ich sein ausdrucksloses Gesicht mit dem abwesenden Blick sah, hatte ich stets den Eindruck, er trüge ein schweres Problem mit sich herum.

Am Abend eines Sommertages schaute ich durchs Fenster und sah ihn draußen stehen, gegen seine Tür gelehnt und leer in den Himmel blicken. Mit halb geöffnetem Mund verharrte er regungslos wie eine Art Fossil. Erst als seine Tochter heraustrat, um ihn zum Abendessen zu rufen, und an seiner Jacke zupfte, schien er zu sich zu kommen. Er senkte die Augen, rückte mit der Hand seine Brille zurecht und schaute seine Tochter verstört an. Fraglos war er ein alter Mann, und ich empfand ein gewisses Mitleid mit Peng Yü-lien. Während des ersten Jahres nach meinem Umzug ins Wohnheim sah ich Leng Dsi-hsüan nur wenige Male, da er die meiste Zeit im Arbeitsdienst war.

Am gleichen Tag, an dem ich ins Dormitorium einzog, kam die Sekretärin des Parteikomitees meiner Abteilung eigens herüber, um mich über den politischen Status meiner Nachbarn aufzuklären. Sie erwähnte dabei auch Leng Dsi-hsüan und bezeichnete ihn immer wieder als einen ‹ewig gestrigen Rechtsradikalen›. Später hörte ich gelegentlich meine Lehrerkolleginnen darüber sprechen, daß er eine ‹politische Zielscheibe› sei, denn er war während mehrerer politischer Kampagnen attackiert worden. Er war nicht nur über ein Jahr lang eingesperrt gewesen, und zwar im Zuge der Aktion ‹Reinigung der Klassenränge›, er wurde auch beschuldigt, bei der jüngsten Kampagne ‹Eine Attacke und Drei Anti› versagt zu haben. Dieses letzte Unglück traf ihn in recht sonderbarer Weise: Einer der Lehrer – niemand wußte, wer – hatte die Worte ‹Kommunistische Partei Chinas› auf ein Stück Papier geschrieben, und Leng Dsi-hsüan hatte dann das Wort ‹Hunde› dazugesetzt. Irgend jemand hatte das zerknüllte Papier wieder aus dem Papierkorb herausgeholt und «nach oben» weitergeleitet mit dem Ergebnis, daß ein neuer Anklagepunkt zu dem alten hinzugefügt wurde. Umerziehung durch Arbeit wurde angeordnet, und so wurde ein außerordentlicher Professor zum ‹ständigen Mitglied des Arbeitsdienstes der Kader-Schule Siebenter Mai›, was ihn seither von zu Hause fernhielt.

Doch der Vorfall, der eigentlich mein Interesse an Peng Yü-lien weckte, ereignete sich im Sommer 1972. Eines Abends kam Dschou Min, die zu meiner Abteilung gehörte, mit der Bitte zu mir, sie zu einer Versammlung des Nachbarschaftskomitees zu begleiten. Dschou Min war nicht nur meine Kollegin, wir wohnten auch im selben Gebäude, und ich verbrachte viel Zeit mit ihr, weil mir ihre liebenswürdige Art gefiel. «Worum geht es dieses Mal?» fragte ich. «Wenn es wieder eine Versammlung über Familienplanung ist, gehe ich nicht hin. Ich habe schon so viele besucht und auch alle erforderlichen Formulare ausgefüllt.»

«Nein, dieses Mal handelt es sich nicht darum», sagte sie kichernd. «Diesmal geht es um die Affäre Pan-Djin-lien.»[1]

«Pan Djin-lien?»

«Ich meine deine ehrenwerte Nachbarin Peng Yü-lien.»

Sie deutete durch mein Schlafzimmerfenster auf die gegenüberliegende Seite und trieb mich an: «Komm, gehen wir! Das wirst du alles in der Versammlung des Nachbarschaftskomitees erfahren!»

Die Versammlung wurde in einem anderen Gebäude abgehalten, in der Wohnung eines Schreiners namens Tschang. Da Frau Tschang nicht vollbeschäftigt war, hatte sie es übernommen, den Vorsitz des Komitees zu führen, und jedesmal, wenn eine Versammlung stattfand, jagte sie ihren Mann aus dem Hause. Als wir an diesem Abend hereinkamen, war der Raum schon voller Frauen. Ich schaute mich um und stellte fest, daß alle Nachbarn der Familie Leng Dsi-hsüan da waren. Sämtliche Blockvertreter waren erschienen, selbst die wackelige Großmutter Guo und Großmutter Schi. Der Raum war von Geschnatter erfüllt. Dschou Min und ich fanden auf der Bettkante Platz und, nachdem ich eine Weile aufmerksam zugehört hatte, fand ich schließlich heraus, daß eine Möglichkeit diskutiert wurde, wie man Peng Yü-lien unter Beobachtung stellen könne. Sie stand unter dem Verdacht außerehelicher Beziehungen.

«Hat man dafür irgendeinen Beweis?» wandte ich mich fragend an Dschou Min.

«Beweis?!» Großmutter Schi, die vor mir saß, mußte meine Frage gehört haben; sie drehte sich mit einem erstaunten Blick um und erklärte: «Wir haben eine Menge Beweise! Es gibt mehrere Augenzeugen, und einmal habe ich sogar mit eigenen Augen gesehen, wie am frühen Morgen ein Mann aus ihrer Wohnung schlich. Pfui! Was für ein Miststück! Ein anderes Mal beobachtete jemand, wie mitten in der Nacht ein Schatten in ihre Wohnung glitt. Das hat doch gewiß nicht zu etwas Gutem getaugt! Dieses schamlose Frauenzimmer denkt nicht einen Augenblick daran, daß sie eine zehnjährige Tochter hat!»

Es war nicht zu verwundern, daß Oma Schi so hart über Peng Yü-lien urteilte, war sie selbst doch schon als junge Frau Witwe geworden und hatte zwei Söhne allein aufziehen müssen. Einer von ihnen war zur Armee gegangen, und der andere wurde Parteimitglied, daher genoß sie in der gesamten Wohngemeinschaft das höchste Ansehen. Es war nur natürlich, daß sie nicht das geringste moralische Abgleiten dulden konnte.

«Sie ist schamlos!» schimpfte die siebzigjährige Oma Guo. «Während ihr Mann im Arbeitsdienst ist, gibt sie sich offen mit anderen Männern ab. Wie kann sie da imstande sein, ihre Tochter zu erziehen? Wenn ich sie so sehe, aufgeputzt wie ein Flittchen, wird mir jedesmal übel!»

«Wie recht Sie haben!» fügte Dschou Min naserümpfend hinzu. «Ihre sonderbare Art, sich zu kleiden, ist von den Massen schon häufig kritisiert worden, aber sie will einfach nicht lernen und sich bessern!»

«Sich bessern? Im Gegenteil, sie stellt sich ja direkt vor uns zur Schau!» fügte Oma Schi eifrig hinzu. «Erinnert ihr euch nicht daran, wie sie im vergangenen Sommer die durchsichtige Bluse trug? Darunter trug sie ihren Büstenhalter so hoch, daß ihre Brüste nur so auf und ab wippten, wenn sie im Gelände herumspazierte. Als Oma Yen sie einmal daraufhin ansprach, schnitt sie ihr das Wort ab und murmelte, so volle Brüste seien dazu da, daß ein Mann kräftig daran sauge. Stellen Sie sich das vor! Die arme Oma Yen wurde schamrot und brach fast in Tränen aus, als sie davonging.»

«Hat nicht auch die Vorsitzende Tschang einmal ihre Kleidung kritisiert?» Eine Frau, die Tür an Tür mit Peng Yü-lien wohnte, benutzte die Gelegenheit, sie zu denunzieren. «Sie hat es nicht gewagt, der Vorsitzenden zu widersprechen, aber kaum daß diese den Raum verlassen hatte, begann Peng Yü-lien zu zetern: «Erwartet ihr vielleicht, daß ich mich wie eine Witwe anziehe, noch ehe mein Mann tot ist?»

Die Vorsitzende Tschang wurde ziemlich wütend, als sie das hörte. «Wenn wir sie nicht zurechtweisen, geht die Moral im ganzen Wohnheim zugrunde. Stellt euch nur vor, die jungen Mädchen würden ihrem Beispiel folgen!» Und sie klatschte in die Hände, um die Versammlung zur Ordnung zu rufen. «Lehrerin Wen» – niemals hätte ich erwartet, als erste aufgerufen zu werden – «Ihre Wohnung liegt direkt gegenüber der von Peng Yü-lien. Haben Sie irgendwelche Ungehörigkeiten beobachtet?»

«Etwas Ungehöriges?» Weil mich die Frage überraschte und der Raum voller Leute war, begann ich zu stottern. «Ich... ich habe nichts bemerkt.»

«Wir haben Sie heute hierher gebeten, um herauszufinden, wie wir Ihre Nachbarin auf frischer Tat ertappen können», erklärte die Vorsitzende. «Ihr Fenster liegt deren Tür und deren

Fenster genau gegenüber, Sie können also durchaus hören und sehen, was drinnen vor sich geht. Wir verlassen uns ganz darauf, daß Sie diesen Bereich beobachten.»

Ich mochte ihrem Verlangen nicht zustimmen, aber ich wagte es auch nicht, abzulehnen. Während ich über diesem Dilemma brütete, stieß mich Dschou Min mit ihrem Finger in den Rücken, und so gab ich ihrer Forderung unwillig nach.

«Das ist fein», sagte die Vorsitzende mit lauter Stimme, während ihre Augen zufrieden über die Anwesenden schweiften. «Damit wäre der Eingang abgesichert. Oma Schi und einige andere behalten die Rückseite im Auge. So, und nun wollen wir sehen, welche konkreten Schritte wir noch unternehmen können.»

«Ich würde folgendes tun», sagte Oma Guo, die auf solchen Versammlungen trotz ihres Alters stets sehr wortreich war. «Sobald wir einen Mann ihre Wohnung betreten sehen, müssen wir sofort die Sicherheitsabteilung der Universität einschalten, damit sie eine Untersuchung einleitet. Haben wir sie erst einmal ertappt, dann kann man eine große Gruppenversammlung abhalten und sie dabei gehörig kritisieren.»

Dieser Vorschlag fand allgemeinen Beifall. Plötzlich fragte Dschou Min: «Was soll man tun, wenn sie sich weigert, die Tür zu öffnen?»

«Ja, was?» fragte auch die Vorsitzende, und ihr Beschluß begann zu wanken. «Wir müssen einen Vorwand finden, ihre Wohnung zu betreten.»

«Wie wäre es mit einer Aufenthaltskontrolle?» rief jemand.

«Eine gute Idee!» stimmten mehrere Frauen unter Applaus zu. «Wer würde es wagen, bei einer Aufenthaltskontrolle die Tür nicht zu öffnen?»

Also wurde ein Aktionsplan beschlossen: Sobald jemand einen Mann in die Wohnung Pen Yü-liens gehen sähe, solle er sofort das Nachbarschaftskomitee benachrichtigen, das dann vor dem Hause und an seiner Rückseite Posten aufstellen und die Sicherheitsabteilung der Universität anrufen würde mit der Bitte, jemanden zu schicken, um die Ehebrecherin festzunehmen. An diesem Punkt hätte man die Sitzung beenden können, aber da Peng Yü-lien eine so berüchtigte Person war, konnten wir nicht aufhören, über sie zu reden, nachdem wir einmal damit begonnen hatten. Alle schienen ihre Müdigkeit nach einem harten Tagewerk vergessen zu haben und nur darauf aus zu sein, ja keinen Klatsch zu verpassen. Wir reckten unsere Hälse, streckten unsere Köpfe vor und lauschten mit konzentrierter Aufmerksamkeit. Was Peng Yü-lien betraf, so war ich mir nie ganz im klaren über sie gewesen, und nun saß ich hier mit dem heiklen Auftrag, sie zu überwachen. Da ich mir natürlich eine genaue Kenntnis der Person, die ich zu überwachen hatte, beschaffen mußte, blieb ich von Anfang bis zu Ende, um jede Äußerung mitzubekommen, mochte sie auch noch so geringfügig sein.

Ich erfuhr, daß sie nicht zum erstenmal in Schwierigkeiten war. Schon im Jahre 1963, während der Kampagne der ‹Vier Reinigungen›,[2] war ihr Mann mit einer Gruppe des Arbeitsdienstes in den Kreis Schö-Yang abkommandiert worden zur Teilnahme an den ‹Drei-Zusammen›, das heißt: mit den Mitgliedern der Kommune zusammen essen, zusammen wohnen, zusammen arbeiten. Schon bald hatte Ma Sui, der Parteisekretär seiner Abteilung, angefangen, bei Peng Yü-lien unter dem Vorwand herumzutändeln, es sei seine Pflicht, das Wohl der Mitglieder seiner Abteilung im Auge zu behalten. Dieser Ma Sui sah sehr gut aus, er war von heller Hautfarbe und hatte eine fabelhafte Gabe, Konversation zu machen. Peng Yü-lien war ihm bald erlegen, und er hatte sie fest im Griff.

Alle Nachbarn konnten alsbald sehen, was da vor sich ging,

aber da Ma Sui ein Parteisekretär war, wagte niemand, auch nur die leiseste Bemerkung darüber verlauten zu lassen. Zunächst kam er heimlich zu den Treffen und ging wieder, wenn er sein Vergnügen gehabt hatte. Mit der Zeit wurde er verwegener und verbrachte die ganze Nacht bei Peng Yü-lien, wenn seine Frau dienstlich außerhalb der Stadt war. Die Affäre wurde nicht nur im Bereich des Wohnheims bekannt, auch Frau Ma bekam Wind davon, doch ließ sie sich nichts anmerken. Alle Leute waren über diese schmutzige Affäre erbost, doch niemand mochte Leng Dsi-hsüan darauf aufmerksam machen.

Als Peng Yü-lien ihn nicht mehr fesselte, bändelte Ma Sui mit der Frau des Kesselmaschinisten an der Schule an. Aber die beiden waren nicht vorsichtig genug und wurden vom Ehemann der Frau ertappt. Da empörte sich endlich die Öffentlichkeit, und Ma Sui wurde gezwungen, schriftlich eine formelle Selbstkritik einzureichen. Der Parteisekretär der Schule hatte persönlich alles darangesetzt, den Skandal zu vertuschen, aber, wie es das Glück wollte: seine Bemühungen wurden durch den Ausbruch der Kulturrevolution vereitelt. Der Kesselmaschinist trat den Rebellen bei, und seine Frau klagte Ma Sui an. Die Rebellen befahlen ihm, ein Bekenntnis abzulegen. Als dieses vorlag, gab es einen allgemeinen Aufschrei des Entsetzens. Es stellte sich heraus, daß er sich mit insgesamt fünf Frauen, meist Lehrerinnen, eingelassen hatte, einschließlich Peng Yü-lien. Seine Methoden und die näheren Umstände bei diesen Affären waren äußerst schockierend und gemein.

Als das Bekenntnis publik wurde, beklebte man die Straßen vom Eingang der Universität bis zur Kantine mit Wandzeitungen, die alle Anschuldigungen gegen Mai Sui enthielten und von den Leuten, die ununterbrochen daran vorbeizogen, geradezu verschlungen wurden. Erst dadurch erfuhr Leng Dsi-hsüan von dem Skandal, in den seine Frau verwickelt war, und man berichtete, daß daraufhin sein Haar binnen weniger Tage zur Hälfte ergraut sei. Mit schlurfenden Schritten sah man ihn herumgehen, als sei er plötzlich um mehr als zehn Jahre gealtert. Lange Zeit sprach er mit niemandem und benahm sich wie einer, der geistesgestört ist. Man fürchtete sogar, er könne sich das Leben nehmen.

«Hatten die beiden denn nicht einen richtigen Krach oder so etwas Ähnliches, als der Skandal ruchbar wurde?» fragte ich Dschou Min.

Sie lachte und sagte: «Das ist ja gerade das Befremdliche an der Sache. Oma Schi wohnt seit mehr als zehn Jahren schräg gegenüber dem Hintereingang ihrer Wohnung, und sie sagt, daß sie niemals einen Streit zwischen den beiden Eheleuten erlauscht habe!»

«Ist das wahr?» Auch ich wunderte mich darüber. «Aber da die ganze Straße über die Affäre tuschelte, nehme ich an, daß Peng Yü-lien eine Selbstkritik schreiben mußte, nicht wahr?»

«Eine Selbstkritik?» Oma Schi drehte sich um und unterbrach unsere Unterhaltung. «Erwähnen Sie bloß nicht die Selbstkritik dieser Person! Wie oft haben wir auf sie eingeredet, bis uns die Zunge aus dem Halse hing, aber alles, was wir aus ihr herausquetschen konnten, war ein ganz einseitiges Bekenntnis. Ich selbst kann nicht lesen und weiß darum nicht, was darin stand, aber alle, die es gelesen haben, waren durchaus nicht befriedigt. Wollen Sie wissen, warum? Weil sie nicht die Wahrheit gesagt hat, deshalb! Wie laut hat sie lamentiert, daß ihr Unrecht widerfahren sei; sie habe sich nur deshalb mit Ma Sui eingelassen, um ihren Mann von der Anschuldigung reinzuwaschen, ein Rechtsradikaler zu sein. Nach ihrer Meinung sei es unausweichlich gewesen, seinem Werben nachzugeben, und es hätte ihrem Mann nur geschadet, wenn sie irgend etwas darüber hätte verlauten lassen. Ich glaube, sie erwartete am Ende noch, daß man ihr ein Denkmal dafür errichtete!»

Gerade als sie das sagte, kam Schreiner Tschang zur Tür herein. Wir schauten auf die Uhr, und da es bereits nach zehn Uhr war, beendeten wir unser Gespräch und gingen heim.

Eines Abends holte ich meinen Sohn nach der Tagesarbeit aus dem Kindergarten ab. Als ich in unsere Gasse einbog, kam auch Peng Yü-lien auf ihrem Fahrrad daher. An ihrer Lenkstange baumelte ein gesprenkeltes Huhn in einem Nylonnetz. Als sie uns erblickte, hielt sie ihr Fahrrad an, sprang ab und begrüßte mich. «Warum sind Sie heute nicht mit Ihrem Fahrrad unterwegs?» fragte sie lächelnd.

Ihr Gesicht trug einen frohen Ausdruck, und sie wirkte gelassen wie immer. Ihre schwarzen, glänzenden Augen, selbst ihre dunkle Haut, die durch die schneeweißen Zähne noch dunkler wirkte, hatten etwas Anziehendes an sich. Sie trug eine weiße Draconbluse unter einem goldfarbenen Pulli und eine blaue Baumwollhose. Sie war durchaus nicht so eingemummt wie wir anderen und wirkte adrett und behende. Alles saß vorzüglich. Nicht nur, daß die Farben ihrer Garderobe harmonisch aufeinander abgestimmt waren, auch die Art, wie sie ihre Kleidung trug, unterschied sich von der der anderen Frauen. In Nanking trug man die Pullover unter der Jacke – keine wagte es, sie außen zu tragen. Man erzählte sich, daß nur die Fabrikmädchen in Schanghai ihre Pullis außen trügen und selbst in Schanghai Aufsehen damit erregten. Die Tatsache, daß Peng Yü-lien den Mut aufbrachte, sich so zu kleiden und sich auf dem Campus einer angesehenen Universität so zu zeigen wagte, machte es verständlich, daß sie als unmoralische Person galt.

Als mein Sohn das Huhn sah, weiteten sich seine Augen vor Entzücken. Lebhaft gestikulierend rief er aus: «Mama, ein Huhn! Ein Huhn!» Ich war verlegen und wußte nichts zu sagen, deshalb nahm ich den Ausruf des Kindes zum Anlaß und fragte: «Wo haben Sie ein so großes Huhn bekommen?»

«Jemand von der Kommune Schwalben-Strudel kam und verkaufte sie in der Nähe unserer Fabrik.» Dabei lächelte sie wieder. «Dreifünfzig das Stück. Ich weiß, das ist ziemlich teuer, aber es ist ein schönes Huhn. Mein Prinzip ist, zu essen, wenn es etwas zu essen gibt. Das ist eine bessere Kapitalanlage, als Geld auf die Bank zu bringen, wie es manche Leute tun.» Sie lachte selbstzufrieden. Als sie sah, daß die Augen des Kindes immer noch an dem Huhn hingen, beugte sie sich zu ihm hinüber und fragte: «Du heißt Djing-Djing, nicht wahr? Ißt du gerne Hühnchen?»

Mein Sohn zupfte hastig an meinem Ärmel und sagte: «Mama, ich möchte Hühnchen essen!»

Ehe ich ein Wort hervorbringen konnte, hatte sich Peng Yü-lien bereits mir zugewandt und fragte ernsthaft: «Hätten Sie gern eins? Sie können dieses Huhn haben! Ich kann ohne weiteres ein anderes bekommen.»

«Nein!» entgegnete ich rasch. «Nein!»

«Wenn nicht jetzt, dann vielleicht das nächste Mal, wenn sie wieder zu haben sind?»

Der Ausdruck ihres Gesichtes zeigte, daß sie das Angebot nicht nur aus Höflichkeit gemacht hatte. Trotzdem verlor ich einen Augenblick lang die Fassung; ich bewegte abwehrend den Kopf und die Hände und antwortete in etwas schrillem Ton: «Nein! Nein! Ich... mag kein Hühnerfleisch!»

«Wirklich?» Sie schaute mich ungläubig an, ihr Lächeln verschwand allmählich, und ihr Gesicht verdunkelte sich. Ich mied ihren Blick und fühlte meine Wangen heiß und rot werden. «Vergessen wir die ganze Angelegenheit», sagte sie etwas gezwungen. «Auf Wiedersehen!» Als ich sie flott davonradeln sah, atmete ich erleichtert auf und fühlte mich von einer schweren Last befreit. Da hörte ich meinen Namen rufen. Ich wandte mich um und sah Dschou Min, die von der anderen Seite daherkam.

«Was hattest du denn mit Peng Yü-lien zu tun?»

Ich erzählte ihr, daß wir uns unterwegs getroffen und daß sie mir ein Huhn angeboten hätte. «Sie ist zwar eine offene, aber auch ganz pfiffige Person», schloß ich.

Dschou Min nickte. Dann sagte sie plötzlich etwas leiser: «Du kannst es ja nicht wissen, aber sie war einmal eine ‹vorbildliche› Arbeiterin.»

«Eine vorbildliche Arbeiterin?» Ich traute meinen Ohren nicht.

«Und doch ist es so!» Dschou Min konnte nicht umhin, zu lächeln, als sie die Wirkung ihrer Mitteilung auf mich bemerkte. Dann nahm sie meinen Sohn bei der Hand, und wir drei gingen langsam dem Wohnheim zu. Auf dem Wege vertraute sie mir an: «Außer ihrer Vorliebe für hübsche Kleider und außereheliche Liebschaften ist mit Peng Yü-lien alles in Ordnung. Was ihren Familienhintergrund betrifft, so war ihr Vater ein Gemüsebauer im Dorfe Min-Hang in der Nähe von Schanghai, der zu der elitären Gruppe der ‹Fünf Erlesenen Roten Elemente› gehörte. Schon als ganz junges Mädchen trat sie der kommunistischen Jugendgruppe bei und sollte gerade in die Partei aufgenommen werden, als sie wegen ihrer Affäre mit Ma Sui von der Jugendgruppe ausgeschlossen wurde.»

«Das ist eine ziemlich harte Strafe», bemerkte ich.

«Die Nankinger Uhrenfabrik, in der sie arbeitet, hat sich nur auf hartnäckigen Druck der Rebellengruppe an der Universität zu diesem Schritt entschließen können. Zunächst argumentierte man, daß sie verführt worden sei und daher die Schuld dem Manne zugesprochen werden müsse und nicht der Frau.»

«Weiß man, wer der Mann diesmal ist?» Dschou Min schüttelte den Kopf. «Nach Oma Schi ist es keiner aus unserem Umkreis, also wird er wohl zur Uhrenfabrik gehören.»

«Sollte man sie auf frischer Tat ertappen, so werden die Leute von der Uhrenfabrik dieses Mal keinen Vorwand haben!»

Dschou Min zog die Augenbrauen hoch und erwiderte lächelnd: «Wohl kaum. Die Nankinger Uhrenfabrik kann die Nachfrage nach Uhren gar nicht befriedigen. Wie können sie ihr Produktionssoll erfüllen, wenn sie sich auch noch mit solchen Dingen abgeben müssen? Außerdem ist das Problem der Beziehungen zwischen den Geschlechtern nichts Neues für die Fabriken. Das kann man nicht mit politischen Fragen vergleichen, die endlos ausgeweitet und hochgespielt werden können. Schlimmstenfalls betrachtet man es als dekadenten Lebensstil, der mit einer schriftlichen Selbstkritik aus der Welt geschafft werden kann. Die Affären von Ma Sui waren allerdings niederträchtig und gemein, und die Leute waren mit Recht äußerst empört. Man verlangte eine strenge Bestrafung, und die Universität konnte nicht umhin, den Fall an die Provinzbehörden weiterzuleiten und zu verlangen, daß er degradiert und sein Gehalt gekürzt werden solle. Aber diese Forderung wurde von der Provinzbehörde zurückgewiesen.»

«Warum denn das?» Wiederum wollte ich meinen Ohren nicht trauen.

«Die Provinzbehörde meinte, daß die Angelegenheit zwar recht unerfreulich sei, aber keineswegs als Vergewaltigung betrachtet werden könne, da alle Lehrerinnen und Arbeiterinnen durch freien Willen darin verwickelt gewesen seien. Sie betrachteten die Sache als eine Frage des Lebensstils, die durch Umerziehung behoben werden könne. Damit war die Universität ihren eigenen Leuten gegenüber in einer mißlichen Lage und konnte ihnen sozusagen nicht mehr ins Gesicht sehen. Nach langen Verhandlungen versetzten die Provinzbehörden Ma Sui schließlich an eine andere Universität.»

«Es scheint mir, daß es keine ...» Was ich sagen wollte, war, daß es so etwas wie Recht und Unrecht nicht mehr gäbe, aber ich schluckte es hinunter und sagte matt: «Kein Wunder, daß Peng Yü-lien immer wieder dasselbe getan hat.»

Während wir über Peng Yü-lien sprachen, fiel mir ihr Mann ein, und ich äußerte die Ansicht, daß sie überhaupt nicht zueinander paßten. «Liebe Dschou Min», sagte ich, «glaubst du nicht auch, daß die beiden überhaupt nicht für einander bestimmt sind? Sie ist noch so voller Leben, und er sieht aus, als ob er bereits am Ende wäre.»

«Er ist in den letzten Jahren sehr gealtert», erwiderte Dschou Min zustimmend und in mitfühlendem Ton. «Du magst es nicht glauben, aber damals, als sie sich kennenlernten, ist sie ihm nachgelaufen.»

«Wie bitte?» Ich schrie fast auf.

Dschou Min lächelte über meine Verblüffung, setzte aber gleich eine ernstere Miene auf und fuhr fort: «Der Leng Dsihsüan von der Anti-Rechts-Kampagne und der von heute sind zwei ganz verschiedene Menschen! Damals war er ein vielversprechender junger Mann. 1967 wurde er zum außerordentlichen Professor ernannt. Ich erinnere mich genau daran, weil ich in demselben Jahr hier zu unterrichten begann. Zu der Zeit war seine Frau gerade ein Jahr lang tot, und er hatte nicht die Absicht, wieder zu heiraten. Doch dann lernte er Peng Yü-lien im Hause eines Kollegen kennen. Sie verliebte sich auf den ersten Blick in ihn und brachte ihn dazu, eine gemeinsame

Bootspartie zu unternehmen. Im Nu war er geangelt, und von da an waren die beiden ständig zusammen. Drei Monate später waren sie verheiratet.»

«Das klingt unglaublich!» murmelte ich.

«Aber ja! Natürlich war er damals ein ganz anderer Mann. Er war voller Geist und Leben. Stell dir vor, außerordentlicher Professor mit kaum dreißig Jahren! Welch eleganten Gang er hatte! Mit hocherhobener Brust schritt er dahin, so daß viele sogar seinen Gang nachahmten. Er war ein überragender Student an der Universität Nanking – damals hieß sie noch Djin-Ling-Universität – und brillierte in allem, selbst in der Dichtkunst. Aber er hatte eine etwas zu hohe Meinung von sich selbst und war obendrein unglaublich naiv. Während der Kampagne der ‹Hundert Blumen› nahm er die Aufforderung wörtlich und griff die Kultur- und Bildungspolitik der kommunistischen Partei und der Regierung rückhaltlos an. Die Folge war, daß er als erster an der Universität als Rechtsradikaler gebrandmarkt wurde.»

«Ein richtiger...», ich wollte sagen ‹weltfremder Bücherwurm›, aber so herzlos wollte ich auch wieder nicht sein und tat nur einen tiefen Seufzer.

«Es gab dann einen Zeitpunkt, zu dem die Leute seiner Abteilung beabsichtigten, diesen Makel von ihm zu nehmen. Doch da entdeckte sein Abteilungsleiter ein Gedicht von ihm, das er ‹Schnee› überschrieben hatte, ein Titel, den Vorsitzender Mao benutzt hatte. Er vertonte es auf die Melodie des Liedes ‹Frühling in Tjin Yüan›, genauso, wie es der Vorsitzende Mao auch getan hatte. Aber der Text war aufrührerisch, er paßte im Gegensatz zu Maos Lied nicht zur Melodie. Man unterstellte Leng Dsi-hsüan, daß das Gedicht eine gezielte Herausforderung und giftige Satire auf Mao Tse-tung sei. Ein solches Vergehen verdiente zehntausend Tode. Auf diese Weise behielt er nicht nur das Schandmal, ein Rechtsradikaler zu sein, er konnte von Glück reden, daß er nicht im Krematorium landete.»

«Hast du das Gedicht gelesen?» Meine Neugierde war geweckt.

Dschou Min verneinte. «Dieser Leng Dsi-hsüan ist nicht einer, der etwas zurücknimmt. Obwohl er mehrere Selbstkritiken schrieb, bestand er darauf, daß er dieses Gedicht nur geschrieben habe über das, was er gesehen und empfunden hatte, und leugnete hartnäckig, daß er eine Satire beabsichtigt habe. Einige Leute verlangten, daß das ganze Gedicht veröffentlicht werden solle, aber die Verantwortlichen an der Universität wollten nicht zulassen, daß dieser üble Einfluß weiter verbreitet würde. Darum behandelten sie sein Gedicht ebenso wie seine Selbstkritiken als Verschlußsache. Die ganze Abteilung kritisierte und diskutierte die Angelegenheit eine Weile aufs heftigste, obwohl kaum einer den Inhalt dieser giftigen Schrift kannte!»

Inzwischen hatten wir den Eingang des Wohnkomplexes passiert und waren im Bereich der Augen und Ohren unserer Mitbewohner. Dschou Min ließ das Thema fallen. Wir verabschiedeten uns und gingen heim.

Eines Nachts wurden meine Träume plötzlich durch ein Klopfen an der Tür unterbrochen. Als ich richtig wach war, strengte ich meine Ohren an und lauschte aufmerksam. Da klopfte tatsächlich doch jemand an der Tür der Familie Leng Dsi-hsüan! Diese Peng Yü-lien hat wirklich einen festen Schlaf, dachte ich. Das Geräusch hatte mich geweckt, aber gegenüber rührte sich nichts. Schließlich vernahm ich eine männliche Stimme, die ungeduldig rief: «Öffnen! Aufenthaltskontrolle!» Wieder eine Aufenthaltskontrolle! Es verdroß mich, diese Worte zu hören; denn ich wußte, daß ich für den

Rest der Nacht keinen Schlaf mehr finden würde. Da ich nervös bin und von Natur aus einen schlechten Schlaf habe, war es für mich nahezu unmöglich, wieder einzuschlafen, wenn ich während der Nacht wach wurde. Die Kontrolle würde gewiß auch meine Wohnung betreffen, und ich hielt es für das beste, gleich aufzustehen und auf die Leute zu warten, um nicht im letzten Augenblick verwirrt dazustehen und dabei noch meinen kleinen Sohn zu wecken.

Also machte ich Licht, kleidete mich an, holte meine Meldepapiere hervor und setzte mich wartend an meinen Schreibtisch am Fenster. Just in diesem Augenblick schlug die Wanduhr – es war Mitternacht, die typische Stunde für eine Kontrolle. Ich hob einen Zipfel des Vorhangs hoch, um nach draußen zu sehen. Alles war dunkel mit Ausnahme eines Lichtes, das aus Leng Dsi-hsüans Wohnung fiel. Dort stand die Tür offen, und ich sah, wie sich jemand hinter dem Fenster bewegte, doch wegen des Vorhangs zwischen uns konnte ich nichts Genaues erkennen. Ich ließ den Vorhang wieder fallen, wandte mich ab, nahm ein Buch und begann darin zu blättern.

Wie erwartet, klopfte nach der Weile, die man braucht, um eine Tasse Tee zu trinken, jemand an meine Tür. Gemächlich ging ich, öffnete und reichte der Person, die durch die Tür trat, automatisch meine Papiere.

«Oh, Verzeihung, wir kommen nicht zu einer Aufenthaltskontrolle.»

Als erste trat Frau Tschang ein, die Vorsitzende des Nachbarschaftskomitees, unerwarteterweise mit einer Miene, als wolle sie um Entschuldigung bitten. Jetzt wurde ich unruhig. Hinter ihr kamen zwei Männer zur Tür herein, die zur Sicherheitsabteilung der Universität gehörten, sowie eine Frau, deren Gesicht mir bekannt schien – wahrscheinlich gehörte sie zu einer der Arbeiterfamilien an der Universität.

«Der Grund unseres Kommens ist...», begann die Vorsitzende Tschang, «wir vermuten nämlich, daß Peng Yü-lien mal wieder Besuch hat. Am frühen Abend hat jemand bemerkt, daß ein Mann sich in ihr Haus schlich, sah ihn aber nicht wieder herauskommen. Vor wenigen Minuten gingen wir unter dem Vorwand einer Aufenthaltskontrolle in ihre Wohnung, fanden dort aber außer ihr niemanden vor. Diese Peng Yü-lien hatte ein ganz rotes Gesicht, wie ein ertappter Dieb, aber da sie kein Gesetz verletzt hatte, konnten wir nicht gut ihre Kisten und Kästen durchsuchen. Wir vermuten nun, daß sie ihn irgendwo versteckt hat, und darum sind wir gekommen, Sie zu bitten, Peng Yü-lien im Auge zu behalten und alles Verdächtige dem Nachbarschaftskomitee zu melden.»

Was konnte ich anderes tun als zuzustimmen? Nach einigen Ermahnungen zog die Vorsitzende mit den drei anderen wieder ab.

Als ob ich nichts Besseres zu tun hätte, als mich in anderer Leute Sachen einzumischen! Zornerfüllt zog ich mich aus, schaltete das Licht ab und ging wieder ins Bett.

Doch wie ich bereits befürchtet hatte, war nach dieser Störung an Schlafen nicht mehr zu denken. Ich wälzte mich im Bett herum und wurde immer wacher wie jemand, der zuviel starken Tee getrunken hat. Diese verwünschte Peng Yü-lien! Während ich mich endlos herumwälzte, fluchte ich leise vor mich hin, daß jeder in der Nachbarschaft seinen Schlaf opfern müsse, nur weil sie sich ins Unglück stürzte. Dann wurde mir bewußt, in welch großer Gefahr sie gewesen war, vor allen Leuten entehrt zu werden. Am Ende war ich froh für sie. Doch wer war der Mann? Ich wohnte ihr direkt gegenüber und hatte niemals einen unbekannten Mann gesehen, der ihre Wohnung betreten oder verlassen hatte. In einem so großen Wohnheim, sagte ich mir, leben viele Menschen dicht gedrängt nebeneinander, da gab es mancherlei Gelegenheit, die Zunge zu wetzen. Womöglich hatte ein Gerücht diesen falschen Alarm ausgelöst und war Anlaß zu diesem Aufruhr geworden.

Nachdem ich eine Weile meinen Gedanken nachgegangen war – ich ahnte nicht, wie spät es war –, sah ich den schwachen Schimmer des Morgengrauens durch mein Fenster, und schließlich wurde der Umriß des Fensters sichtbar. Da an Schlaf ohnehin nicht zu denken war, beschloß ich, aufzustehen, Tee zu bereiten und mir mit Eintragungen in mein Tagebuch die Zeit zu vertreiben.

Ich kleidete mich an, schlug – eigentlich absichtslos – einen Zipfel des Vorhangs zurück und blickte zum Fenster hinaus. Da erschrak ich zutiefst vor dem, was ich sah: die Tür Peng Yü-liens öffnete sich sacht und geräuschlos. Ein Kopf erschien in der Öffnung, wandte sich nach rechts und nach links, dann trat vorsichtig die ganze Gestalt heraus. Mit gesenktem Kopf und tief herabgezogenem Hut ging sie auf Zehenspitzen zum hinteren Tor des Wohnkomplexes. In meiner Erregung konnte ich das Gesicht nicht genau erkennen, aber zweifellos war es ein Mann, dessen war ich gewiß. Als mein Blick zurückschweifte, war die Haustür wieder geschlossen, kein Licht war zu sehen, und der Vorhang war ganz heruntergezogen. Plötzlich aber hob sich eine Ecke des Vorhangs, und ein Gesicht preßte sich gegen die Fensterscheibe. In dem Augenblick, als sich unsere Augen trafen, wandten wir uns gleichzeitig ab, und jede ließ den Vorhang fallen.

Ich verharrte eine lange, lange Weile am Fenster, mit watteweichen Beinen, meine zusammengeballten Hände fest gegen die Brust gedrückt, um das wild schlagende Herz zu beruhigen. Auch wenn ich Peng Yü-lien für den Rest meines Lebens nicht wiedersehen würde, ihre weit geöffneten Augen, mit denen sie mich anstarrte, werde ich nie vergessen. Drückte ihr

Blick Schrecken aus, Scham oder Trotz? Ich vermochte es nicht zu enträtseln.

Ehe der Tag anbrach, hatten sich die Neuigkeiten von Peng Yü-liens Affäre über die ganze Universität und das Wohnheim verbreitet. Wie es der Zufall wollte, war Dschou Min an jenem Tag sehr früh aufgestanden und hatte einen Mann gesehen, der seinen Hut tief ins Gesicht gezogen hatte. Er war nervös zum rückwärtigen Tor geeilt, hatte es mit einem Schlüssel geöffnet und war verschwunden. Als die Vorsitzende Tschang am Morgen herüberkam, um sich nach dem letzten Stand der Dinge zu erkundigen, berichtete Dschou Min, was sie gesehen hatte. Sie konnte zwar nicht sagen, aus welchem Haus er gekommen war, doch alle waren davon überzeugt, daß es sich um keinen anderen als um den Liebhaber von Peng Yü-lien gehandelt habe. Die Vorsitzende erinnerte sich, daß auf dem Tisch ein Schlüssel gelegen hatte, als das Nachbarschaftskomitee die nächtliche Kontrolle durchführte. Sie nahm an, Peng Yü-lien habe den Mann in dem einzigen Schrank in der Wohnung versteckt gehalten, in der Eile jedoch nicht mehr die Zeit gefunden, den Schlüssel zu verbergen. Als die Vorsitzende das begriffen hatte, stampfte sie mit dem Fuß auf den Boden und rief wütend aus: «Wie dumm!» Aber durch Bedauern war nichts mehr zu retten; denn wenn es nicht gelang, sie zu ertappen, konnte man natürlich nicht gegen Peng Yü-lien vorgehen. Wie gewöhnlich fuhr diese mit ihrem Fahrrad im Gelände des Wohnheims umher, in Freiheit und sorglos wie eh und je.

Es ließ sich nicht vermeiden, daß diese Neuigkeit auch die Staatsfarm ‹Siebenter Mai› im Norden der Provinz Kiangsu erreichte, wo Leng Dsi-hsüan zur Zeit arbeitete. Die Staatsfarm schloß einige Tage vor Neujahr, und am Abend vor seiner Abreise nach Nanking hatte der Chef seiner Abteilung ihn rufen lassen und ihm von der Affäre berichtet. Dabei erwähnte der Abteilungsleiter, daß die Schulbehörden seinen Antrag wohlwollend prüfen würden, wenn Leng Dsi-hsüan eine Scheidung wolle, weil seine Frau immer wieder rückfällig geworden war.

Zur Überraschung aller meinte Leng Dsi-hsüan, ohne eine Gefühlsregung zu zeigen: «Wenn Peng Yü-lien eine Scheidung will, werde ich jederzeit zustimmen, doch unter keinen Umständen werde ich selbst den Antrag stellen.»

Diese Äußerung wurde zu einem Gesprächsstoff erster Ordnung. Manch einer zeigte Bewunderung für seine ‹Großmut›, während andere ihn als einen Schwächling ohne Rückgrat erklärten, der selbst einen ‹verschlissenen Schuh› nicht hergeben wolle. Andere prophezeiten mit Schadenfreude, daß es nicht mit rechten Dingen zugehen könne, wenn er sie nicht halbtot prügeln würde, wenn er wieder zu Hause sei.

Doch dann stellte es sich heraus, daß Peng Yü-lien am Tage der Rückkehr ihres Mannes mit strahlendem Gesicht ein riesiges Huhn heimbrachte und, während sie es rupfte, eine Melodie vor sich hin summte. Die Nachbarn spitzten während der ganzen Nacht die Ohren in Erwartung eines deftigen Ehekrachs. Doch der blieb aus. Zu dieser Zeit ließ die Universität Leng Dsi-hsüan wissen, daß er einen Sprachkurs geben solle, so daß er nicht mehr zum Arbeitsdienst zurückzukehren brauchte.

Seit der Zeit habe ich ihn öfters gesehen; manchmal spazierte er allein durch das Gelände der Universität oder er saß am Fenster seiner Wohnung und schaute gedankenverloren stundenlang in den Himmel. Auf dem Wege zur Arbeit oder auf dem Heimwege traf ich auch häufig Peng Yü-lien. Sie grüßte mich wie stets mit einem Lächeln, doch hielt sie niemals mehr an, um mit mir zu plaudern.

Jen Hsiu-lan

Der Sommer des Jahres 1971 hatte Nanking viel Regen gebracht, so daß Laub und Wiesen außergewöhnlich üppig grünten. Als Direktorin der Verwaltungsabteilung für die Elementarschule gehörte es zu meinen Obliegenheiten, die Kinder bei der Pflege des Rasens vor unseren Schulräumen zu beaufsichtigen.

Wir drei Lehrerinnen von der Ingenieurfachhochschule für Hydraulik betreuten über dreißig Kinder, deren Eltern zum Lehrkörper oder zum Stab der Schule gehörten, jetzt aber, in Befolgung der ‹Direktive vom Siebenten Mai›, zur Umschulung in der Landwirtschaft in den Norden der Provinz Kiangsu abkommandiert waren. Da es in den Familien keine Großeltern gab, die sich der Kinder hätten annehmen können, waren sie unserer Obhut übergeben worden. Obwohl die Anzahl der Kinder relativ klein war, benötigten wir doch sechs bis sieben Zimmer für Unterkunft, Unterricht und Freizeitgestaltung. Darum pflegten wir auch den weitläufigen Rasen vor diesen Räumen, die alle nach Süden lagen.

Eines Samstagsmorgens Anfang August arbeitete ich mit den Kindern wie gewöhnlich im Freien vor dem Gebäude der Hochschule. Mehrere Kinder des fünften und sechsten Schuljahres schlichen sich davon, um auf dem gegenüberliegenden Tjing-liang-Hügel zu spielen. Die jüngeren Kinder blieben bei ihrer Arbeit und waren guter Dinge, schwatzten und lachten, während sie eifrig mit ihren Händen oder Hacken das Unkraut jäteten. Am Mittag waren alle durchgeschwitzt, aber die Arbeit war getan, und die Wiese sah ordentlich und sauber aus. Als wir die Geräte wegräumen wollten, sah ich Meister Ma von der Abteilung für Öffentlichkeitsarbeit der Arbeiter in Eile zu uns herüberkommen und mir zuwinken, während er sich gleichzeitig den Schweiß von der Stirne wischte.

Schon von weitem bemerkte ich seine Erregung, und das Herz klopfte mir bis zum Halse, denn ich fürchtete, daß die Jungens, die sich auf den Hügel geschlichen hatten, irgend etwas verbrochen hätten. Einmal war ein Schüler beim Versuch, ein Vogelei aus dem Nest zu nehmen, vom Baum gefallen. Damals kam Meister Ma genauso herbeigerannt, um es mir mitzuteilen.

«Meister Ma!» rief ich und eilte ihm entgegen.

«Lehrerin Tschen, ich muß Sie sprechen.» Mit diesen wenigen Worten drehte er sich um und eilte in sein Büro zurück.

Ich rief den Kindern zu, sich vor dem Mittagessen die Hände zu waschen, und wies die beiden Schwestern Wang an, das geschnittene Gras noch wegzuschaffen. Danach eilte ich bangen Herzens zum Büro. Dort ging Meister Ma nervös auf und ab. Als ich den Raum betreten hatte, schloß er sogleich die Tür.

«Jen Hsiu-lan ist weggelaufen!» sagte er ohne Umweife und kratzte sich dabei heftig am Hinterkopf. Er war äußerst erregt und schien nicht zu wissen, was er tun solle.

«Jen Hsiu-lan? Weggelaufen?»

Kein Wunder, daß er so kopflos war – auch mich verstörte diese Nachricht, kaum daß ich sie gehört hatte. Jen Hsiu-lan, eine ehemalige Parteisekretärin an unserer Fachhochschule, war zu Beginn der Kulturrevolution eine fanatische ‹Linksradikale› gewesen, jetzt jedoch stand sie unter Arrest in einem ‹Umerziehungskurs›, angeklagt als eine Führerin der gegenrevolutionären Bewegung ‹Sechzehnter Mai›[1]. Ihr Mann war politischer Sekretär einer Abteilung des Nankinger Militärbezirks und ein bekannter politischer Macher gewesen, als die Rebellen während der Kulturrevolution an die Macht kamen. Aber als die gegenwärtige Kampagne begann, gehörte er zu den ersten, die im Umerziehungskurs des Militärbezirks in Verwahrung genommen wurden. Eines der Verbrechen, die seiner Frau zur Last gelegt wurden, war, daß sie als Mittelsperson zwischen dem Militär und der Universität tätig gewesen sei. Es hieß, daß sie hier der verlängerte schwarze Arm der Gegenrevolutionäre des Nankinger Militärs gewesen sei. Selbstverständlich war es eine äußerst ernste Angelegenheit, daß solch eine Person geflüchtet war.

«Einfach verschwunden!» rief Meister Ma aus, als sei er persönlich geprellt worden. Im Zorn zog sich sein runzliges altes Gesicht in die Länge. «Es passierte heute morgen vor acht Uhr. Sie täuschte vor, zur Toilette zu gehen, und ist dann einfach verschwunden!»

Aber wie konnte sie denn entlaufen? Trotz meines Entsetzens stellte ich diese Frage. Wenn jemand unter Verdacht stand und an einem Umerziehungskurs teilnehmen mußte, wurde er ständig von fünf oder sechs Personen beobachtet, die Tag und Nacht gemeinsam ‹studierten›, im selben Raum schliefen, zusammen aßen und einander sogar zur Toilette begleiteten. Außerdem waren die Fenster in allen Räumen mit Brettern vernagelt.

Bei einer so strengen Bewachung ist es nahezu unmöglich, zu entfliehen, und das obendrein noch von der Toilette aus! Jen Hsiu-lans Geschicklichkeit muß geradezu übermenschlich gewesen sein, dachte ich bei mir.

«War denn das Fenster der Toilette nicht vernagelt?» fragte ich.

«Gewiß doch! Ich weiß zwar nicht, wann, aber sie muß zwei Planken gelöst haben, indem sie die Nägel herauszog! Die Bewacher taugen nichts, sie denken nur daran, ihren Bauch mit Reis vollzustopfen. Verdammt noch mal!» fluchte Meister Ma.

Wir waren das Fluchen bei den Mitgliedern der Öffentlichkeitsabteilung der Arbeiter gewohnt, selbst bei einem so freundlichen alten Mann wie Meister Ma. Früher war er Pförtner bei der Nankinger Chemiefaser-Fabrik gewesen und war, nachdem er an die Fachschule für Hydraulik versetzt worden war, so bedeutend geworden wie die Mitglieder der Sektion für militärische Öffentlichkeitsarbeit. Doch selbst in dieser überragenden Stellung blieb er stets bescheiden und freundlich und prahlte nie. Auf Versammlungen verbeugte er sich vor den Leuten und sagte: «Ich bin gekommen, um von euch zu lernen.» So kam es, daß er als einziger aus der Öffentlichkeitsabteilung der Arbeiter von allen geachtet wurde. Es war nur bedauerlich, daß er nicht lesen und schreiben konnte und darum ohne jegliche Schulbildung war. Aus diesem Grunde war er nur qualifiziert, die Produktion zu organisieren. Die Verwaltungsabteilung der Elementarschule unterstand ihm, und wir Lehrerinnen, Yü, Hsia und ich selbst, kamen sehr gut mit ihm aus und fragten ihn oft um seinen Rat.

«Jen Hsiu-lan kann unmöglich weit gekommen sein», tröstete ich ihn. «Man ist hinter allen Rebellen des ‹Sechzehnten Mai› her, so daß sie sich eigentlich nirgends verstecken kann.»

«Das ist schwer zu sagen», antwortete er und schüttelte ungläubig den Kopf. «Es gibt zu viele Rebellen des ‹Sechzehnten Mai›, die im Untergrund leben. Allerdings hatte sie ihre Geldbörse nicht bei sich, und ohne Geld und Lebensmittelkarten ist sie tatsächlich auf die Hilfe anderer angewiesen. Schließlich kann sich ein Kaninchen keinen langen Schwanz wachsen lassen!»

Daß Jen Hsiu-lan keine Lebensmittelkarten bei sich hatte, machte mich heimlich um sie besorgt. «Haben Sie den Tjing-liang-Hügel durchsucht?» fragte ich.

«Natürlich, sofort, aber es war keine Spur von ihr zu finden! Deshalb bin ich zu Ihnen gekommen. Der Tjing-liang-Hügel ist so groß und so dicht mit Bäumen und hohem Gras bewachsen, daß sich dort leicht mehrere Menschen verstecken könnten. Wir hatten gerade eine Sitzung, auf der beschlossen wurde, die Schüler auszuschicken, damit sie den Hügel absuchen.»

Das überraschte mich in der Tat. Dreißig oder mehr Schüler verschiedenen Alters auf die Suche zu schicken war eine große Verantwortung. Aber wie konnte ich eine solche Anweisung ablehnen? «Kein Problem», sagte ich deshalb mit ausdrucksloser Miene.

Meister Ma nickte und antwortete entschuldigend: «Ich sollte Sie und die beiden anderen Lehrerinnen eigentlich nicht belästigen, da jede von Ihnen einen Säugling zu Hause hat, aber uns fehlen einfach Leute. In der Schule laufen über zwanzig Kurse, und nun ist auch noch Jen Hsiu-lan entwischt – da ist es unmöglich, anderwärts Hilfe zu suchen, zumal wir doppelt wachsam sein müssen. Die ganze Sache muß auch geheimgehalten werden, denn sollte die Nachricht die Verbündeten der Bewegung ‹Sechzehnter Mai› erreichen, könnte wer weiß was daraus entstehen.» Er machte eine Pause, kratzte sich wieder am Kopf und seufzte tief, ehe er fortfuhr: «Wir sind tatsächlich in größter Verlegenheit. Jede zur Verfügung stehende Person hat schon eine Aufgabe zugewiesen bekommen. Wir haben nicht nur alle Straßen und Gassen zu durchsuchen, auch der Bahnhof und der Hafen müssen überwacht werden.

Die ganze Schule ist mobilisiert worden, und jeder aus der Abteilung für militärische Öffentlichkeitsarbeit muß sich an der Suche beteiligen. Ich meine, daß auch unsere Verwaltungsabteilung ihren Teil beitragen sollte, und da die Kinder nichts zu tun haben, sollen sie hinausgehen und sorgfältig auf den Bäumen und im Gras suchen; vielleicht finden sie etwas, ehe es dunkel wird.»

Wir verabredeten also, daß Meister Ma nach dem Mittagessen der Kinder wiederkommen würde, um gemeinsam mit uns auf den Tjing-liang-Hügel zu gehen.

Als die Kinder hörten, daß sie den Hügel nach einem Ausreißer durchsuchen sollten, waren sie hell begeistert. Der kleine Dschang, der Anführer der Jungen, suchte sogleich nach Stöcken, die er unter den größeren Buben verteilte. Die Schwestern Wang wollten nicht nachstehen und überredeten im Speisesaal den Koch, ihnen ein paar Stöcke für die Mädchen zu überlassen. Jeder in der Schule wußte über Jen Hsiulan Bescheid, und in der Begeisterung der Kinder zeigte sich ein frühreifer Ernst. Selbst die Erstkläßler verhielten sich so, als ob sie einem Feind begegnen sollten, und sprachen nur noch im Flüsterton miteinander.

Sobald Meister Ma erschien, schwärmten die Kinder wie Bienen über die Hügel aus, wobei ein jedes versuchte, erster zu sein.

«Macht eine lange Reihe! Wir wollen eine lange Reihe machen!» schrie Meister Ma mit heiserer Stimme. «Macht es so, als ob ihr die Haare kämmt – laßt keinen einzigen Flecken aus! Wenn ihr irgend etwas findet, meldet es sofort!»

Mit Meister Ma am östlichen und mir am westlichen Ende und den Kindern in der Mitte bildeten wir eine ungleich sich windende Schlange, während wir uns langsam zum Hügel hinauf bewegten.

Die Ingenieurfachschule für Hydraulik lag am Abhang des Tjing-liang-Hügels und nahm zusammen mit dem Krematorium die Hälfte des Hügels ein. Mit Ausnahme des Militärbezirks am Tiger-Paß war ein Teil des Hügels unbewohnt, doch da viele Menschen hier ihr Brennholz holten und die Bauern Heu für ihr Vieh machten, war die Gegend nicht ganz verlassen. An dem Tage, als wir den Hügel durchkämmten, waren zwar die Posten der Befreiungsarmee von unserer Aktion in Kenntnis gesetzt worden und erwarteten uns, aber einige alte Leute, die dabei waren, Gras zu schneiden, beobachteten uns interessiert, wie wir uns, vornübergebeugt, voranbewegten und buchstäblich jeden Grashalm zur Seite bogen. «Was sucht ihr?» fragten sie neugierig.

«Wir haben Geld verloren!» antworteten die Kinder einstimmig.

«Geld?» Die alten Männer schauten Meister Ma und mich ungläubig an, aber sie stellten keine weiteren Fragen, rafften bald ihre Siebensachen zusammen und verschwanden.

Die Schwestern Wang gingen neben mir und schnatterten unentwegt.

Während sie das Gras durchsuchten, hörte ich, wie sie über ein Mädchen namens Schi Hung sprachen, das mit Jen Hsiu-lan irgendwie verwandt zu sein schien.

«Wer ist Schi Hung?» fragte ich.

«Sie ist die Tochter der Vermißten», antworteten sie.

Ich hatte schon gehört, daß Jen Hsiu-lans jüngste Tochter Mittelschülerin sei und eine Führerin der Roten Garden gewesen war. Sie war außerordentlich aktiv und jedem bekannt. Meine Neugierde erwachte, und ich fragte: «Kennt ihr Schi Hung?»

«Unsere älteste Schwester ist in ihrer Klasse!» rief die eine Schwester Wang etwas vorlaut aus. «Früher wurde sie immer in einem Jeep zur Schule gebracht! Aber jetzt wandelt sie daher wie ein Schatten und spricht mit niemandem mehr.»

«Die Lehrerin unserer Schwester sagte, daß jeder auf sie aufpassen müsse, weil sie vielleicht Selbstmord begehen könnte!»

Selbstmord! Es war entsetzlich, Kinder des fünften Schuljahres über Selbstmord sprechen zu hören, als wäre es nichts Besonderes.

«Selbst wenn ihre Eltern zur Gruppe des ‹Sechzehnten Mai› gehören», sagte ich nachdrücklich, «so hat das gar nichts mit ihr zu tun, solange sie selbst einen klaren Standpunkt einnimmt.»

«Man verlangte von ihr, daß sie ihre Eltern denunzieren solle, aber sie hat darauf bestanden, daß sie keine Elemente des ‹Sechzehnten Mai› seien, und wollte nicht nachgeben. Unsere Schwester und ihre Klassenkameradinnen haben sie deshalb auf den Wandzeitungen kritisiert.»

Sie ist mutig und charakterstark, dachte ich bei mir, und unnachgiebig.

Eine der Wang-Schwestern unterbrach ihr Suchen und fragte mich ernst: «Lehrerin Tschen, Jen Hsiu-lan ist doch eine Anhängerin der Bewegung ‹Sechzehnter Mai›, nicht wahr?»

«Hm» – ich war mir selbst nicht klar darüber – «wahrscheinlich ist sie es. Sowohl die Öffentlichkeitsabteilung der Arbeiter wie die der Militärs haben das öffentlich erklärt, und die können sich doch wohl nicht irren, oder?»

Es war mir unangenehm, daß ich den Kindern eine so ausweichende Antwort geben mußte. Was die Angelegenheit des ‹Sechzehnten Mai› betraf, so kannte ich mich damit überhaupt nicht aus. Als ich 1967 in Peking war, hörte ich von der Existenz einer rebellierenden Armee-Einheit ‹Sechzehnter Mai›, die am Tien-An-Men-Platz die Parole angeschlagen hatte: ‹Richtet eine Kanone auf Premier Tschu En-lai!› Das war damals sofort entfernt worden. Tschiang Tsching selbst hatte danach mehrere gegenrevolutionäre Organisationen bloßgestellt, darunter auch die rebellierende Armee-Einheit ‹Sechzehnter Mai›. All das wurde vertuscht und mit der Zeit vergessen. Keiner hatte voraussehen können, daß ein paar Jahre später, als die ‹Eine Attacke und Drei-Anti-Kampagne› in vollem Gange waren, die Anklage gegen die Gruppe ‹Sechzehnter Mai› wieder aufgerollt werden würde, und zwar auf Befehl von oben. Die Gruppe ‹Sechzehnter Mai› wurde als extreme Linksorganisation erklärt, als waghalsige und verbrecherische Bande von Leuten, die es sogar gewagt hatte, offen gegen Mao Tse-tung anzutreten, die Tschang Tschun-tschiau in Schanghai angegriffen hatten, mit dem Finger auf Hsü Schi-yu in Nanking zeigten und so fort. General Hsü, der gelobt hatte, «die Lehre Mao Tse-tungs bis zum Tode zu verteidigen», säuberte das Militär und die Universitäten und rottete die Mitglieder der Bande mit Stumpf und Stiel aus.

Die Bevölkerung von Nanking hatte von der Existenz dieser Gruppe nichts geahnt. Erst im nachhinein begriffen die Leute, daß man all die Morde, Plünderungen und Verwüstungen während der Kulturrevolution dieser Terroristenbande zuzuschreiben hatte. Nanking galt als Hauptbasis der Gruppe ‹Sechzehnter Mai›; von hier aus hatte ihr Einfluß die Armee erfaßt und sich schließlich über das ganze Land verbreitet. Nanking war eine bedeutende Basis der Volksbefreiungsarmee, deshalb war es unumgänglich, die Stadt von diesem Übel radikal zu befreien.

Als die Säuberungsaktion anlief, wurden viele Angehörige der Militäreinheiten, Arbeiter aus den Fabriken und Universitätsangestellte verhaftet. Terror herrschte überall. Nach einer Verlautbarung der Öffentlichkeitsabteilung des Militärs an der Fachhochschule für Hydraulik war die Zeit der Anhänger des ‹Sechzehnten Mai› an unserer Schule dreistellig, das heißt, es mußte sich mindestens um hundert und möglicherweise um 999 Personen handeln. Da es aber nur etwa tausend Bedienstete an der ganzen Hochschule gab, war die Folge dieser Bekanntgabe, daß jeder jeden zu verdächtigen begann und sich fragte, ob der andere wohl ein Konterrevolutionär sei.

Die Universität Nanking war von jeher ein Modell für alle Hoch- und Fachschulen, und das galt auch für diese Kampagne.

Ich erinnere mich noch gut an die erste ‹Bekenntnisversammlung Sechzehnter Mai›, die von der Universität veranstaltet wurde. Es war ein heißer Tag und die Sonne brannte. Mehr als zwanzigtausend Menschen waren in dem mächtigen, streng bewachten Stadion versammelt. Einer nach dem anderen wurden die Anhänger des ‹Sechzehnten Mai› auf das Podium gebracht, wo sie öffentlich angeklagt wurden. Unter Tränen und hysterischem Schluchzen legten sie Bekenntnis ab, und einige wurden auf dem Podest ohnmächtig. Unter den Angeklagten war einer, der verfälschte Aussprüche Mao Tsetungs in der Absicht gesammelt hatte, diese zu gegebener Zeit einzusetzen, um ‹die Macht an sich zu reißen›. Ein Rotgardist hatte bei der Plünderung der Bibliothek ein Exemplar von Hitlers ‹Mein Kampf› an sich genommen, es gründlich studiert und zu seiner persönlichen Bibel gemacht. Es gab Personen, die jahrelang Klassenkameraden gewesen waren, die das Zimmer miteinander geteilt hatten, ja selbst Ehepaare, die über dreißig Jahre verheiratet waren und nicht wußten, daß der Partner ein Mitglied dieser gefürchteten Bande war. Die Zuschauer waren zutiefst erschüttert; ich selbst war vollkommen verstört.

War Jen Hsiu-lan ein Mitglied der Bande ‹Sechzehnter Mai›? Ich wußte es wirklich nicht, vielleicht wußte es keiner.

Wir setzten unsere Suche bis zum Einbruch der Dunkelheit fort, bergauf und bergab, ohne etwas Verdächtiges zu finden. Die Kinder meinten, Jen Hsiu-lan sei längst vom Tjing-liang-Hügel geflohen. Alle waren erschöpft, und einige der kleineren Mädchen schmiegten sich müde an mich. Meister Ma beschloß, die Aktion abzublasen, und so gingen wir mit den Kindern nach Hause.

Am nächsten Morgen, bevor wir Lehrerinnen unser Studium der Ausgewählten Schriften des Vorsitzenden Mao beginnen konnten, kam Meister Ma bereits wieder zu uns. Jen Hsiu-lan war nun schon seit vierundzwanzig Stunden verschwunden. Man nahm an, daß sie genügend Zeit gehabt hatte, Nanking zu verlassen; deshalb hatte die Provinzregierung den Sicherheitsbüros in ihrer Heimatstadt in der Provinz Schansi und denen ihres Mannes in der Stadt Sutschau telegraphiert, alle ihre Verwandten zu beschatten. Auch unsere Hochschule schickte Leute aus, um die Docks zu beiden Seiten des Jangtse-Flusses zu überwachen und jeden zu beobachten, der ein Boot besteigen wollte. In der Annahme, daß ihr Verschwinden sorgfältig mit lokaler und auswärtiger Hilfe geplant worden sei, verschärften die Schulbehörden alle Sicherheitsmaßnahmen, um solche Vorkommnisse in Zukunft zu verhindern. Meister Ma mußte uns anweisen, täglich sorgfältig den Tjing-liang-Hügel zu kontrollieren.

«Wenn ihr irgend etwas Verdächtiges bemerkt, so ruft sofort das Büro an.»

Nach dieser Instruktion eilte er davon.

«Was für eine Aufregung!» rief Lehrerin Hsia aus, als sie ihm nachschaute, «Jen Hsiu-lans Verschwinden hat die ganze Hochschule auf den Kopf gestellt. Schaut euch nur Meister

Mas Zustand an! Seine blutunterlaufenen Augen verraten, daß er nicht viel Schlaf bekommen hat.»

«Frau Dr. Gu ist wahrscheinlich am meisten zu bedauern», erklärte Lehrerin Yü. «Vor Aufregung ist sie vergangene Nacht nicht einmal nach Hause gegangen!»

«Warum die Ärztin Gu?» fragte ich mich; denn obwohl Frau Dr. Gu eine meiner nächsten Nachbarn war, hatte ich nicht geahnt, daß sie den Auftrag hatte, Jen Hsiu-lan zu überwachen.

«Das wurde erst in diesem Sommer geändert», klärte mich Lehrerin Yü auf. Jen Hsiu-lan litt an zu hohem Blutdruck, doch man argwöhnte, daß sie sich nur verstelle, wenn sie ständig über Kopfschmerzen und Schwindelgefühle klagte. Manchmal gab sie einen ganzen Tag und eine ganze Nacht lang keinen einzigen Laut von sich, und selbst der Donner konnte sie nicht rühren. Da man ratlos war, was man tun solle, und nicht wußte, ob ihre Krankheit nur vorgetäuscht war, meldete man die Sachlage schließlich der verantwortlichen Stelle. Die Öffentlichkeitsabteilung der Arbeiter meinte, daß der Fall leicht zu lösen sei: Ein Arzt solle sie beobachten und herausfinden, ob sie wirklich krank sei oder nur simuliere. Deshalb wurde Frau Dr. Gu mit ihrer Betreuung beauftragt. Wer hätte ahnen können, daß die Ärztin nun selbst in Schwierigkeiten geraten würde?

Mir tat die Ärztin aufrichtig leid, sie war eine freundliche und warmherzige Person.

«Es waren doch so viele Wächter um sie herum», protestierte ich. «Man kann doch nicht die ganze Verantwortung auf Frau Dr. Gu abwälzen!»

Lehrerin Hsia sagte mit unverhohlener Schadenfreude: «Nun, warum hat sie denn zugelassen, daß sie gerade ihrer Obhut entlaufen ist? Sie und Tschu hatten Nachtdienst, und nachdem sie am Morgen aufgestanden waren, ging Tschu zum Speisesaal, um das Frühstück zu holen. Während sie ihr Bett machte, bekam Jen Hsiu-lan die Erlaubnis, zur Toilette zu gehen, und von dort kam sie dann nicht mehr zurück. Als Tschu mit dem Frühstücksbrei kam, entdeckte sie, daß Jen Hsiu-lan verschwunden war. Selbstverständlich lag die Hauptverantwortung bei Dr. Gu.»

«Zufällig gehörte Frau Dr. Gu einmal zu der ‹Revolutionären Roten Verbindungs-Gruppe›, die Jen Hsiu-lan unterstützt hatte, und das bringt sie in eine äußerst prekäre Lage», fügte Lehrerin Yü nicht ohne Anteilnahme hinzu. «Jen Hsiu-lan konnte unmöglich an einem Tag und in einer Nacht die Nägel aus den Holzbrettern herausziehen. Man vermutet, daß sie monatelang mit einer Haarnadel daran gearbeitet hat. Die Wachen haben eben keinen Verdacht geschöpft.»

«Sie war wirklich flink!» sagte ich. «Nachdem sie aus dem Fenster der Toilette gestiegen und über den Hof gelaufen war, mußte sie noch um das Labor herum, ehe sie auf den Tjing-liang-Hügel gelangen konnte. Dafür hatte sie doch höchstens zehn Minuten Zeit!»

Jen Hsiu-lan war in einem der beiden kleinen Häuser auf der Anhöhe am westlichen Ende der Dienststelle eingesperrt gewesen. Diese Gebäude waren einmal von der Öffentlichkeitsabteilung der Arbeiter benutzt worden, als sie ihre Tätigkeit an unserer Fachhochschule begannen. Da sie für sich in Anspruch nahmen, den wahren Marxismus-Leninismus zu vertreten und die Gedanken Mao Tse-tungs am reinsten zu verbreiten, wurde der Platz Marx-Lenin-Hügel genannt. Es war kein abgelegener Bereich, denn er befand sich in unmittelbarer Nähe der Fachhochschule und vor dem Labor. Es wäre deshalb sehr schwierig gewesen, auf den Tjing-liang-Hügel zu laufen, ohne gesehen zu werden.

«Wissen Sie, schon als Kind ist sie eine Guerilla gewesen; als der ‹langbeinige General› hat sie eine gewisse Berühmtheit erlangt», bemerkte Lehrerin Hsia.

«Sie ist wirklich eine tolle Person!» Lehrerin Yü schüttelte seufzend den Kopf, aber eine gewisse Bewunderung schwang im Unterton mit. «Sie ist eine alte Funktionärin schon seit jenen Tagen im Norden der Provinz Schensi und hat viel Erfahrung mit der Säuberung anderer; obwohl sie nun selbst einer Säuberung anheimfällt, wird es nicht leicht sein, sie kleinzukriegen. Sie ist wahrscheinlich die einzige Frau, die je den Posten einer Parteisekretärin an einer der vielen Hochschulen Nankings bekleidet hat.»

«Sie ist eine alte Füchsin!» bemerkte Lehrerin Hsia. «Zu Beginn der Kulturrevolution war sie auf der Seite der einen Gruppe, während sie die andere attackierte. Auf diese Weise säuberte sie viele Gruppen der Rebellen. Jetzt, da der Ruf ertönt: ‹Kader, tretet ab!› ist sie die erste, die fällt. Wenn es nach mir ginge, sollte sie das erhalten, was ihr zukommt!»

Lehrerin Yü schaute mich bedeutungsvoll an, und plötzlich dämmerte es mir, daß Lehrerin Hsia einmal zu einer Rebellengruppe gehört hatte, die von Jen Hsiu-lan bekämpft worden war. Also kein Wunder, daß dieser Wirbel sie recht befriedigte. Jeden Tag hörten wir den Ruf: ‹Rottet den Parteien-Klüngel aus!›, aber die Wurzeln der verschiedenen Gruppen, die sich während der Kulturrevolution gebildet hatten, gingen sehr tief.

«Waren Sie schon hier an der Hochschule, als Jen Hsiu-lan auf der Höhe ihres Ruhmes stand?» fragte mich Lehrerin Yü, um das Thema zu wechseln.

Ich verneinte. Obwohl Jen Hsiu-lan eine bekannte Person war, hatte ich sie nur wenige Male gesehen, und auch dann nur kurz. Das erstemal sah ich sie, als sie mit einem Umerziehungsbataillon an mir vorbeizog und jene ‹noch nicht befreiten› schwarzen Elemente mit geschulterten Spaten zur Arbeit führte.

«Die ältere Frau mit den grauen Strähnen im Haar, das ist Jen Hsiu-lan», hatte eine Kollegin mir zugeflüstert und unauffällig auf sie gezeigt.

«Sie war tatsächlich ein hervorragender Scharfschütze. Können Sie sich das vorstellen? In jenen Tagen kämpfte sie allerorten in den Taihang-Bergen, nachdem sie mit vierzehn Jahren zu den Guerillas gegangen und mit sechzehn in die Partei eingetreten war.»

Daraufhin hatte ich die kleine untersetzte Person mit größerem Respekt betrachtet.

Im Frühjahr sah ich sie zum letzten Mal, als unsere Hochschule nach dem Vorbild der Universität Nanking eine ‹Bekenntnis-Versammlung Sechzehnter Mai› einberief. Alle Verdächtigen des ‹Sechzehnten Mai› wurden vorgeführt. Jen Hsiu-lan, die als letzte eintrat, saß in der vordersten Reihe. Ich erinnere mich noch daran, wie sie einzog: ruhig und mit erhobenem Kopf, die Lippen in einem Anflug von Lächeln leicht gewellt, während ihre Augen mit unerschütterlichem Blick die Menge streiften. Ich dachte, so müsse sie früher ausgesehen haben, wenn sie das Podium betrat, um vor der gesamten Hochschule ihre Berichte vorzutragen. Aber dieses Mal sah sie viel älter aus. Ihr Gesicht, nicht mehr rund, erschien blaß und runzlig, und ihr Haar war viel grauer geworden. Sie war auch abgemagert, nicht wie die anderen, die aus Mangel an Sonne und Bewegung plump und bleich geworden waren.

«Jen Hsiu-lan hatte ihre eigene Methode», erinnerte sich Lehrerin Yü. «Sie arbeitete oft mit uns. Dann trug sie geflickte Schuhe aus Baumwolltuch und eine verblichene blaue Baumwolluniform. Wenn wir Pause machten, kaute sie an einem

Stück gedämpften Brotes, ohne sich vorher die Hände zu waschen. Das hat mich sehr beeindruckt, bis die Mutter der Wang-Schwestern mir erzählte, daß ihre älteste Tochter einmal Jen Hsiu-lan zu Hause besucht hätte – in einem großen Haus im westlichen Stil mit Ledersofas und Teppichen auf dem Boden, wo sogar der Tee durch eine Hausgehilfin serviert wurde. Ihre übermäßig betonte Einfachheit war also nur eine Schau, die für uns an der Hochschule bestimmt war!

Ich wollte gerade meine Gefühle zum Ausdruck bringen, als Lehrerin Hsia hastig bemerkte: «Ein Doppelgesicht! Ein typischer Januskopf!» Ohne sie zu beachten, fuhr Lehrerin Yü fort: «Es gab eine Zeit, in der Jen Hsiu-lan befürwortete, ‹das Land durch körperliche Tüchtigkeit zu retten›. Sie organisierte Ballspiele und einen Kurs ‹Chinesisches Schattenboxen› für die weiblichen Angestellten der Hochschule, dem ich mich anschloß. Obwohl Jen Hsiu-lan klein und untersetzt war, war sie recht sportlich. Sie beendete einen Übungsgang in fünf Minuten, ohne dabei zu keuchen oder im Gesicht rot zu werden. Einmal veranstalteten wir einen Wettlauf, bei dem wir alle außer ihr auf halbem Wege aufgaben. Sie war auch die einzige, die eine Runde in der Rennbahn schaffte. Sie hatte wirklich kräftige Beine. Deshalb glaube ich, daß die erwähnten zehn Minuten für sie ausgereicht haben, um zu fliehen.»

Die Erwähnung des Wettlaufs erinnerte mich daran, was noch zu tun blieb. «Die Hochschule hat uns beauftragt, unsere Patrouille zu verstärken», sagte ich. «Wir täten gut daran, uns zu beeilen und einen Plan auszuarbeiten.»

Lehrerin Hsia schüttelte mißbilligend den Kopf. «Ich glaube nicht, daß es noch Zweck hat. Wir haben den Tjingliang-Hügel bereits mehrfach durchkämmt. Jetzt muß sie längst aus Nanking heraus sein. Als man gestern ihr Verschwinden entdeckte, wurden sofort der Hügel und das Labor durchsucht. Die Öffentlichkeitsabteilung selbst hat den Marx-Lenin-Hügel abgesucht. Man hat buchstäblich jeden Grashalm umgedreht und das Haus, in dem sie festgehalten wurde, innen und außen inspiziert. Sogar die Abfallgrube außerhalb der Toilette hat man geöffnet und mit einem Stock darin herumgerührt. Ich denke mir, daß sie bereits bis Schanghai gelangt ist, wo die schwarze Gruppe der Bande ‹Sechzehnter Mai› weit verzweigt ist. Schlimmer noch, sie könnte bereits mit den Feinden der Nation Verbindung aufgenommen haben!»

Trotz all dieser widerstreitenden Mutmaßungen führten wir unsere Instruktionen sorgfältig aus. Wir wechselten uns ab und führten die Kinder täglich auf den Hügel, wo wir die Bäume schüttelten und das Gras flachlegten. Nachdem die Kinder sich einige Tage lang damit beschäftigt hatten, begannen sie zu vergessen, was ihre eigentliche Aufgabe war, und die meisten warfen einfach ihre Stöcke fort und liefen davon, um zu spielen. Schließlich blieben nur noch die Kinder der unteren Klassen übrig, die mit ihren Lehrern den Heimweg antraten.

Bis Freitag nachmittag hatte sich nichts Neues ereignet. In der Hochschule war es sehr still, da fast jeder mit irgendeiner Aufgabe ausgeschickt worden war. Nachdem die Kinder ihr Abendessen beendet hatten, übergab ich die Aufsicht an Lehrerin Yü und schleppte mich todmüde ins Wohnheim. Auf halbem Wege traf ich Frau Dr. Gu. Nur wenige Tage waren vergangen, seit ich sie zuletzt gesehen hatte. Sie schien mir stark abgemagert, ihre Augen waren eingefallen und ihr Gesicht wachsgelb. Sie sah mitgenommen und deprimiert aus.

«Frau Dr. Gu!» rief ich ihr zu, lief hinüber und drückte ihre Hand in wortlosem Mitgefühl.

«Lehrerin Tschen!» Sie legte ihre andere Hand auf die

meine und blickte mich dankbar an. Ihre Augen röteten sich, noch ehe sie zu sprechen begann. «Ich bin wirklich sehr unglücklich!» sagte sie.

«Machen Sie sich keine Sorgen, man wird sie finden», tröstete ich sie mit leiser Stimme. «Man kann nicht Ihnen allein die Verantwortung dafür zuschieben. Es ist sehr schwer, so etwas zu verhindern!»

Frau Dr. Gu schaute die Straße hinauf und hinab, und da niemand in der Nähe war, begann sie, ihr Herz auszuschütten. «Ich bin wirklich ein Pechvogel! Erst zwei Monate bin ich hier, und schon muß das passieren! Als mein Dienst begann, hatte man bereits damit aufgehört, Jen Hsiu-lan zur Toilette zu begleiten. Damit habe also nicht ich angefangen. Jen Hsiu-lan ist eine äußerst schlaue Person. Sie war über ein Jahr eingesperrt, aber in den letzten zwei Monaten zeigte sie sich von ihrer besten Seite. Sie gab ihren Hungerstreik auf und stellte sich nicht mehr krank. Täglich studierte sie die ‹Ausgewählten Schriften› des Vorsitzenden Mao, ehe sie sich auf ihre eigenen Schreibarbeiten konzentrierte. Jeder fühlte sich erlöst, doch wer konnte ahnen, daß sie insgeheim Pläne schmiedete? Ach, was soll ich bloß tun?»

Ich wollte noch etwas Tröstliches sagen, aber sie schüttelte den Kopf, drückte fest meine Hand und sagte: «Ich muß zu einer Sitzung», und ging gebeugten Hauptes weiter.

Ich drehte mich um und betrachtete ihre hagere Figur mit schmerzerfülltem Herzen. Ich hoffte so sehr, daß Jen Hsiu-lan bald gefunden würde.

Der nächste Tag war wieder ein Samstag. Gerade, als ich dabei war, die Kinder für eine Arbeit im Garten einzuteilen, kam Meister Ma.

«Lehrerin Tschen, wir müssen von vorne anfangen. Wir wollen sie doch finden.» Er bemühte sich, zuversichtlich zu erscheinen, doch er konnte seinen Kleinmut nicht verbergen. «Letzte Nacht hatten wir eine Krisensitzung. Von überall her kamen Berichte, aber keine neuen Ergebnisse. Man glaubt, daß Jen Hsiu-lan noch in Nanking ist und sich wahrscheinlich im Westen oder im Süden der Stadt verborgen hält. Darum wurden wir beauftragt, die Suche von vorn zu beginnen. Dieses Mal wollen wir uns in Gruppen aufteilen und das Gelände Zentimeter für Zentimeter absuchen. Wir werden in jedes Loch stochern und jeden Stein umwenden. Am wichtigsten ist der Tjing-liang-Hügel und die Häuser in dieser Gegend. Diese sollen von der Öffentlichkeitsabteilung des Militärs durchsucht werden. Sie übernehmen den Marx-Lenin-Hügel. Fangen Sie sofort an; ich will dazukommen und helfen, sobald ich den anderen Gruppen ihre Aufgabe zugeteilt habe.» Dann gab er mir zwei Schlüssel und ging davon.

Seit Jen Hsiu-lan auf dem Marx-Lenin-Hügel festgehalten wurde, war das Gebiet für Kinder «off limits» erklärt worden. Als die Kinder hörten, daß sie jetzt dort eine Suchaktion durchführen sollten, liefen sie aufgeregt umher, um Stöcke zu suchen. Ich teilte sie in zwei Gruppen ein. Vier oder fünf der älteren Mädchen sollten mit mir im Hause nachsehen, während alle übrigen Kinder die Gegend um das Haus herum durchforschen sollten. Niemand hatte die geringste Hoffnung, eine Spur von Jen Hsiu-lan zu entdecken, aber die Kinder waren so neugierig auf den Marx-Lenin-Hügel, daß sie sich vor Ungeduld nicht einmal richtig aufstellen wollten. Sie stoben davon, sobald ich das Startzeichen gegeben hatte.

Ich nahm die Schwestern Wang und einige andere Mädchen mit ins Haus, in dem Jen Hsiu-lan gelebt hatte. Dort gab es nur vier Räume: Die Nord-, West- und Ostzimmer waren mit Ausnahme eines Tisches sowie einiger Stühle und Bänke völlig leer. Zwei der Räume waren offenbar von den Wachen für ihre Sitzungen benutzt worden, denn an den Wänden hingen Bilder von Mao Tse-tung und Plakate mit anfeuernden Parolen wie zum Beispiel ‹Wir werden nicht ruhen, bis die Bande ‚Sechzehnter Mai' vernichtet ist!› oder ‹Haut die schwarze Hand des Militärs ab, die bis in unsere Hochschule gedrungen ist!› oder ‹Wer gegen General Hsü ist, der ist gegen den Vorsitzenden Mao!› und so fort. In dem anderen Zimmer müssen die Sitzungen zur Gesinnungsänderung Jen Hsiu-lans stattgefunden haben, da die Wände mit großen schwarzen Schriftzeichen und fünfzehn Zentimeter großen Ausrufungszeichen bedeckt waren. Die Parolen forderten auf: ‹Neige Dein Haupt und bekenn!› oder ‹Wende den Kopf und Du erblickst das rettende Ufer!› andernfalls gibt es ‹Selbst im Tod keinen Platz, um sich zu verstecken!›.

Das Südzimmer hatte als Schlafraum für Jen Hsiu-lan und ihre Bewacherin gedient. An den beiden Fenstern hingen schwarze Vorhänge, und der Raum war so dunkel und trist, daß die Mädchen sich nicht trauten, hineinzugehen. Ich trat ein und zog die Vorhänge zurück. Wie bei allen übrigen Räumen waren die Fenster von außen mit fünf oder sechs Brettern vernagelt. Erst als die Strahlen der Augustsonne wie Wellen durch die Fugen drangen und das Zimmer erhellten, kamen die Mädchen herein und blickten mit weit geöffneten Augen um sich. Von den beiden Holzbetten im Raum war das eine kahl, während auf dem anderen noch ein Kissen und eine gesteppte Decke lagen. Dieses war wahrscheinlich von Jen Hsiu-lan benutzt worden. Unter dem Bett standen ein Paar schwarze Lederschuhe und ein zweites Paar aus wattiertem Baumwollstoff. Außerdem gab es noch eine schlampig zusammengerollte Bettdecke, der man ansah, daß sie bereits oft untersucht worden war, und mehrere gewöhnliche Baumwolluniformen, die auf den Stühlen zwischen den Betten lagen.

Auf einem Tisch neben einem der Betten sah ich ein abgegriffenes Exemplar der ‹Ausgewählten Schriften› des Vorsitzenden Mao. Die Wände zeigten Spuren von herabgerissenen Plakaten, die man offenbar in Eile entfernt hatte; denn einige Schriftzeichen waren noch lesbar: ‹Sackgasse›, ‹Wohin führt der Weg?› und ähnliches mehr.

Wir verbrachten eine Weile damit, dies oder jenes zu betasten, obwohl es nicht viele Gegenstände gab, die man hätte untersuchen können. Enttäuscht krochen die Kinder auf allen vieren umher und schauten sorgfältig unter die Betten.

«Sollen wir einen Blick in die Toilette werfen, Lehrerin?» fragte eine der Wang-Schwestern.

«Ja, warum nicht», antwortete ich zustimmend. Wir suchten eine Weile, bis wir sie schließlich am Eingang der Veranda fanden. Ich öffnete die Tür und ging als erste hinein. In diesem Augenblick hörten wir laute Rufe der anderen Kinder, die sich draußen, hinter der Toilette, aufhielten.

«Lehrerin Tschen, schnell, Lehrerin Tschen!» Ich drehte mich um, stürzte hinaus und stieß dabei mit einem Kind zusammen, das hereingelaufen kam.

«Schnell, Lehrerin Tschen, kommen Sie schnell!» Es war der kleine Dschang, der meine Hand ergriff, mich hinauszog und um die Ecke des Hauses zum Platz hinter der Toilette führte. Dort standen die Kinder in einem dichten Kreis beieinander und starrten mit weit geöffneten Augen auf etwas, das ich nicht erkennen konnte. Einige hielten sich die Nase zu, die Kleinen verbargen sich hinter den Größeren und hielten erschrocken die Hände vors Gesicht. Als sie mich kommen sahen, traten sie zurück und ließen mich durch, damit ich genauer hinschauen konnte. Vor mir war eine Abfallgrube, etwa fünfundsiebzig Zentimeter im Quadrat und ganz ausgefüllt mit einem zusammengesunkenen Körper.

«Jen Hsiu-lan!»

Ich weiß nicht, wer den Namen rief, aber im gleichen Augenblick, als ich ihn vernahm, wurde mir entsetzlich übel. Ein Blitz flammte vor meinen Augen auf und ich wurde ohnmächtig. Ich hörte und sah nichts mehr...

Eine ganze Woche war ich krank und hatte weder nach Essen noch Trinken Verlangen. Jedesmal, wenn ich die Augen schloß, wogte eine schwarze Masse vor meinem inneren Gesicht, und ich empfand aufs neue diese Übelkeit. Allmählich fühlte ich mich jedoch besser und ich begriff, daß meine Reaktion keine körperlichen Ursachen hatte. Starke Empfindungen umklammerten mein Herz, und ich wußte, ich würde sie mein Leben lang nicht mehr loswerden.

Meister Ma war sehr um mich besorgt und besuchte mich hin und wieder. Er erzählte mir von der großen Kritik-Versammlung in der Hochschule. Viele Leute waren aufs Podium gekommen, um Jen Hsiu-lan anzuklagen. Sie hatten erklärt, daß ‹sie damit angefangen habe, sich als Linksradikale zu gebärden›, um ‹als extreme Rechtsradikale zu enden›, daß ‹sie sich in den Augen des Volkes selbst zerstört› habe und daß ihr Tod ‹leichter wiege als eine Feder›. Natürlich würde ‹ihr Name durch die Jahrhunderte stinken›. Es wurde eine Resolution verfaßt: Sie wurde aus der Partei ausgestoßen und offiziell als Konterrevolutionär gebrandmarkt.

«Wenn sie sich selbst töten wollte, indem sie sich in die Abfallgrube stürzte – was hätten wir dagegen tun können?» Auch Meister Ma schüttelte seufzend den Kopf und war niedergeschlagen. «Stellt euch vor, die Abfallgrube ist nicht mal einen Meter tief – also nicht einmal so tief, wie ein Mensch lang ist. Wäre sie nicht in der Ecke zusammengekauert gewesen, so hätten wir sie gleich beim erstenmal gefunden, als wir in der Grube herumgestochert haben. Ach! Wozu den Tod suchen?

Auf diese Weise zu sterben ist... wie sagten sie doch auf der Versammlung? Ach ja, ‹ihr Tod wiegt leichter als eine Feder›.»

Er hatte recht.

In jenem Herbst ereignete sich der Zwischenfall mit Marschall Lin Piao[2], und bald darauf überstürzten sich die Ereignisse: ‹Kritisiert Lin Piao› und ‹Greift die Rechtsradikalen an!› Ehe ein Jahr um war, hatten alle Elemente des ‹Sechzehnten Mai›, die auf dem Podium öffentlich ihre Schuld bekannt hatten, ihre Geständnisse widerrufen und behauptet, sie seien unter Folter und Schlägen dazu gezwungen worden. Viele ihrer Ankläger wurden verhaftet, als Lin Piao-Anhänger verdächtigt und in Umerziehungslager gesteckt. Die angeblichen Anhänger des ‹Sechzehnten Mai› an unserer Fachhochschule wurden nach und nach freigelassen – die letzten nach drei Jahren Kerker – und in allen Punkten freigesprochen.

Das Rad des Klassenkampfes rollte, und schon bald wurde der ‹Sechzehnte Mai› in Nanking zu einer Bezeichnung für historische Geschehnisse, zu einer Erinnerung an Terror mit absurdem Beigeschmack. Niemand mehr erwähnte Jen Hsiu-lan, und ihr Name erschien nur noch in den Berichten über die politischen Auseinandersetzungen, die an der Hochschule für Hydraulik ausgetragen worden waren.

Für mich ist es anders. Ihr Tod ist für mich wie ein schweres Eisengewicht, das immer tiefer in mein Herz einsinkt.

Der große Fisch

An einem Februartag kam Meister Kuai vorzeitig nach Hause. Er öffnete die Tür, steckte den Kopf durch den Spalt und fragte – noch bevor er seine baumwollenen Handschuhe ausgezogen hatte – seine bettlägerige Frau: «Wie geht es dir, fühlst du dich etwas besser?»

Mutter Kuai wandte bei dem Geräusch den Kopf. Als sie ihren Mann so unerwartet sah, hellte sich ihr Gesicht freudig auf. Um ihn nicht zu beunruhigen, antwortete sie ausweichend: «Es geht etwas besser und es tut auch nicht mehr so weh.»

Es war Ende Februar und noch bitter kalt; die Fenster und Türen waren fest verschlossen und alle Ritzen und Fugen mit Zeitungspapier verstopft. Der intensive Duft chinesischer Kräutermedizin erfüllte den Raum.

«Hast du deine Medizin genommen?» fragte Meister Kuai mit einem Blick auf den irdenen Topf, der neben ihrem Bett auf dem kleinen runden Tisch stand.

«Schwägerin Dschang hat sie zubereitet. Sie hat sogar das Mittagessen für mich gekocht!»

Obwohl die Person, die das für sie getan hatte, nicht anwesend war, klang Mutter Kuais Stimme dankbar. Ihr altes Rükkenleiden hatte wieder eingesetzt, und darum mußte sie seit Tagen das Bett hüten. Hätten die Nachbarinnen sie nicht betreut, so hätte Meister Kuai nicht zur Arbeit gehen können. «Warum bist du heute schon so früh zurück?» fragte sie und warf einen Blick auf die alte Uhr, die an der Wand am Fußende des Bettes hing. Es war erst drei Uhr.

Meister Kuai arbeitete auf der Schiffswerft, die ziemlich weit entfernt lag. Seine Arbeit und die vielen Versammlungen hielten ihn von frühmorgens bis spätabends auf Trab. Da er einen so weiten Weg zu seiner Arbeitsstelle hatte, mußte er mehrmals umsteigen, um von der Jangtse-Brücke bis zum Hahnenschrei-Tempel zu gelangen. Deshalb kam er nie vor Einbruch der Dunkelheit heim.

«Für heute nachmittag war eine politische Schulung angesetzt, aber dann hieß es, einige amerikanische Zeitungsleute würden nach Nanking kommen; darum wurde sie in der letzten Minute abgesagt und statt dessen eine Generalreinigung anberaumt. Meine beiden Lehrlinge sind wirklich anhänglich und rücksichtsvoll. Sie wissen, daß du krank bist, und ließen es einfach nicht zu, daß ich irgend etwas anfaßte. Sie zwangen mich geradezu, nach Hause zu gehen.»

Während er sprach, zog der alte Mann seine Handschuhe aus und goß sich ein Glas heißes Wasser aus der Thermosflasche ein, die oben auf dem Schrank stand. Er legte seine Hände um das Glas, um sie zu wärmen.

Mutter Kuai lächelte, als sie das hörte. «Diese beiden Burschen sind schon in Ordnung. Wir wollen nur hoffen, daß sie sich nicht in der Weise entpuppen wie der letzte, der so gegen dich gehetzt hat, als die Kulturrevolution ausbrach. Er hat ja kein gutes Haar an dir gelassen!»

Der Mund des Alten verzog sich zu einem breiten Lächeln, während er sich an den runden Tisch setzte. Er pustete über das heiße Wasser im Glas, ehe er einen Probeschluck nahm. Da er es nicht zu heiß fand, trank er es in einem Zuge aus.

«Was hätte er unter den gegebenen Umständen tun sollen!» bemerkte er gelassen und ohne Bitterkeit. «Die Kulturrevolution war in vollem Gang, und der Junge mußte einen radikalen Standpunkt einnehmen, wenn er nicht selbst in Schwierigkeiten geraten wollte. Später hat es ihm leid getan, und wenn niemand in der Nähe war, kam er und bat um Verzeihung für das, was er getan hatte. Damals dachte die Jugend nur an die Revolution, und keiner wollte etwas lernen. Aber kommen sie jetzt nicht dauernd zu mir, wenn sie Schwierigkeiten haben und einen Rat brauchen?»

«Weil du so gutmütig bist!» lachte Mutter Kuai. Jetzt hatte sie sich mit dem Zwischenfall abgefunden, aber vor zwei Jahren, als sie erfahren hatte, daß der Lehrling ihren Mann in den Wandzeitungen angegriffen hatte, war sie empört gewesen. Besonders verärgert war sie darüber, daß sie den Lehrling an einem Neujahrsabend zum Essen eingeladen hatten. Es war ausschließlich ihr Vorschlag gewesen, aber der Lehrling hatte seinem alten Meister vorgeworfen, er habe dabei Hintergedanken gehabt, er gehe den Weg des ‹Imperialismus› und versuche, junge Arbeiter zu ‹beeinflussen› und zu ‹korrumpieren›. Als der Alte daraufhin gezwungen worden war, auf der Tribüne ‹zu bekennen und Selbstkritik› zu üben, hatte die alte Frau vor Wut gekocht.

«Da du gerade meine Lehrlinge erwähnst», rief der alte Mann aus, «hätte ich beinahe etwas vergessen. Sie erzählten mir, daß die Märkte in den nächsten Tagen besonders reichlich beliefert würden, weil man den Besuch amerikanischer Journalisten erwartet, ganz besonders der Markt an der Tung-Jen-Straße. Sie sagten, daß man dort alles haben könne, deshalb sag mir, was du gerne essen möchtest, und ich gehe hin und besorge es.»

Die alte Frau schloß die Augen und überlegte. Da sie länger

als eine Woche nicht mehr auf dem Markt gewesen war, hatte ihr Mann auf dem Heimweg von der Arbeit das Nötigste mitbringen müssen. Deshalb hatten sie seit Tagen nur gefrorenen Weißkohl gegessen. An dem einen Tag war es Kohl mit Sojasauce und am nächsten Kohl mit gesalzenem Schweinefleisch gewesen. Da die alte Frau ohnehin an einer Magenverstimmung litt, nahm ihr das eintönige Essen den letzten Appetit.

«Ich würde zu gerne eine Fischsuppe essen», erwiderte sie, und ihre Augen glänzten bei der Vorstellung. «Es wäre zu schön, wenn du einen Fisch bekommen könntest. Wenn ich nur daran denke, wie gut der schmecken würde mit ein paar Scheiben frischen Ingwer und ein paar Zwiebeln. Kurz vor dem Anrichten könnten wir noch einen Schuß Reiswein darangeben . . .!»

Bei dieser Beschreibung lief auch dem Alten das Wasser im Munde zusammen.

«Du möchtest gern Fisch essen? Gut, du sollst ihn haben!»

Er reckte sich, zog seine wattierte Baumwollmütze zurecht, die er noch nicht abgelegt hatte, und klopfte dann auf die Tasche seiner mit Watte gefütterten Winterjoppe, um sich zu vergewissern, daß er Geld bei sich hatte.

Aber zuerst ging er in die Küche, sah nach dem Ofen und war zufrieden, als er unter den Kohlen eine blaue Flamme entdeckte. Dann öffnete er das untere Türchen einen Spalt weiter, um etwas mehr Zugluft zu schaffen, setzte einen Wasserkessel auf den Ofen und griff nach dem Marktkorb. Als er die Entfernung zwischen dem Hahnenschrei-Tempel und der Tung-Jen-Straße bedachte, beschloß er, das Fahrrad zu nehmen. Sie pflegten es unter dem Bett zu verstauen, und es dauerte eine Weile, bis er es hervorgezogen hatte. Die Schläuche waren natürlich platt, und so mußte er nach einer Pumpe suchen, um sie aufzupumpen. Nach all der Anstrengung atmete der alte

Mann schwer, aber der Gedanke an den Fisch, den er kaufen wollte, beschwingte ihn. Seine bettlägerige Frau, die ihm bei seiner mühseligen Tätigkeit zuschaute, fühlte sich bei der Aussicht auf den Fisch, den ihr Mann mitbringen würde, richtig glücklich.

«Ich gehe jetzt», rief er ihr zu und schob sein Rad durch die Tür.

«Komm bald zurück», sagte sie. «Wenn du wirklich einen Fisch bekommen könntest, wäre das wunderbar.»

Meister Kuai bog aus der kleinen Gasse gleich in die Straße des Hahnenschrei-Tempels ein, die zum Südtor des Volksparks führte und sehr belebt war. Da er sich immer in der morgendlichen Dämmerung am Bus anstellen mußte, gab ihm das Fahrrad ein Gefühl von Freiheit und Geschwindigkeit. Wenn er sich durch die Fußgänger schlängelte, klang der schrille Ton seiner Klingel wie Musik in seinen Ohren. Er bog in die breitere und belebtere Pekinger Ost-Allee ein, und ein Lastwagen nach dem anderen überholte ihn mit blitzartiger Geschwindigkeit in Richtung des Verteilerkreises am Trommel-Turm. Weil der Alte sich seit jeher vor dem dortigen Kreisverkehr fürchtete, nahm er die Abkürzung durch eine schmale Allee und erreichte bald die Tung-Jen-Straße.

Es war schon lange her, daß er diesen Markt zuletzt aufgesucht hatte. Über ein Jahr war darüber vergangen. Damals war sein Sohn aus dem Nordosten auf Urlaub heimgekommen, und Meister Kuai hatte sich schon frühmorgens aufgemacht, um ein Huhn zu kaufen.

Den Tung-Jen-Markt und auch den Zentralmarkt am Hsin Djiä Kou kannte ein jeder. Das städtische Revolutionskomitee betrachtete diese beiden Märkte als Schwerpunkte und beschickte sie deshalb stets mit einer reichlichen Auswahl an Fisch, Fleisch und Gemüse. Viele Leute kamen von weit her, um hier einzukaufen, doch die Familie Kuai gehörte nicht dazu. Zum einen wohnten sie nicht in der Nähe, zum anderen bestand der weitaus größte Kundenkreis der beiden Märkte aus dem Personal der Volksbefreiungsarmee oder aus dem Hauspersonal hochgestellter Parteimitglieder, die in der Nachbarschaft wohnten. Sie gaben ihr Geld großzügig aus, und Mutter Kuai, die es gewohnt war, ein bescheidenes Leben zu führen, mißbilligte diese Lebensweise und kaufte nicht dort ein.

Als erstes fiel Meister Kuai auf, daß die ganze Straße seit seinem letzten Besuch ein verändertes Aussehen angenommen hatte. Sie war saubergefegt, und alle Häuserwände waren frisch getüncht. Die erst vor kurzem aufgeklebten politischen Parolen zogen die Aufmerksamkeit besonders an. Alle Läden zu beiden Seiten der Straße sahen so aus, als ob sie sorgfältig neu dekoriert worden seien, gleichgültig, ob es sich um Sojasauce, gesalzenes Gemüse, Gemischtwaren, Besen oder Toilettenpapier handelte. Die Fensterscheiben waren durchsichtig und blitzblank; selbst die Eingänge der Läden waren geschrubbt, so daß die Ziegel in hellem Rot leuchteten.

Meister Kuai parkte sein Fahrrad beim Eingang des Marktes, nahm seinen Korb und ging hinein. Der Zementboden war frisch gewaschen, so daß er einen schuldbewußten Blick auf die Spuren zurückwarf, die seine großen, wattierten Tuchschuhe hinterließen. Nur wenige Kunden waren auf dem Markt, doch immerhin genügend, daß jeder Verkaufsstand etwas zu tun hatte. Alle Verkäufer trugen frischgewaschene und gestärkte knielange Schürzen, die Fleisch- und Fischverkäufer hatten außerdem noch weiße Kappen aufgesetzt. Da er nur an den Fisch für seine Frau dachte, ging er am Stand für Schweinefleisch vorbei geradewegs auf den Fischstand zu.

Von allen Ständen des Marktes hatte er diesen am liebsten.

Auf den glänzenden Fliesen der Theke wirkten die verschiedenen ausgelegten Fischsorten besonders appetitlich. Schon aus der Ferne konnte er sehen, daß vor allem Bandfisch (trichiurus chinensis) und Bitterlinge die Auslage füllten. Davor stand bereits eine Menge Menschen. Als er sich gerade in die Schlange einreihen wollte, entdeckte er noch andere Fische hinter der Theke. Er trat vor, um sie genauer zu betrachten. Da lagen doch tatsächlich fünf oder sechs Tjing-Fische[1], deren glänzende Schuppen von ihrer Frische zeugten.

Warum Bitterlinge kaufen, wenn es Tjing-Fische gibt? dachte er. Bitterlinge haben einen schlammigen Beigeschmack, den man auch mit einer Menge Gewürz nicht beseitigen kann.

Er sah, wie der Verkäufer einen Fisch abwog, das Gewicht ausrief und gleichzeitig mit der freien Hand den Abacus bediente. Ein anderer Mann hockte in einer Ecke und sortierte aus einer großen Holzkiste Fische aus, indem er große und kleine in verschiedene Körbe warf. Um seine Aufmerksamkeit zu erregen, rief Meister Kuai: «Kann man diesen Tjing-Fisch kaufen?»

Der Fischsortierer blickte auf und sah ihn stirnrunzelnd an, ehe er antwortete:

«Alles, was hier ausgelegt ist, kann man selbstverständlich kaufen!»

«Dann wiegen Sie einen halben Fisch für mich ab.» Damit stellte Meister Kuai seinen Korb neben den Stand und überlegte, welche Hälfte er nehmen sollte. Mutter Kuai hatte gesagt, daß sie Fischsuppe essen möchte, und ein Fischkopf würde eine schmackhaftere Suppe abgeben als ein Hühnchen. Er sollte also lieber die obere Hälfte kaufen. Nachdem er seine Überlegungen beendet hatte, sagte er zum Verkäufer: «Geben Sie mir bitte die Kopfhälfte.»

«Ich kann keinen halben Fisch verkaufen», entgegnete dieser, schüttelte den Kopf und fuhr mit dem Aussortieren der Fische fort, ohne Meister Kuai eines weiteren Blickes zu würdigen. «Wenn Sie den Fisch haben wollen, müssen Sie schon einen ganzen nehmen!»

Der alte Mann zögerte. Den ganzen Fisch kaufen? Er schaute auf die Preistafel – fündundsechzig Cents das Pfund. Ein ganzer Fisch würde etwa auf drei Dollar kommen. Unwillkürlich tastete seine Hand zur Tasche seiner wattierten Joppe.

«Nun?» fragte der Verkäufer und hob seinen Kopf. Da er die Unentschlossenheit im Gesicht des alten Mannes bemerkte, fügte er kalt hinzu: «Jeder wiegt etwa vier bis fünf Pfund.»

Die Haltung des Verkäufers irritierte Meister Kuai. Er befühlte den oberen Teil seiner Jacke. Dort, in der Innentasche, steckte der Monatslohn, den er gerade bekommen hatte.

«Gut, wiegen Sie den ganzen Fisch», antwortete er entschlossen.

Das überraschte den Verkäufer. Er schaute den Alten grimmig an, stand gemächlich auf, nahm wortlos einen großen Fisch und hängte ihn an den Haken der Waage.

«Oh, ich hätte lieber den da», sagte Meister Kuai und zeigte hastig auf einen kleineren Fisch.

«Was ist los?» Der Verkäufer tat so, als würde er nicht verstehen; er hob die Waage höher vor das Gesicht des Kunden, so daß der Schwanz des Fisches beinahe Meister Kuais Kinn berührt hätte. Er trat einen Schritt zurück und machte mit der Hand eine verbindliche Geste. «Schon gut, wiegen Sie ihn ab.» Lieber keine Umstände machen, dachte er und tröstete sich bei dem Gedanken, daß es eine seltene Gelegenheit sei, einen so guten Fisch zu bekommen, auch wenn es bedeutete, daß sie nun an den nächsten drei Tagen Fisch essen müßten. Glücklicherweise war das Wetter noch kalt, so daß der Fisch nicht verderben würde.

«Fündundsechzig Cent... viereinhalb Pfund... das macht zwei Dollar dreiundneunzig.» Der Fischverkäufer errechnete den Preis, mit den Augen blinzelnd, im Kopf, ohne den Abacus zu Hilfe zu nehmen. Meister Kuai entnahm seiner Innentasche hastig einen Fünf-Dollar-Schein. Der Verkäufer gab das Wechselgeld heraus und legte den Fisch sorgfältig in den Korb. Mit einem verwunderten Blick auf den Kunden drehte er sich um und fuhr fort, seine Fische zu sortieren.

Meister Kuai stieß einen Seufzer der Erleichterung aus; mit Befriedigung und Freude nahm er seinen Korb und entfernte sich vom Fischstand. Seine Lehrlinge hatten recht, dachte er. Der Tung-Jen-Markt war schon eine großartige Sache. Man konnte tatsächlich einen so großen Tjing-Fisch wie diesen da kaufen. Und dann dachte er an seine Frau und stellte sich vor, was für Augen sie machen würde, wenn sie einen Fisch von diesen Ausmaßen sah.

Ein wohliges Gefühl überkam ihn, und sein Mund verzog sich zu einem glücklichen Lächeln. Er achtete nicht auf die neugierigen Blicke der anderen Leute, von denen einige sogar auf seinen Korb zeigten.

Als er beim Gemüsestand vorbeiging, leuchteten seine Augen auf. Ende Februar war das Angebot meistens sehr dürftig, und niemals hätte er geglaubt, daß es jetzt eine solche Auswahl an Gemüsearten gäbe.

Neben Rüben, Möhren und gefrorenem Kohl, die man häufig bekam, waren auch Tomaten und Gurken zu haben – Dinge, die er schon lange Zeit nicht mehr gesehen hatte. Diese Delikatessen waren hübsch in kleine Körbe verpackt und gut sichtbar am Stand ausgestellt. Er schaute auf den Preis für Tomaten: fünfzig Cent fürs Pfund. Er konnte nur den Kopf schütteln. Diese Preise überstiegen absichtlich die Kaufkraft des kleinen Mannes, sagte er sich. Im Sommer kosteten sie nur fünf Cent das Pfund. Die Gurken hatten keine Preisschilder, aber da seine Frau sie so gerne aß, beschloß er, eine zu kaufen, was sie auch kosten möge, nur damit sie einmal frisches Gemüse bekäme. Da sie schon so viele Tage krank war, würde sie sich über die Abwechslung freuen.

«Was kosten die Gurken?» fragte er die Verkäuferin.

«Die Gurken sind nicht verkäuflich», antwortete sie schnippisch und beäugte angelegentlich den Fisch in seinem Korb.

Der alte Mann war enttäuscht, aber da daran nichts zu ändern war, schaute er sich nach etwas um, das man mit dem Fischkopf kochen könnte.

«Beeilen Sie sich! Da stehen noch mehr Leute hinter Ihnen in der Reihe!» Die Verkäuferin gestikulierte ungeduldig mit der Waage und ließ das Bleigewicht auf die Bronzeplatte der Waage fallen. Unter diesem Druck verlor Meister Kuai seine Gelassenheit, so daß er keinen Entschluß fassen konnte. Plötzlich erinnerte er sich, daß sie wohl zu Hause keinen Ingwer mehr hätten. «Geben Sie mir ein halbes Pfund frischen Ingwer.» Doch dann erblickte er in der Ecke einen kleinen Korb mit Bambussprossen. Er wußte, daß Bambussprossen sehr teuer waren, aber sie würden, mit dem Fischkopf zusammen gekocht, köstlich schmecken. Er dachte daran, wie genügsam seine Frau all die Jahre hindurch gewesen war, und meinte, daß sie nun, da sie krank war, doch einmal eine gute Mahlzeit verdient hätte. Bambussprossen mit Fischkopf gekocht – seit Jahren hatte er sich einen solchen Luxus nicht mehr geleistet. «Geben Sie mir zwei Bambussprossen.» Dieses Mal fragte er nicht einmal nach dem Preis.

«Fünfundsechzig Cent das Pfund», sagte die Frau, leerte den Ingwer in den Korb und wog die Bambussprossen.

Nachdem er die Bambussprossen bezahlt hatte, hob er seinen Marktkorb auf. Er war ziemlich schwer, und Meister Kuai beschloß, nichts mehr zu kaufen, sondern gleich nach Hause zu fahren, um den Fisch zu kochen. Unzählige Arten von Gerichten waren in den Vitrinen der Stände mit Fertigmahlzeiten ausgestellt, aber Meister Kuai gönnte ihnen nur einen flüchtigen Blick und eilte dem Haupttor zu.

Mehr Leute kamen jetzt zum Einkaufen: Hausfrauen, Arbeiter, die von der Arbeit kamen, Kaderleute und Soldaten in sauberen Uniformen strömten auf den Markt.

Er ging zum Platz hinüber, wo er sein Fahrrad abgestellt hatte, das jetzt nur eines unter vielen war.

«Genosse, gibt es noch mehr von diesem Fisch?» fragte ihn ein Mann interessiert, der schon an ihm vorbeigeeilt war und sich nun zu ihm umdrehte.

«Ja!» versicherte Meister Kuai begeistert. «Beeilen Sie sich, es gab da noch mehrere...» Noch ehe er zu Ende gesprochen hatte, kam eine Frau mit einem Korb auf ihn zu und unterbrach das Gespräch: «Genosse, was kostet der Fisch? Muß man lange anstehen?»

«Nein, nicht sonderlich. Er kostet fünfundsechzig Cent das Pfund.»

Die allgemeine Aufmerksamkeit, die sein Marktkorb erregte, ließ Meister Kuai erneut einen Blick auf seinen großen Tjing-Fisch werfen. Mit seinen klaren, hervorstehenden Augen und seinen glänzenden Schuppen sah er wirklich eindrucksvoll aus. Das Herz des alten Mannes war beschwingt. Vorsichtig hängte er den Korb an die Lenkstange seines Fahrrads, das er wegen der Menschenmenge schob, während er auf die Tung-Jen-Straße zuging. Doch als er den Ausgang erreicht hatte und auf sein Rad steigen wollte, klopfte ihm jemand auf die Schulter.

«He, Genosse, bring den Fisch zurück!»

Der Alte stellte seinen rechten Fuß wieder auf den Boden, drehte sich um und sah einen Mann mittleren Alters mit kleinen vorstehenden Augen. Die Art seines Auftretens und seine Kleidung verrieten ihn als Mitglied eines Kaders.

«Was haben Sie gesagt?» Meister Kuai dachte, der Mann halte ihn versehentlich für einen anderen.

«Der Fisch ist nicht zu verkaufen», sagte der Mann mit unterdrückter Stimme und gab sich den Anschein, als sei er über Gebühr geduldig. «Bringen Sie ihn sofort zur Kasse zurück, wo man Ihnen den Preis zurückerstatten wird.»

«Was?!» Der alte Mann hob seine Stimme. «Nicht zu verkaufen? Verdammt noch mal! Warum haben die da drüben das nicht gleich gesagt? Jetzt, da der Fisch bald in den Kochtopf soll, wollen Sie ihn mir wieder wegschnappen?»

Auf die Flüche Meister Kuais reagierte der Kadermann mit steinernem Gesichtsausdruck, und seine kleinen Augen blickten starr. «Wenn alle Fische verkauft werden, was bleibt dann noch übrig, das man den ausländischen Besuchern zeigen könnte?»

Meister Kuai wollte noch etwas sagen, um seinem Zorn Luft zu machen, doch als er das Wort ‹ausländische Besucher› hörte, verstummte er. Mit der Erwähnung ausländischer Besucher war die Sache erledigt. Er schluckte seine Worte hinunter und schwieg verbissen.

Als der Kadermann bemerkte, daß der Alte keine Einwände mehr hatte, fragte er drohend: «Zu welcher Einheit gehören Sie?»

Der arrogante Ton verdroß Meister Kuai, und er platzte heraus: «Nankinger Schiffswerft, Metallarbeiter seit über dreißig Jahren!»

Um sich keiner weiteren Befragung auszusetzen, gab er klar

und deutlich die Art seiner Beschäftigung und die Dauer seiner Dienstzeit an.

Der Kadermann nahm sogleich eine verbindlichere Haltung ein, als er erfuhr, daß er es mit einem Arbeiter zu tun habe. «Macht nichts, wenn Sie es nicht gewußt haben. Bringen Sie einfach den Fisch zurück, und die Kasse wird...»

«Wenn Sie den Fisch wollen», fiel der alte Mann ein, «dann nehmen Sie ihn. Ich bringe ihn nicht zurück!»

Meister Kuai erinnerte sich noch genau an den harten Blick, den ihm der Fischverkäufer zugeworfen hatte. Wenn er jetzt den Fisch zurückbrächte, würde nicht nur der Verkäufer, sondern alle Leute auf dem Markt ihn anglotzen.

Inzwischen hatten sich vier oder fünf Menschen versammelt, die den beiden neugierig zuschauten. Der Kadermann befürchtete, daß die Sache außer Kontrolle geraten könne, und gab nach. «Gut, ich will ihn für Sie zurückbringen», sagte er. «Warten Sie hier, ich bringe Ihnen gleich das Geld.»

Ohne Meister Kuais Antwort abzuwarten, griff er hastig in den Korb und nahm den Fisch auf. Während aller Augen auf ihn gerichtet waren, ging er über den Markt, den Fisch an den Kiemen haltend.

Meister Kuai blickte verwirrt dem Fisch nach, dessen mächtiger Schwanz hin und her schwang und schließlich in der Ferne verschwand. Er schaute wieder in seinen Korb. Der war leer, mit Ausnahme der Ingwer-Knollen und der beiden verwelkten Bambussprossen. Sollte er zurückgehen und einen Bitterling kaufen? Aber der war wohl jetzt schon ausverkauft. Und als er sich die langen Schlangen vorstellte, bekam er sofort weiche Beine.

Was sollte er bloß seiner Frau sagen, wenn er heimkam? Das bedrückte ihn mehr als alles andere. Wie groß mußte die Enttäuschung der Kranken sein, wenn sie erfuhr, wie nahe sie daran gewesen war, sich an einem Fisch laben zu dürfen? Das Beste wäre wohl, ihr eine Lüge zu erzählen. Es wäre allerdings das erstemal in ihrer Jahrzehnte währenden Ehe, daß er sie belöge.

Während er so verwirrt dastand, sagte einer der Umstehenden zu ihm: «Sie scheinen die Regeln nicht zu kennen. Vor dem Besuch ausländischer Gäste wird von den guten Sachen nichts verkauft. Wir warten alle, bis die Fremden wieder abgereist sind, und dann sehen wir zu, daß wir von den Spezialitäten noch etwas abbekommen!»

«Man kann auch kaufen, ehe die ausländischen Besucher kommen», sagte jemand sarkastisch und im Ton eines Eingeweihten. «Allerdings muß man die Sachen wieder zurückbringen. Als neulich Prinz Sihanouk nach Nanking kam, hatte man sogar Truthähne von irgendwoher herbeigeschafft. Einer meiner Nachbarn hatte noch nie einen Truthahn gesehen, er ging hin und kaufte aus purer Neugierde einen. Aber damit kam er nur bis zum Hinterausgang des Marktes. Da wurde er wieder zurückgeschickt. Später hieß es, man habe den Verkauf mit fünf Truthähnen begonnen und nach zwei Tagen lebhaften Verkaufs immer noch fünf Truthähne gehabt!»

Meister Kuai mochte nicht länger zuhören. Er drehte sich auf der Stelle um, schwang sein rechtes Bein über sein Fahrrad und stieg auf.

«Genosse, man hat Ihnen das Geld noch nicht zurückgebracht», erinnerte ihn einer wohlmeinend.

«Sagt ihm, er soll es den ausländischen Besuchern geben!»

Mit diesen Worten schaute Meister Kuai noch einmal auf den Tung-Jen-Markt, spuckte heftig auf den Boden und fuhr los, ohne sich noch einmal umzuwenden.

Geng Erh in Peking

Obwohl ein vorverlegter Arbeitsschluß an Samstagen keineswegs offiziell geregelt war, begann jedermann in stillschweigender Übereinkunft gleich nach drei Uhr seine Sachen zusammenzupacken, und um vier Uhr verließ einer nach dem anderen das Büro. Für Geng Erh war dieser Tag wie jeder andere: genau um vier Uhr verließ er das Forschungsinstitut für Mechanik, bestieg sein altes englisches Rennrad und fuhr, ohne in seiner Unterkunft im Wohnheim abzusteigen, geradewegs durch das große Tor der Akademie der Wissenschaften zur Stadt. In den westlichen Vorstädten Pekings ist Anfang November der Himmel hoch und blau und die Luft frisch, ohne kalt zu sein. Geng Erh schaltete den dritten Gang ein, eilte wie der Wind dahin und jagte mit der Sonne im Rücken seinem eigenen Schatten nach. Er fühlte sich ausgesprochen wohl und ließ die Eintönigkeit und Niedergeschlagenheit der vergangenen Woche hinter sich zurück.

Als er durch das westliche Stadttor Hsi Dschi Men fuhr, wurde der Verkehr dichter, und er mußte seine Fahrt verlangsamen. Da er aber mit dem Weg so vertraut war, daß er ihn mit geschlossenen Augen hätte fahren können, langte er schon bald am Nordeingang des Ostwind-Marktes an der Wang-Fu-Djing-Straße an. Als er sein Fahrrad am Fahrradstand abstellte, sah er eine lange Menschenschlange bis zum Parkplatz anstehen. Man wartete auf die Ausgabe von Nummern. Ein schlechtes Zeichen, dachte er. Nun würde er wohl kaum noch eine Nummer bekommen. Trotzdem stellte er sich ohne weiteres Nachdenken am Ende der Reihe an. Ihr Ziel war das berühmte Dung-Lai-Schun-Restaurant, das als Spezialität Hammeltopf[1] servierte. Zur Zeit wurden täglich vierzig Töpfe zubereitet, für die vierzig Nummern ausgegeben wurden. Die ersten zwanzig Nummern wurden von halb sechs bis sieben Uhr und die übrigen nach sieben Uhr bedient. Da dies bei weitem nicht ausreichte, stellten sich die Liebhaber dieses Hammelgerichtes schon ab drei Uhr nachmittags am Fuße der Treppe an.

Geng Erh hatte das vorausgesehen. Er hatte erst eine Minute gewartet, als vorne in der Schlange Unruhe entstand, weil die letzte Nummer ausgegeben worden war. Diejenigen, die am Schluß der Reihe standen, brummten etwas Unmutiges und begannen, sich zu zerstreuen. Geng Erh drängte sich bis zum Fuß der Treppe vor und wartete geduldig, bis alle davongegangen waren, die keine Nummer mehr erhalten hatten.

«Geng Erh!»

Als er seinen Namen hörte, schaute er auf und sah, daß Lau Lu, der Angestellte, der die Nummern verteilte, ihm oben von der Treppe her zuwinkte. Freudig stürmte er die Treppe hinauf, indem er zwei und drei Stufen auf einmal nahm. Oben drückte ihm Lau Lu unauffällig eine kleine fettige Karte in die Hand. Geng Erh schaute ihn dankbar an und betrat das Lokal. Er fand einen freien Platz am Fenster und setzte sich hin.

Er legte die Karte vor sich auf den Tisch und sah, daß er die Nummer elf hatte. Wie beschämend! sagte er sich im stillen. Gerade an diesem Morgen war bei der politischen Unterweisung neben der Kritik an Lin Piao und Konfuzius auch die

Frage erörtert worden, wie man der üblen Sitte, sich hintenherum Vorteile zu verschaffen, beikommen könne. Er selbst war der letzte gewesen, der gesprochen hatte, und Hsiau Dschau, der das Protokoll aufnahm, hatte sich anstrengen müssen, um seine leidenschaftliche Rede Wort für Wort mitschreiben zu können. Es war beschämend! Aber fühlte er sich wirklich schuldig? – Ein resigniertes Schulterzucken war seine einzige Antwort darauf. Jeder wußte nicht laut genug zu verkünden, daß die Hintertürchen verschlossen werden müßten, aber im geheimen unterhielten sich alle seine Kollegen darüber, wie sie solche Hintertürchen für sich finden könnten. Da Geng Erh ein Junggeselle mit wenig Bedürfnissen für das tägliche Leben war, hatte er sich bisher dieser üblen Praxis enthalten können.

Natürlich war das Verspeisen eines Hammeltopfes eine Ausnahme!

Diese Hintertür hatte sich ihm auf ganz natürliche Weise aufgetan. Seit der Renovierung des Ostwind-Marktes und der Eröffnung dieses Restaurants war Geng Erh ein Stammkunde gewesen. Fast jede Woche, entweder samstags oder sonntags, kam er hierher zum Hammeltopf, und so hatte er sich allmählich mit Lau Lu, einem alten Pekinger Muslim, angefreundet. Lau Lu war etwa zehn Jahre älter als Geng Erh. Seine Haare waren schon fast grau, aber seine Zähne waren noch alle weiß und gleichmäßig. Beim Begrüßen der Gäste zeigte er sie oft in großzügiger Weise und wirkte dadurch besonders freundlich. Keiner der beiden wußte den vollen Namen des anderen. Zunächst hatten sie sich mit Alter Lu und Alter Geng angeredet. Doch dann hatte Lau Lu eines Tages Geng Erh gefragt, wo er arbeite, und als er hörte, daß er in der Akademie der Wissenschaften tätig sei, bekam Lau Lu Respekt und begann, ihn mit «Herr Geng» anzureden. Geng Erh bedauerte das, aber da war es schon zu spät, um es zurückzunehmen. Er war froh, daß er ihm nicht mitgeteilt hatte, daß er im Ausland studiert und zwanzig Jahre in Amerika gelebt hatte. Die Konsequenzen wären unausdenkbar gewesen.

Lau Lu wußte, daß Geng Erh Junggeselle war, und verstand es zu würdigen, daß er von so weit her in die Stadt kam, um eine Mahlzeit einzunehmen. Deshalb behielt er automatisch an Wochenenden eine Nummer für ihn zurück. Eine derartige Bevorzugung war selten und veranlaßte Geng Erh, immer häufiger zu kommen.

Ein junger Kellner brachte eine Schale und Eßstäbchen. Geng Erh bestellte mehrere Schüsselchen mit feingeschnittenem Rind- und Hammelfleisch, dazu Glasnudeln, China-Kohl und einige gebackene Sesambrötchen. Als der Kellner die Rechnung zusammengestellt hatte, gab ihm Geng Erh einen Geldschein und seine Lebensmittelkarte und schob die Quittung unter die Reisschale. Während die Leute um ihn herum damit beschäftigt waren, ihr Menü zu bestellen oder ihre Zeche zu bezahlen, zog er eine kleine Flasche Alkohol und zwei Wattebäusche aus der Tasche seiner Mao-Jacke. Mit der angefeuchteten Watte wischte er unter dem Tisch die Eßstäbchen ab; das gleiche tat er mit der Schale.

Nachdem mehrere seiner Kollegen an Hepatitis erkrankt waren – man vermutete, es läge am Essen in den Gaststätten –, war er vorsichtig geworden. Einer seiner Kollegen hatte ihm empfohlen, die Eßstäbchen nach dieser Methode zu reinigen, und er hatte es seither getan, obwohl er jedesmal ein schlechtes Gewissen dabei hatte und fürchtete, Lau Lu könne es sehen.

«Ist an diesem Tisch noch ein Platz frei?» fragte ihn lächelnd ein adrett gekleideter etwa siebzigjähriger Gast. Geng Erh nickte mit dem Kopf und ließ die Wattebäusche heimlich unter den Tisch fallen. Der Alte legte eine numerierte Karte auf den Tisch, nahm seine wollene Mütze ab, hängte sie mit seinem Stock an die Wand und setzte sich gelassen Geng Erh gegenüber. Sicherlich wirke ich selbst auch schon senil, dachte Geng Erh mit einem unterdrückten Seufzer, wenn nur alte Leute von siebzig und achtzig Jahren den Tisch mit mir teilen mögen.

Dieser Gedanke erinnerte ihn an sein eigenes Alter. Für einen kurzen Augenblick war er nicht imstande zu sagen, wie alt er war. Dann rechnete er still für sich: 1974, 1925... Er war genau neunundvierzig. Ach, schon neunundvierzig Jahre alt! Dieser Gedanke wirkte auf ihn wie ein hastig getrunkener Schluck Eiswasser, dessen kalte Spur bis zum Grunde seines Herzens drang. Er empfand, daß die Zahl neun in seinem Leben wie ein Meilenstein war: Mit neunundzwanzig hatte er seinen Doktorgrad erhalten, mit neununddreißig war er nach China zurückgekehrt, und jetzt war er neunundvierzig. Schon zehn Jahre war das her! Er war als Junggeselle zurückgekehrt, und immer noch war er Junggeselle und allein.

«Ist Ihnen nicht wohl?» fragte ihn plötzlich besorgt der alte Mann. Sein Haar war weiß, sein Gesicht freundlich, sein Benehmen kultiviert und gütig.

«Es ist nichts...» Geng Erh erkannte, daß er seine Haltung verloren und seine innersten Gefühle verraten hatte, und das beschämte ihn.

«Schönes Wetter, die beste Zeit für einen Hammeltopf», bemerkte der Alte und wechselte taktvoll das Gespräch.

In diesem Augenblick kam Lau Lu mit einem großen runden Tablett. Geng Erh empfand seine Gegenwart als Erleichterung.

«Lau Lu, wie geht es Ihnen?» rief er ihm herzlich entgegen.

«Gut! Recht gut!» antwortete Lau Lu mit klarer Stimme. Er setzte das Tablett ab und entnahm ihm acht oder neun Schälchen mit geschnittenem Fleisch und Gemüse und stellte sie vor Geng Erh auf den Tisch.

«Haben Sie gute Nachrichten von Ihrem Jungen?»

«Immer noch dasselbe», sagte Lau Lu mit einem tiefen Seufzer. «Ich habe schon immer gesagt, daß der Junge unter schlechten Vorzeichen geboren wurde, aber seine Mutter will es nicht wahrhaben. Sehen Sie, alle seine Klassenkameraden, die wie er in die Innere Mongolei geschickt wurden, um dort neu zu siedeln, alle Söhne und Töchter von Kaderfunktionären, sind zurückgerufen und an der Hochschule zugelassen worden. Einer, der erst im vergangenen Jahr zu seiner Gruppe kam, studiert sogar jetzt schon Englisch am Fremdsprachen-Institut in Peking. Ich fragte ihn, warum er nicht so etwas unternähme wie dieser Dschang Tieh-scheng, der einen geharnischten Brief schrieb und daraufhin auf ein College geschickt wurde.»

Lau Lu gab seinen Gefühlen freien Lauf und kümmerte sich nicht darum, ob jemand zuhörte. Glücklicherweise war sein Klagen etwas so Alltägliches, daß ihm niemand weiter Beachtung schenkte.

«Jedenfalls ist er noch jung und kann auf eine andere Gelegenheit warten», tröstete ihn Geng Erh.

«Er ist schon fünfundzwanzig, und sein Vater muß ihn noch mit Nahrung und Kleidung unterstützen. Und wenn seine Mutter ihn zu sehen wünscht, müssen wir ihm das Reisegeld schicken, damit er heimkommen kann!»

Nachdem sich Lau Lu derart Luft gemacht hatte, beugte er sich plötzlich zu Geng Erh hinab und fragte ihn flüsternd: «Und wie steht es mit Ihnen? Haben Sie etwas Gutes zu berichten?»

Geng Erh schüttelte den Kopf. Lau Lu klopfte ihm ermutigend auf die Schulter, nahm die Karte des alten Mannes und ging. Geng Erh und der Alte nahmen ihre Schalen, um sich Saucen und Gewürze zu holen. Als sie zurückkamen, standen auch die vom Alten ausgewählten Speisen auf dem Tisch. Der Kellner warf das Wechselgeld hin und ging fort.

«Hallo, Genosse, ich bekomme noch einen Teller Glasnudeln.» Der Alte drehte sich nach dem Kellner um, der ihm das Essen gebracht hatte. Der aber ging weiter, als sei er taub.

«Was für eine Dienstauffassung!» Der alte Mann schüttelte den Kopf und lachte bitter. Resigniert setzte er sich hin.

«Vergessen Sie es», tröstete ihn Geng Erh und schob ihm seine eigene Schüssel mit Glasnudeln zu. «Ich habe mehr, als ich essen kann!»

Gerade als der Alte sie zurückschieben wollte, kam Lau Lu mit dem Hammeltopf. Als er den Deckel abhob, sprudelte kochendes Wasser über, spritzte auf die Holzkohle und füllte die Luft mit Dampf.

«Danke, vielen Dank!» sagte Geng Erh anerkennend.

Der alte Mann benutzte die Gelegenheit, Lau Lu mitzuteilen, daß ihm noch Glasnudeln fehlten.

«In Ordnung! Ich bringe sie sofort», antwortete Lau Lu mit seiner klaren Stimme, nahm das weiße Handtuch von der Schulter und wischte sich über die Stirn. Dann wandte er sich zu Geng Erh: «Essen Sie, solange es heiß ist. Soll ich Ihnen ein Glas grünen Bambuswein[2] bringen?»

«Das kann ich Ihnen nicht zumuten, Lau Lu, ich hole mir selber eins.»

Eilig stand Geng Erh auf. Wein für die Gäste zu besorgen war nicht die Aufgabe der Kellner, zumal nicht die Aufgabe Lau Lus, der so beschäftigt war, daß ihm der Schweiß auf der Stirn stand. Alle Tische waren nun mit Gästen besetzt. Einige wurden schon ungeduldig und winkten und riefen nach ihrem Hammeltopf.

«Herr Geng, die Anti-Lin Piao- und die Anti-Konfuzius-Kampagne müssen jetzt doch allmählich nachlassen», flüsterte Lau Lu ihm ins Ohr, als er ihn zur Weintheke begleitete. «Wir befinden uns in einer Periode der Konsolidierung dieser Politik, und Sie sollten die gelockerte Atmosphäre nützen, um sich durch einen Ihrer Kollegen eine künftige Ehefrau vorstellen zu lassen!»

Geng Erh antwortete nicht. Er schüttelte nur lächelnd den Kopf, als ihm Lau Lu nochmals wohlwollend auf die Schulter klopfte und dann zur Küche ging.

Was für ein warmherziger Freund! Geng Erh war sehr gerührt. Doch solche Dinge sind leichter gesagt als getan. Tatsächlich bestand in seinem Institut ein beträchtliches Interesse daran, ihm zu einer Heirat zu verhelfen. Sein Chef und auch seine Kollegen hatten ihr Einverständnis gezeigt. Aber wo konnte ein Mann seines Alters eine geeignete Frau finden? Damals, 1963, hatte ein junger Kollege – ein aktives Mitglied der radikalen Gruppe – zu ihm gesagt: «Wenn du nicht in Amerika studiert hättest, würde ein Mann deines Formats längst eine Familie haben!»

Was er sagte, entsprach den Tatsachen. Damals war es um das Ansehen der Rückwanderer, besonders der Studenten, die aus Amerika kamen, schlecht bestellt. In den Augen der Radikalen waren sie entweder Geheimagenten oder unverbesserliche Kapitalisten. Er wußte, daß seine Kollegen im Institut ihn hinter seinem Rücken schon als ‹Problemfall› betrachteten.

Geng Erh brachte zwei Gläser Wein zum Tisch, und seine Eßstäbchen hebend lud er den Alten ein, mit ihm zu trinken.

«Oh, bitte machen Sie keine Umstände, trinken Sie ruhig zuerst», sagte der Mann, der diese höfliche Geste zu schätzen wußte.

In diesem Augenblick kam auch der andere Hammeltopf,

und der alte Mann ging, um sich ein großes Glas Rotwein zu kaufen. Als er zurückkam, hob er sein Glas und trank Geng Erh zu, der den Zutrunk erwiderte. Genüßlich schloß er die Augen und dachte an Hsiau Tjing; denn sie war es gewesen, die ihn mit diesem köstlichen Wein bekannt gemacht hatte.

«Sie mögen den grünen Bambuswein?» bemerkte der Alte, als er sein Glas absetzte. «Ich kann ihn nicht trinken, er hat eine noch stärkere Wirkung als der Gauliang-Schnaps.»[3]

«Mir macht er nichts aus», erwiderte Geng Erh. «Sein Geschmack mit dem Anflug von bitteren Kräutern ist mir angenehm. Ein Freund hat mich bei einem Hammeltopf mit ihm bekannt gemacht, und danach ist er mir zur lieben Gewohnheit geworden.»

«Ach, deshalb», sagte der Alte und nickte mit dem Kopf, als ob er tief gerührt sei. «Ursprünglich habe ich nur den Schau-Hsing-Reiswein getrunken, doch meine Frau zog den Traubenwein vor. Seit sie gestorben ist, blieb ich bei diesem Wein.»

«Ja, wenn es sich so verhält!» sagte Geng Erh mitfühlend.

Hsiau Tjing lebt auch in Peking, ging es ihm durch den Kopf, aber was ihn betraf, so könnte sie ebensogut auf dem Mond wohnen.

Als er an Hsiau Tjing dachte, konnte er ihre großen, schwarzen und feuchten Augen und ihre Zöpfe, die auf die Schultern herabfielen, leibhaftig vor sich sehen, als ob sie vor ihm stünde. Ihm war, als ob der Wein, den er trank, zu Eisperlen gefröre, die kalt und hart gegen sein Herz pochten. Nachdem die endlos sich dahinziehende Kulturrevolution schließlich vorbei war, war auch die Erinnerung an diese verlorene Liebe eine Sache der Vergangenheit geworden, aber sie hatte einen Geschmack zurückgelassen, der dem grünen Bambuswein glich – süß, jedoch mit einer Spur von Bitterkeit.

Er erinnerte sich sehr wohl, wie er den grünen Bambuswein

in einem Restaurant der Pekinger Weststadt zum erstenmal gekostet hatte. Hsiau Tjing hatte ihren Neujahrs-Bonus für 1965 erhalten und ihn zu einem Hammeltopf eingeladen, um das neue Jahr zu feiern.

«Wenn du Hammeltopf nicht gekostet hast, so kennst du Peking nicht», hatte sie gesagt. «Laß dich von den Menschenmassen in den Restaurants, die auf Peking-Ente spezialisiert sind, nicht täuschen. Die sind eigentlich nur für die Gäste aus der Provinz da. Echte Pekinger geben nicht viel darum.»

Geng Erh war in Schanghai geboren und dort aufgewachsen. In seiner Familie hatte man niemals Hammelfleisch gegessen. In all den Jahren in Amerika hatte er den Geruch von Hammelfleisch und Kohl verabscheut. Dann aber gab er der Überredung Hsiau Tjings nach und war überrascht, den Hammeltopf so köstlich zu finden. Ganz besonders entzückt war er von der Art seiner Zubereitung. Er war bei weitem schmackhafter als geröstete Ente, die vor Fett troff.

Die Chinesen sprechen gern von ‹Vorbestimmung›, aber Geng Erh glaubte jetzt nicht mehr daran. Als er jedoch das erstemal mit Hsiau Tjing zusammentraf, zweifelte er keineswegs an ihr. Wie anders hätte er es sich erklären können, ein Mädchen wie sie in einer so großen Stadt wie Peking zu finden? War das nicht Schicksal? Hätte er sich nicht an jenem bitterkalten Wintertag nach dem Schneefall Anfang 1965 mit dem Fahrrad hinausgewagt, um die Buchläden der Stadt zu durchstöbern, hätte er dann eine Gelegenheit gehabt, ihr zu begegnen? Er war auch der Buchhandlung Neues China dafür dankbar, daß sie die Wörterbücher auf einem hohen Regal aufgestellt hatte; denn das war der Glücksfall, dem er es verdankte, ihre sanfte, melodische Stimme zu vernehmen, die ihn bat: «Würden Sie mir wohl bitte ein Exemplar des Englisch-Chinesischen Wörterbuchs herunterreichen?»

Er hatte sich in die Richtung gewandt, aus der die Stimme kam, und da war sie gewesen: zu ihm aufblickend mit ihren großen, leuchtenden und lächelnden Augen. Zwei dicke schwarze Zöpfe hingen ihr auf die Schultern herab. Diese Augen, umschattet von langen Wimpern, waren so klar und leuchtend, daß sie ihn an einen Gletschersee in den Rocky Mountains erinnerten, den er einmal in den Vereinigten Staaten von Amerika besucht hatte, so leuchtend, daß er sich dieser Welt weit entrückt fühlte.

«Sind Sie Studentin?» fragte er, als er ihr das Buch reichte. Es war das einzige, was ihm einfiel, er fürchtete, er könnte diese strahlenden, sternklaren Augen nie wiedersehen.

«Nein, ich bin Arbeiterin in der Dritten Spinnerei», sagte sie freimütig und stolz.

Sie hatte ihm dann erzählt, daß die Arbeiter dort ermutigt würden, eine Fremdsprache zu erlernen, und daß sie sich für den englischen Kurs gemeldet habe. Deshalb sei sie hergekommen, um sich ein Wörterbuch zu kaufen. Als er erfuhr, daß sie eine Einheimische war, hatte er sie sogleich gefragt, wo es Antiquariate gäbe. Sie hatte ihm gesagt, daß die besten Läden in der Gegend der Himmelsbrücke seien, einem Vergnügungsviertel im südlichen Peking. Als sie merkte, daß er sich in der Stadt nicht auskannte, hatte sie sich angeboten, ihn dorthin zu begleiten. Da auch sie mit dem Fahrrad gekommen war, fuhren sie gemeinsam zur Himmelsbrücke.

Auf diese Weise hatte er Hsiau Tjing kennengelernt.

«Die liebe Hsiau Tjing.» Er konnte nicht anders, als ihren Namen ganz leise auszusprechen. Dann trank er einsam einen Schluck Wein.

Alle zwanzig Hammeltöpfe waren nun serviert, und Wolken von Dampf füllten den Raum. Gläser und Schälchen bedeckten die Tische, und eine lebhafte Unterhaltung setzte ein.

Geng Erh bemerkte, daß das Glas des Alten leer und sein blasses Gesicht gerötet war. Mit leicht zitternden Händen knöpfte er sich seinen wollenen Mantel auf und atmete dabei mit offenem Munde.

Das Bild von Hsiau Tjings Vater und die herzhafte Art, wie er den Wein trank, kamen Geng Erh in den Sinn. Als er ihre Familie zum erstenmal besuchte, hatte ihr Vater ihn gebeten, zum Essen zu bleiben, und ihren jüngeren Bruder geschickt, einige fertige Gerichte zu kaufen. Dann hatte er eine Flasche Grünen Bambuswein hervorgeholt, den er vor mehr als einem halben Jahr zur Seite gelegt hatte, und die beiden hatten begonnen zu trinken. Jedesmal, wenn der alte Mann seinen Kopf zurückbog, lief ein kräftiger Schluck seine Kehle hinunter. Dann hatte er mit seinen Stäbchen drei Scheiben einer Pekinger Wurstart genommen und sie zum Munde geführt. Das alles war ganz natürlich und ohne Getue geschehen. Er hatte Geng Erh so manches über das Leben in Peking vor der Befreiung erzählt und von seinen Erfahrungen als Gepäckträger am Bahnhof. Erwärmt vom Wein hatte er seine Jacke ausgezogen und sich mit einer zusammengefalteten Zeitung Kühlung zugefächelt. Als der Boden der Flasche sichtbar wurde, war er betrunken. Freundschaftlich hatte er Geng Erh auf die Schulter geklopft und zu singen begonnen, bekannte Revolutionslieder, aber auch einige weniger bekannte Melodien.

Was für ein liebenswerter alter Mann! Hsiau Tjing glich ihm im Temperament. Geng Erh hatte nie zuvor ein Mädchen getroffen, das so frei und offen war, ohne eine Spur von Ziererei. Stets war sie aufrichtig und natürlich. Mit Ausnahme ihrer großen Augen und langen Wimpern sah sie keineswegs wie ein Mädchen seiner Träume aus. Ihre Haut war nicht hell, sie war nicht schlank, war keine Studentin, und außerdem war sie mehr als neunzehn Jahre jünger als er. Doch sie übte einen geheimnisvollen Zauber auf ihn aus, der ihn wie ein Magnet festhielt. Von ihrer ersten Begegnung an war das Gefühl der Wurzellosigkeit, des Nicht-Dazugehörens, des Umhergetriebenseins, das sich in all den Jahren seines Aufenthaltes in einem fremden Lande entwickelt hatte, spurlos verschwunden. Wenn er mit ihr zusammen war, war er nicht nur unaussprechlich glücklich, er hatte sich auch sicher und geborgen gefühlt.

Mit der Überwindung seiner unterdrückten Gefühle war auch die Notwendigkeit entfallen, den Schein zu wahren. Ihm war, als hätte er zu seiner Kindheit zurückgefunden. Sie lachte gern, und ihr Lachen war so froh, so hell und so warm, daß es Frühling und Sonnenschein hervorzauberte, wo immer sie war.

Nachdem sie an der Himmelsbrücke auseinandergegangen waren, fuhr er gleich in ein Geschäft, um sich ein gebrauchtes, aber gut erhaltenes Fahrrad Marke Schanghai zu kaufen. Dann war er zu seinem Wohnheim zurückgekehrt und hatte sein englisches Rennrad abgestellt. Wie auffallend und elegant hatte sich sein ausländisches Rad neben ihrem alten einheimischen Vehikel ausgenommen! Kurz nach ihrem ersten Zusammentreffen hatte Hsiau Tjing herausgefunden, daß er im Ausland studiert hatte, aber sie hatte es ihm keineswegs vorgehalten, wie so viele seiner jungen Kollegen, die ihn hinter seinem Rücken den ‹Yankee› schimpften, so daß er sich vorkam wie ein Stier mit einem Brandmal.

Sie war eine vorbildliche Arbeiterin des Neuen China, voll Selbstbewußtsein und Würde. Ausländischen Dingen gegenüber hatte sie sich eine Haltung bewahrt, die weder ablehnend noch herablassend war. Darin unterschied sie sich von vielen seiner jüngeren Kollegen am Institut, die aus Prinzip alles Ausländische heruntermachten, manchmal aber auch eine blinde Bewunderung dafür an den Tag legten. Tatsächlich war sie voller Neugierde auf unbekannte Sachen und Dinge. Wenn er gelegentlich über die Geschichte fremder Länder gesprochen hatte oder über die Wunder der Natur, die er gesehen hatte, war sie ihm mit weit geöffneten Augen und angespannter Aufmerksamkeit gefolgt. Manchmal hatte sie endlos Fragen gestellt, um allem auf den Grund zu gehen. Jetzt, da Geng Erh ihr Lehrer war, hatte sie ihr Englisch noch intensiver betrieben. Im Sommer jenes Jahres waren die beiden öfters in die Berge hinter dem Sommerpalast gefahren, um dort zu studieren. Unter den Bäumen war es viel stiller als am Ufer des Kunming-Sees[4], der die meisten Ausflügler anzog.

Er hatte nie versucht, seine Gefühle zu verbergen, obwohl er sie keineswegs in Worte gefaßt hatte aus Furcht, zuviel Druck auf sie auszuüben. Zu jener Zeit war sie erst zwanzig Jahre alt gewesen, eine ganze Generation jünger als er, und er wußte, daß es an ihm war, sich zurückzuhalten. Er mußte behutsam vorgehen und durfte sich ihr nicht aufdrängen. Seine Liebe sollte nicht der Weißglut der Mittagssonne gleichen, deren Strahlen alles versengen. Er mußte sich vielmehr wie die untergehende Sonne verhalten, warm, ohne zu brennen. Aber die Zärtlichkeit und die Zuneigung in der Tiefe seines Herzens waren wie die Lava in einem unterirdischen Vulkan, die brodelt und einen Ausweg sucht. Anfangs war Hsiau Tjing etwas zurückhaltend. Er nahm an, daß sie bedrückt war durch den Unterschied, der in fast jeder Beziehung zwischen ihnen bestand. – Aber als der Sommer kam, wurde sie ihm gegenüber allmählich ungezwungener und legte ihren freien Tag in der Spinnerei mit Bedacht auf den Sonntag, damit sie zusammensein konnten. Wenn sie eine vertraute Mitarbeiterin traf, begrüßte sie sie fröhlich, und manchmal stellte sie auch Geng Erh vor.

«Herr Geng, hier sind ein paar Süßigkeiten!» unterbrach Lau Lu seine Gedanken und legte lachend drei Bonbons vor ihn auf den Tisch.

«Was ist der Anlaß zum Feiern?» fragte Geng und legte seine Stäbchen nieder.

«Unser Chef hat heute geheiratet und hat Bonbons unter uns verteilt!»

Lau Lu grinste über das ganze Gesicht, als ob er selber geheiratet hätte. Er hatte eine Kanne mit heißem Wasser gebracht, um die Hammeltöpfe nachzufüllen. «Vergessen Sie nicht, es mir dreifach zu vergelten, wenn Sie Ihre eigenen Hochzeits-Bonbons austeilen!» Dann ging er weiter, um an einem anderen Tisch Wasser nachzufüllen.

«Darauf können Sie sich verlassen», versicherte ihm Geng Erh und steckte die Bonbons in die Tasche.

Wird der Tag jemals kommen? fragte er sich selbst.

Ursprünglich hatte er angenommen, daß der Tag einmal kommen würde, und mit welcher Sehnsucht hatte er ihm entgegengesehen!

Unbewußt hob er sein Weinglas und starrte es geistesabwesend an. Welch eine wohltuende grüne Farbe hatte dieser Wein und welch duftendes Bouquet! Doch er konnte nicht annähernd einen Vergleich mit der Schönheit ihres Gesichtes und ihrem betörenden Duft aushalten.

An einem Feiertag im Herbst jenes Jahres waren sie zum Duftenden Berg im Westen Pekings gegangen, um sich an den Ahornblättern zu erfreuen. Aber da es noch zu früh in der Jahreszeit war, und die Blätter sich noch nicht alle rot gefärbt hatten, stiegen sie auf den Berg. Hsiau Tjing trug eine bunte, leicht gefütterte Jacke, ihre glänzenden Zöpfe waren adrett geflochten und an den Enden mit roten Seidenbändern zugebunden. Als sie so daherwanderten, betrachtete er mit Entzücken, wie die Seidenbänder auf ihren Schultern tanzten. Auf halber Höhe stießen sie auf eine Ahorngruppe, deren Blätter schon tief rot geworden waren. Sie blieben stehen, um sie zu bewundern. Sie hob ein Blatt auf und gab es ihm. Er blickte auf ihre Lippen, die röter waren als das Blatt. Da konnte er nicht anders, als ihr Gesicht in seine Hände zu nehmen und sanft ihre verführerischen Lippen zu küssen. Sie hatte sich nicht gewehrt, nur ihre Wangen erröteten tief, und ihre Augenlider senkten sich und blieben für eine Weile geschlossen.

Jene Tage waren über alle Vorstellung schön gewesen. Den ganzen Tag schien er in den Wolken zu schweben. Sein Herz war so voll Liebe, daß er sie nicht hätte ausdrücken können, selbst wenn er dafür eine Ewigkeit zur Verfügung gehabt hätte. Er glich einem Strom, den der nächtliche Frühlingsregen nach dem Winterschlaf plötzlich so anschwellen läßt, daß er die Ufer zu überfluten droht. Die Liebe war spät zu ihm gekommen, jetzt, in seinem vierzigsten Jahr, aber sie war dennoch rechtzeitig aufgeblüht. In früheren Jahren hatte er auch mit anderen Frauen Kontakt gehabt, aber nie war sein Herz so aufgewühlt gewesen wie jetzt. Während seiner ersten Jahre in Amerika hatte es einige chinesische Mädchen gegeben, und da Mangelware immer besonders geschätzt wird, waren diese jungen Frauen chinesischen Männern gegenüber sehr wählerisch und unterzogen sie in allem einer kleinlichen Kritik. Darum hatte er sich entschlossen, aus dem Wettbewerb auszuscheiden. Amerikanische Mädchen waren stürmisch und ungehemmt, und er hatte manche getroffen, die leicht verführbar war. Obwohl er mehrmals in Versuchung gewesen war, hatte der Gedanke, daß er eines Tages in sein Heimatland zurückkehren würde, ihn doch nie ernstlich an eine Heirat denken lassen. Wenn er an diese entbehrungsreichen Zeiten zurückdachte, mußte er sich sagen, daß auf Regen schließlich Sonnenschein gefolgt war; nie war ein Mädchen so unschuldig und liebenswert gewesen wie jenes, das er jetzt gefunden hatte.

Er war nicht nur in Hsiau Tjing verliebt gewesen, er war auch von ihrer Familie begeistert. Am Sonntag nach dem Ausflug zu dem Duftenden Berg hatte sie ihn nach Hause eingeladen, wo er ihre Eltern kennengelernt hatte. Sie waren so gütige alte Menschen, daß sie sogleich seinen vollen Respekt und seine unumschränkte Bewunderung erweckten. Der alte Hsüä hatte ein halbes Leben als Gepäckträger verbracht, aber nach der Befreiung war er unter den ersten Arbeitern, die von der in Peking errichteten Spinnerei eingestellt wurden. Er war erst kürzlich pensioniert worden. Seine Frau hatte sieben Kinder geboren, aber nur die drei jüngsten hatten ihre Kindheit überlebt. Der älteste Sohn diente in der Armee, ihre Tochter wurde jedes Jahr als Vorbildliche Arbeiterin geehrt, und ihr jüngster Sohn machte gerade den Abschluß an der Mittelschule. Das alte Paar war vollkommen zufrieden und voll Dankbarkeit für die Kommunistische Partei. An der Wand über ihrem gemauerten Bett hingen mehrere Photographien von Liu Schaotschi, Premier Tschu En-lai und von dem Vorsitzenden Mao, die sie aus Zeitungen ausgeschnitten hatten.

Für den Besuch hatten sie Djiau-dsi[5] gemacht, und obwohl Geng Erh überhaupt nicht kochen konnte, hatte er während seiner Jahre in Amerika gelernt, die Teighüllen für die Djiaudsi auszurollen. Er hatte seine Ärmel hochgekrempelt und war an die Arbeit gegangen. Er war fix, und jede Hülle wurde hauchdünn. Die beiden Alten waren höchst erstaunt gewesen und hatten ihn mit Lob überhäuft. Er war mit der Befürchtung gekommen, Hsiau Tjings Eltern könnten Vorbehalte wegen seiner Vergangenheit haben, war aber bald durch ihre herzliche Aufnahme beruhigt worden. Sie hatten ihn mit der gleichen Zuneigung behandelt, die sie ihrem eigenen Sohn entgegengebracht hätten. Der alte Hsüä hatte ihn sogar eingeladen, zu bleiben, und seinen Wein mit ihm zu trinken, und wenn es nicht wegen der Anwesenheit Hsiau Tjings gewesen wäre, hätte er sich an jenem Abend gehenlassen und sich betrunken. Nach dem Essen hatte Hsiau Tjing ihn hinausbegleitet. Hand in Hand ging sie mit ihm an zwei Busstationen vorbei, bis sie ihn schließlich, wenn auch ungern, in den Bus steigen ließ.

Am anderen Tag war er gleich nach Dienstschluß auf seinem Fahrrad direkt zu einem Kaufhaus gefahren und hatte für den Preis eines Dreimonatsgehaltes eine Omega-Uhr als Verlobungsgeschenk für sie gekauft. All die schönen Dinge, die dort ausgestellt waren, hätte er ihr nur zu gerne geschenkt. Als er aber an ihren Charakter und ihre Einstellung dachte, hatte er diese Idee mit einem Seufzer fallengelassen. Von ihrem Monatslohn von zweiundvierzig Dollar steuerte sie zum Unterhalt ihrer Familie bei und hatte zudem mit Ehrgeiz und Entschlossenheit begonnen, ein Sparkonto zu führen. Es würde ihr erlauben, nach zwei Jahren eine in Schanghai hergestellte Armbanduhr zu kaufen. Sie hätte es nicht gern gehabt, wenn Geng Erh soviel Geld für sie ausgäbe. Und er, daran gewöhnt, mit Blumen und Geschenken einer Frau zu gefallen, war beeindruckt von ihrer Unabhängigkeit und ihrer Selbstachtung. Darum hatte er sie um so mehr geliebt und bewundert. Dieses Mädchen des Neuen China, leidenschaftlich und dennoch seriös, sanft und dennoch stark, bezauberte ihn immer aufs neue.

Mitten in dieses Glück, das größte, das er je erfahren hatte, war die große Kulturrevolution hereingebrochen. Geng Erh, dem eine politische Kampagne etwas völlig Neues war, hatte sie zunächst stürmisch begrüßt. Wenn sie beendet sein würde, so dachte er, könnten er und Hsiau Tjing heiraten. Im Frühjahr 1966 hatte sie einen mündlichen Antrag in der Spinnerei gestellt, und ihre Vorgesetzten hatten ihr versichert, daß die Angelegenheit nach der Kampagne erledigt werden würde. Als sich diese aber immer mehr ausweitete, wurden die Gelegenheiten, sich zu treffen, immer seltener. Im Sommer waren die Roten Garden auf die Straße gegangen, und Hsiau Tjings Bruder gehörte zu ihnen. Damals hatte Hsiau Tjing zum erstenmal vorgeschlagen, sie sollten sich vorläufig nicht mehr zusammen sehen lassen, weil die Leute ‹über sie reden› könnten. Das hatte ihn verwirrt und geschmerzt; es wäre ihm nie in den Sinn gekommen, daß Hsiau Tjing, die so stark und unabhängig war, sich je um das Gerede der Leute kümmern würde. Doch der härteste Schlag hatte ihn getroffen, als er bei der Rückkehr von einer Dienstreise die Armbanduhr vorfand, die sie ihm zurückgeschickt hatte.

Plötzlich wurde es still im Restaurant, und alle schauten auf den Treppenaufgang. Geng Erh stellte sein leeres Glas hin und folgte den Blicken der anderen. Zwei in Kaderuniform gekleidete Männer begleiteten zwei andere Chinesen in westlicher Kleidung die Treppe zum oberen Stock hinauf.

«Ausländische Besucher», bemerkte der Alte an seinem Tisch beiläufig.

«Auslands-Chinesen!» murmelte haßerfüllt ein Jüngling am Nebentisch.

«Ich höre, daß das obere Stockwerk für Ausländer reserviert ist», sagte der Alte, als er sich Geng Erh wieder zuwandte.

«Das stimmt», sagte Geng Erh und nickte gleichgültig. «Dort oben ißt man dasselbe wie hier, nur die Umgebung ist komfortabler.»

«Ach, so ist das!» erwiderte der Alte und starrte Geng Erh ungläubig an.

Geng Erh sagte nichts und füllte sich geschäftig Glasnudeln

und Chinakohl aus dem Topf nach. Er wollte nicht verraten, daß er selbst vor zwei Wochen im oberen Stockwerk gewesen war, und zwar mit Professor X, einem ehemaligen Kommilitonen von der Universität in Chicago. In Begleitung dieses Herrn war er zu dem geräumigen und eleganten oberen Stockwerk hinaufgestiegen. Sie waren zu viert gewesen, hatten einen großen Raum für sich gehabt und waren von vier beflissenen Kellnern bedient worden.

«Das ist eines dieser unvermeidlichen Klassenprobleme während der Übergangszeit zur sozialistischen Gesellschaft», sagte der junge Mann am Nachbartisch sarkastisch. «Wenn der Kommunismus einmal Wirklichkeit geworden ist, wird der obere Stock abgeschafft werden, und jeder wird sich für eine Eintrittskarte anstellen und mit der Masse unten essen müssen.»

«Da kann man nur hoffen, daß der Kommunismus bald verwirklicht wird!» Sein Gefährte, auch ein junger Mann, hob sein Bierglas.

Auf diese Worte hin wechselte Geng Erh mit dem alten Mann einen Blick, dann senkte er den Kopf und biß in sein Sesambrötchen.

Der Gedanke an seinen Schulfreund erfüllte ihn mit gemischten Gefühlen. In Amerika waren ihre politischen Anschauungen weltweit voneinander entfernt gewesen, und ihre jeweiligen Argumente hatten oft zu Streit geführt. Aber als sie sich diesmal trafen, waren sie sehr herzlich zueinander gewesen. Als der einstige Schulfreund herausgefunden hatte, daß Geng Erh noch Junggeselle war, hatte er ihm auf die Schulter geklopft und ungläubig bemerkt:

«Was? Nach all diesen Jahren in der Heimat immer noch Junggeselle?»

Als Antwort hatte Geng Erh nur gelächelt.

«Alter Geng, du bist nicht mehr der Jüngste und solltest bei der Brautschau nicht zu wählerisch sein», hatte sein Schulfreund eindringlich zu ihm gesagt.

Geng Erh konnte nur trocken lächeln und das Gesprächsthema wechseln. Er hatte seinem Freund nicht erzählen wollen, wie tief der Status der Intellektuellen seit der Kulturrevolution gesunken war, besonders seit dem Herbst 1968, als der Vorsitzende Mao angeordnet hatte, daß die Intellektuellen von Arbeitern, Bauern und Soldaten umerzogen werden sollten. Von da an hatten sich die Intellektuellen dieser Forderung gebeugt und willig der Umerziehung ergeben. In der neuen Gesellschaft waren sie alle zu Ausgestoßenen geworden. Wie konnte er also wählerisch sein bei der Suche nach einer Lebensgefährtin? Er rechnete es seinem einstigen Schulkameraden, der schon lange amerikanischer Bürger war, hoch an, daß er nach China zurückkehrte, um den Nationaltag zu feiern. Geng Erh wollte seinen Enthusiasmus nicht dämpfen. Warum auch? Er selbst war jetzt stolz auf seine linke Einstellung. Darum konnte und wollte er auch gewisse Tatsachen nicht zur Kenntnis nehmen.

Umerziehung – beim Gedanken an dieses Wort überlief ihn ein Schauder. In den letzten Jahren hatte er es selten vernommen, doch jedesmal, wenn er es hörte, überkam ihn ein Gefühl des Erstickens. Das gleiche hatte er empfunden, als er zum erstenmal davon hörte, daß Hsiau Tjing Mitglied einer Arbeitsgruppe zur Verbreitung der Gedanken des Vorsitzenden Mao Tse-tung geworden war. Das war gegen Ende 1968 gewesen: Eines Tages, als er auf seinem Fahrrad zu einem Platz außerhalb des Tschau-Yang-Tores gefahren war – obwohl ihre Liebe durch die Kulturrevolution in die Brüche gegangen war, kam er öfters hierher –, lief er Hsiau Tjings jüngerem Bruder in die Arme. Einst ein stolzer und übermütiger Führer der Roten Garden, schien sein Prestige offenbar stark gelitten zu haben. Ganz unerwartet hatte er Geng Erh zuerst begrüßt. Nachdem Geng Erh sich nach dem Ergehen der Eltern des Jünglings erkundigt hatte, war es unvermeidlich, auch nach dem Befinden seiner älteren Schwester zu fragen.

«Meine Schwester ist Mitglied des Arbeiter-Propaganda-Korps», sagte er stolz. «Sie wohnt nicht mehr zu Hause. Ihre Abteilung wurde der Technischen Hochschule Peking zugeteilt, und sie ist Assistentin des Gruppenführers.»

Geng Erh bedauerte es, nicht religiös zu sein, denn er hätte gern gewußt, zu wem er beten sollte, daß Hsiau Tjing nicht der Akademie der Wissenschaften zugeteilt werden möge. Wenn er seitdem einem hochnäsigen Mitglied des Arbeiter-Propaganda-Korps in der Akademie begegnete, mußte er unwillkürlich an Hsiau Tjing denken, und durch sein Herz fuhr ein stechender Schmerz.

Es gibt nichts Schmerzlicheres, als an sein geheimes Leid erinnert zu werden. Unglücklicherweise kamen solche Erinnerungen öfters. Zum Beispiel letzte Woche: Nachdem Professor Li einen ergötzlichen Ausflug zu den landschaftlichen Schönheiten seines Vaterlandes gemacht hatte, hatte er Geng Erh eingeladen, mit ihm im Hotel zu speisen, um am Vorabend seiner Abreise von der Hauptstadt Erinnerungen auszutauschen. Anschließend hatten die beiden bis tief in die Nacht erzählt, und wiederum hatte sein Schulkamerad die Heirat Geng Erhs erwähnt.

«Alter Geng, du solltest wirklich meinem Rate folgen», hatte er ihm zögernd gesagt in der Hoffnung, jedes Mißverständnis zu vermeiden. «Eine Frau muß nicht unbedingt einen Hochschulabschluß haben, um eine gute Ehefrau zu sein. Soviel ich weiß, ist die Schulbildung im ganzen Land jetzt recht gut. Die Arbeiterinnen hier in Peking sind sehr nett. Ja, vorgestern besuchte ich die Dritte Spinnerei und sah dort eine ganze Reihe hübscher junger Mädchen.»

Vielleicht hatte er zuviel Mautai-Schnaps getrunken, vielleicht hatte er auch versucht, seine unglückliche Liebe zu überwinden. Was immer der Grund gewesen sein mochte, Geng Erh hatte seinem Freund die ganze Liebesgeschichte anvertraut. Und dieser hatte ihm verwundert und mit Anteilnahme zugehört.

«Ist sie jetzt verheiratet?»

Geng Erh bewegte verneinend den Kopf: «Ich weiß es nicht.»

Obwohl er nie Nachforschungen angestellt hatte, war er ziemlich sicher, daß sie nicht geheiratet hatte. In den beiden letzten Jahren hatte er sie nur zweimal flüchtig gesehen, und beide Male war sie ohne einen männlichen Begleiter gewesen.

«Ich glaube, du solltest sie sofort aufsuchen», hatte der Professor ernsthaft geraten. «Wenn sie noch nicht verheiratet ist, hast du durchaus noch Hoffnung. Seit neuestem, sagt man, würden die Intellektuellen wieder aufgewertet. Wo hat man je gehört, daß ein Mann keine Frau finden kann, bloß weil er ein hochstehender Intellektueller ist? Da die Arbeiterklasse in allem die Führung übernehmen soll, müßte sie erst recht Intellektuelle ehelichen; denn auf diese Weise könnten sie die Umerziehung am leichtesten bewerkstelligen! Haha!»

Sein Freund hatte in die Hände geklatscht und laut gelacht, als ob er einen delikaten Witz gemacht hätte. Geng Erh hatte mitgelacht, aber es war kein Lachen aus dem Herzen gewesen. Er mußte an jenen Tag im Jahre 1971 denken, an dem er sie flüchtig gesehen hatte, als er mit seinem Fahrrad den großen Tien An Men-Platz überquerte: Da war sie gewesen, allein war sie über die Goldwasser-Brücke gegangen, ihre Haare immer noch zu Zöpfen geflochten, aber ihr Gesicht war ernst gewesen, wie sie mit hocherhobenem Haupt daherging, die Augen fest geradeaus gerichtet. In seiner Erregung hatte er das Fahrrad kaum im Gleichgewicht halten können, und er mußte seine ganze Willenskraft aufbieten, um den Drang zu unterdrücken, sie anzusprechen. Plötzlich aller Kraft beraubt, war er schlaff und unsicher über den Platz geradelt. Wie hatte er sich gesehnt, ihre Hände zu halten, vertraulich mit ihr zu reden, lange in ihre klaren Augen schauen zu dürfen, die unter den langen Wimpern leuchteten wie Sterne in einer klaren Winternacht. Aber sein Mut hatte ihn verlassen.

«Ich höre, daß diese Himmel und Erde erschütternde Kulturrevolution viele Menschen verändert und allen Dingen ein neues Aussehen verliehen hat», sagte sein alter Schulkamerad, während er Geng Erh unverwandt ansah. «Es scheint, daß auch du dich ziemlich verändert hast.»

Geng Erh hatte zustimmend genickt.

«Zum Besseren oder Schlechteren?»

«Das hängt davon ab, was du unter gut und schlecht verstehst», hatte Geng Erh mit einem Lächeln geantwortet.

«Du tust immer so geheimnisvoll bei mir. Aber kommen wir zur Sache. Ich werde morgen einen hohen Beamten treffen. Soll ich dein Problem mit ihm erörtern?»

«Nein, nein!» hatte Geng Erh energisch abgewehrt.

O Himmel! Sein Herz bäumte sich dagegen auf, daß jemand zu dieser Arbeiterin geschickt würde, zu einer, die die ‹Zügel der Führerschaft gehalten hatte›, um ihr zu empfehlen, im Einklang mit der Politik gegenüber den Intellektuellen den und den zu heiraten. Heftig schüttelte er den Kopf und sagte entschlossen:

«Ich bin daran gewöhnt, allein zu leben, und denke nicht mehr an Heirat.»

«Dann mußt du wohl deine ganze Energie der Arbeit zugewandt und in den letzten Jahren eine Menge veröffentlicht haben!»

Geng Erh lächelte und wiegte wieder den Kopf. «In der Akademie legen wir nur Wert auf praktische Arbeiten, nicht auf Veröffentlichungen. Unser Schwerpunkt liegt auf kooperativen Einsätzen, nicht auf individuellen Projekten.»

Wie hätte er seinem einstigen Kommilitonen sagen können, daß er in Wahrheit sein Arbeitsgebiet gewechselt hatte, daß das Programm im Institut ständig wechselte, je nach den Bedürfnissen der Revolution? Schließlich bin ich ein Chinese, hatte er sich selbst gesagt. Wie sich der einzelne fühlt, das ist jedermanns eigene Angelegenheit, während die Rücksicht auf die nationale Verteidigung eine moralische Verpflichtung ist. Das ist möglicherweise die dialektische Anwendung von Maos Theorie: ‹Eins teilt sich in zwei.›

Da es spät geworden war, stand er auf, um zu gehen. Sein Freund, der den Abschied hinauszögern wollte, begleitete ihn zum Ausgang des Hotels und sagte, diesmal auf englisch: «Alter Geng, gibt es irgend etwas, das ich für dich tun könnte?»

Nach kurzem Überlegen hatte er dann lächelnd geantwortet:

«Ja! Komm oft zurück, damit ich dich in die für die ausländischen Besucher reservierten Lokale begleiten kann. Das würde mir ein größeres Vergnügen bereiten als alles andere.»

Mehr Vergnügen als alles andere!

«Wie bitte?» Der Alte an seinem Tisch blickte ihn an. «Was haben Sie eben gesagt?»

Geng Erh merkte, daß er sich wiederum vergessen hatte, doch er begann die Wirkung des Weines zu spüren und antwortete ohne Verlegenheit:

«Ich sagte, daß der Hammeltopf mir mehr Vergnügen macht als alles andere.»

«Dem stimme ich zu», antwortete der Alte und nickte lebhaft. Beide nahmen mit ihren Stäbchen dünne Scheiben Hammelfleisch auf und verspeisten sie mit Appetit.

II

Wenige Tage nach dem Neujahr (des Mondkalenders)[6] begannen einige seiner unverheirateten Kollegen Peking zu verlassen, um die Feiertage mit ihren Anverwandten zu verbringen, und die Zurückgebliebenen verspürten keine Lust, zu arbeiten. Am letzten Tag des alten Jahres lungerten sie am Morgen nur herum, und kurz nach dem Mittagessen gingen auch sie. Allein in dem nun ausgestorbenen Institut wollte auch Geng Erh nicht bleiben, und so verließ er vor drei Uhr sein Labor und ging in sein Wohnheim.

Geng Erh hörte seine Nachbarn emsig Fleisch hacken, um die Füllung für die Djiau-dsi zuzubereiten. Es war das gleiche Geräusch, das ihn schon am Morgen geweckt hatte, denn das Neujahrsfest nach dem Mondkalender ist noch immer das bedeutendste Fest, hat es doch eine Tradition von Jahrtausenden. Allein die Vorbereitungen für das Essen sind um ein Vielfaches größer als für die Nationalfeiertage.

Nachdem er seine Wohnung betreten und Hut und Handschuhe abgelegt hatte, machte er seinen gewohnten Rundgang durch das Schlaf- und Wohnzimmer. Seine Wohnung war noch stiller und verlassener als das Institut. Als er diese Wohnung vor Jahren bezogen hatte, schien sie ihm zu klein und zu eng. Aber je länger er darin wohnte, um so geräumiger und leerer kam sie ihm vor. Oft hatte er sich insgeheim dazu gratuliert, denn in Peking war es für eine alleinstehende Person in der Tat ein seltener Luxus, eine Zweizimmerwohnung zu haben, in der man herumgehen konnte. Vielleicht überkam ihn wegen der Stille im Raum ein Gefühl der Müdigkeit, darum ging er in die Küche, um sich eine Tasse Kaffee zu machen, um sich zu wärmen und zu erfrischen. In den letzten Jahren hatte er es aufgegeben, nachmittags Kaffee zu trinken, aus Furcht, nachts nicht schlafen zu können, aber heute war ja Neujahrsabend. Darum nahm er diese Gelegenheit, die sich nur einmal im Jahre bot, als Vorwand.

Geng Erh hatte seiner Haushälterin Wang Da-Sau[7] über die Feiertage eine Woche freigegeben und hatte es nicht für notwendig erachtet, seine Wohnung aufzuräumen; er würde vermutlich keinen Besuch bekommen. Wenn er vom Dienst heimkam, war sein Bett verwühlt, wie er es am Morgen verlassen hatte, und in der Küche war das Spülbecken mit schmutzigem Geschirr überfüllt, so daß er sich erst ein Glas säubern mußte, wenn er Tee trinken wollte. Weil er keine Lust verspürte, seine Wäsche zu waschen, wechselte er einfach sein Hemd nicht. Sonst hätte Wang Da-Sau bei ihrer Rückkehr einen Haufen schmutziger Wäsche vorgefunden, und das hätte nach Ausbeutung ausgesehen, auch wenn sie bei ihrem Fortgehen wiederholt gesagt, ja geradezu darum gebeten hatte, die Wäsche bis zu ihrer Rückkehr liegenzulassen.

«Ich bin ein eingefleischter Junggeselle», sagte er laut vor sich hin, als er die Küche betrat.

Der Berg von Geschirr im Spülbecken erinnerte ihn an die Tage seiner Studentenzeit. Er holte einen Kessel hervor, wusch ihn, füllte ihn mit Wasser und setzte ihn auf den Ofen. Dann suchte er ein Streichholz und entzündete die Flamme. Danach drehte er sich um und öffnete den Kühlschrank, dem er eine Dose Schanghai-Kaffee entnahm. Dieser Kühlschrank Marke Westinghouse wurde nur zwei Monate im Jahr in Betrieb gesetzt; für den Rest des Jahrs wurde er nicht eingeschaltet und diente als Schrank. Einesteils war Elektrizität zu teuer (an und für sich hätte es ihm nichts ausgemacht, monatlich zehn Renminbi, etwa DM 15,–, mehr auszugeben, aber er war besorgt, daß man ihn wegen Verschwendung kritisieren könne). Ein anderer Grund war, daß er normalerweise in der Kantine aß, so daß der Kühlschrank die längste Zeit des Jahres überflüssig war.

Ein so mächtiger Kühlschrank in seiner winzigen Küche ließ ihm kaum Platz, sich umzudrehen. Als die Roten Garden ihre Konfiskationsrunde machten, hätten sie den Kühlschrank ruhig mitnehmen sollen! dachte Geng Erh, als er ihn schloß.

Schade, daß sie bei ihren Konfiskationen so zurückhaltend gewesen waren. Vielleicht war diese spezielle Gruppe der Roten Garden so gnädig mit ihm umgegangen, weil sie aus Kindern von Kollegen an der Akademie bestand. Alles, was sie taten, war, den Kühlschrank aus Neugierde zu öffnen, ihn eine Zeitlang zu inspizieren, ein paar Purzelbäume auf seiner Federkernmatratze zu schlagen und einige seiner westlichen Anzüge aus dem Koffer zu ziehen. Nachdem sie ihre Witze über seine Kleidung gemacht hatten, waren sie abgezogen. Die Zerstörung seiner Sammlung von Artikeln und Ausschnitten über Raumfahrt aus zwanzig Jahren hatte ihn damals geschmerzt, aber sie zu retten, hätte auch keinen Sinn gehabt. Also warum sie nicht den Flammen übergeben? Die Chinesen hatten es wirklich nicht eilig, auf den Mond zu fliegen. Aber trotz dieses sehr gemäßigten Vorgehens hatte der Staatsrat nach zwei Jahren ein Entschuldigungsschreiben geschickt, das mit einem großen dunkelroten Siegel versehen war. Dies hatte ihn fast in Verlegenheit gebracht; denn wenn er die Behandlung, die ihm widerfahren war, mit der einer Reihe anderer Familien verglich, war sein Verlust eine Bagatelle. Einige Zeit später hatte ein Kollege ihm erzählt, daß Premier Tschu En-lai von der Konfiskation des Eigentums der aus Europa und Amerika zurückgekehrten Wissenschaftler, die an der Akademie arbeiteten, gehört und daraufhin angeordnet habe, daß die Politik durchgeführt werden solle, zurückgekehrte Techniker und Wissenschaftler bevorzugt zu behandeln. Lang lebe Premier Tschu En-lai! Schweigend wünschte ihm Geng Erh das Allerbeste.

Das Wasser kochte, und Stöße von weißem Dampf stiegen auf.

Er suchte eine Weile im Spülbecken herum und fand einen Teelöffel, schüttete zwei Löffel Kaffee in den Topf, setzte den Deckel auf und stellte die Flamme klein.

Für Premier Tschu En-lai empfand er größten Respekt und Bewunderung. Als im Jahre 1973 die Kritik an Lin Piao und Konfuzius einsetzte, raunten sich viele zu: Wenn auch Kuo Mo – der Präsident der Akademie der Wissenschaften – attakkiert wird, so ist im Grunde die Speerspitze auf Premierminister Tschu En-lai gerichtet. Er war wegen Tschu En-lai sehr besorgt gewesen, besonders während der ersten Hälfte des Jahres 1974, als der Premierminister mehrere Monate lang nicht in der Öffentlichkeit erschienen war. Die Gerüchte waren so zahlreich wie die Haare im Fell einer Kuh. Sie bedrückten und entmutigten Geng Erh. Wie viele andere atmete er erst auf, als in der Zeitung stand, daß der Premierminister im Krankenhaus sei.

Als das kräftige Aroma des Kaffees in seine Nase stieg, schloß er die Augen und hatte das Gefühl, als ob alle seine Organe erfrischt würden. Er ging zum Spülbecken, holte das Glas heraus, das er am Morgen benutzt hatte, und spülte es aus. Er nahm sich vor, das ganze Geschirr zu spülen, ehe Wang Da-Sau zurückkehrte.

Nachdem er den Filter gefunden, den er einmal in einer

Drogerie gekauft hatte, goß er den Kaffee durch und füllte sein Glas bis an den Rand. Vorsichtig trug er es in den anderen Raum, wo er sich an den Schreibtisch setzte und langsam seinen Kaffee schlürfte. Außer einem vollen Bücherregal, einem Schreibtisch und zwei Stühlen sowie einem Papierkorb befand sich nichts in dem Wohn- und Studierzimmer.

Auf dem Schreibtisch standen drei Weihnachtskarten aus Amerika, die er noch einmal las. Sie waren ihm vor langer Zeit geschickt worden, und die Absender wollten alle etwas über seine ‹derzeitige Situation› erfahren. Aber er hatte noch nicht darauf geantwortet. Um ehrlich zu sein: er wußte nicht, was er hätte antworten sollen. Ob Gegenwart oder Vergangenheit, das machte keinen Unterschied, da es wirklich nichts zu berichten gab. Plötzlich wurde ihm bewußt, daß diese Karten ja schon ihre Aufgabe erfüllt hatten, wozu sollte er sie noch länger aufbewahren? Er nahm sie und warf sie kurzerhand in den Papierkorb.

Zweifellos verschwendete Amerika mehr Papier als jedes andere Land der Welt. Dort gab es Grußkarten für jede nur vorstellbare Gelegenheit, ohne die Glückwunschkarten zur Geburt eines Kindes oder die Beileidskarten überhaupt zu erwähnen. Man konnte Karten mit Genesungswünschen bei einer noch so geringen Erkrankung erhalten. Indem China all das abschaffte, sparte es viel Zeit und Energie, obwohl... ja, obwohl was? Er schüttelte den Kopf, ohne eigentlich zu wissen, warum. Dann ergriff er sein Kaffeeglas und nahm einen langen Schluck.

Die Uhr auf dem Schreibtisch zeigte drei Uhr dreißig. Dann schaute er auf seine Armbanduhr – es war genau drei Uhr dreißig. Um sechs Uhr sollte er bei seinem Kollegen Hsiau Dschang sein. In den letzten Jahren hatte er Hsiau Dschang selten besucht. Und die Einladung zum Neujahrsessen war für ihn eine Überraschung gewesen. Vielleicht haben sie Mitleid mit mir wegen meines Alleinseins und fürchten, daß mein Neujahr schrecklich traurig sein wird, dachte er. Seine erste Reaktion war, abzulehnen, um sich die Erinnerung an eine kürzlich geschehene Unannehmlichkeit zu ersparen. Doch dann war Hsiau Dschang am Vortag vorbeigekommen, um ihn an die Einladung zu erinnern. Bei dem wenig angenehmen Gedanken, sein Neujahrsmahl in der Kantine einzunehmen, wo der Lehrling den Chef vertrat, weil dieser im Urlaub war – was die Qualität der Gerichte sicherlich beeinträchtigen würde –, von der kalten Atmosphäre der Kantine ganz abgesehen, hatte er schließlich die Einladung sogar gerne angenommen.

Hsiau Dschang oder Junger Dschang war bereits fünfunddreißig Jahre alt, aber jeder nannte ihn bei diesem Namen, denn in der Akademie gab es noch einen anderen Kollegen namens Dschang, den man Lau Dschang oder Alter Dschang nannte. Um Verwechslungen zu vermeiden, blieb er bei der Bezeichnung Junger Dschang. Er war Forscher im Institut für Physik und hatte sein Studium mit Auszeichnung an der Djiau-Tung-Universität in Schanghai absolviert. Seine Herkunft war alles andere als gut, aber er war schicksalergeben und mischte sich nicht ein. Daher hatte er während der Kulturrevolution nicht viel zu leiden gehabt. Geng Erh war mit ihm auf einer akademischen Konferenz bekannt geworden, und danach war Hsiau Dschang zu ihm gekommen und hatte ihn wegen einiger geophysischer Daten gefragt. Von da an hatten sich die beiden näher kennengelernt. Weil sie in verschiedenen Wohnheimen der Akademie wohnten – er und seine Frau wohnten im Wohnheim ihrer eigenen Einheit –, wagte er es wohl, mit Geng Erh in Verbindung zu bleiben. Früher hatte er Geng Erh öfter zu sich eingeladen, doch war es ungewöhnlich, daß er im Laufe eines Jahres Geng Erh in seinem Wohnheim aufsuchte.

Wie dem auch sei, ich sollte die beiden wirklich wieder einmal besuchen, dachte Geng Erh bei sich, während er seinen Kaffee trank. Sie sind wirklich um mich besorgt gewesen, und obgleich Hsiau Djin und ich nicht geheiratet haben, taten Hsiau Dschang und seine Frau alles, was sie tun konnten.

Hsiau Djin war eine ältere Kusine von Frau Dschang, die im Frühjahr 1971 auf Urlaub nach Peking gekommen war. Da sie bei den Dschangs wohnte, machte Hsiau Dschang sie mit Geng Erh bekannt, nachdem er ihm offen alles Wissenswerte über sie erzählt hatte. Hsiau Djin, erst kürzlich verwitwet und kinderlos, war gerade dreißig geworden, hatte einen hellen Teint, aber ziemlich kleine Augen. «Sie hat die normale Schule mit einem Examen abgeschlossen, hat also praktisch Universitätsreife, obwohl sie nicht ganz dem Standard entspricht, den du dir gesetzt hast!» Hsiau Dschang mußte lächeln, als er das sagte.

Geng Erh war damals nicht nur rot geworden, er wurde sogar jetzt noch verlegen, wenn er daran dachte. Er begriff es selbst nicht, wie er so naiv hatte sein können, eine solche Dummheit zu begehen, kaum, daß er seinen Fuß auf den Boden des Vaterlandes gesetzt hatte. Er wußte, daß er deswegen für den Rest seines Lebens die Zielscheibe des Spottes sein würde. Bald nachdem er seine Stellung angetreten hatte, war sein Abteilungsleiter auf einen Schwatz zu ihm gekommen und hatte ihn gefragt, ob er einen besonderen Wunsch habe. Freimütig hatte er die Hoffnung geäußert, möglichst bald heiraten zu können. Der Abteilungsleiter hatte wiederholt dazu genickt, aber nichts weiter gesagt. Kurz danach hatte ein Kollege während einer Unterhaltung wie von ungefähr gefragt, welche Ansprüche er an eine ideale Frau stelle. Ohne auch nur einen

Augenblick zu zögern, hatte er geantwortet, daß sie ein College absolviert, große Augen, eine helle Hautfarbe haben und unter dreißig Jahren alt sein müsse. Wie konnte er ahnen, daß das bald allgemein bekannt sein würde, daß jeder ihn heimlich belächeln und den Kopf darüber schütteln würde, weil seine Erwartungen viel zu hoch gesteckt waren. Als er merkte, daß man sich über ihn lustig machte, ärgerte er sich maßlos über seine unüberlegten Bemerkungen.

Dennoch war seine erste Begegnung mit Hsiau Djin sehr zu seiner Zufriedenheit ausgefallen. Sie war in Gueilin geboren, und die Tatsache, daß sie in jenem ‹unübertrefflich schönen Land› aufgewachsen war, umgab sie wie ein Zauber. Sie war klein von Gestalt, hatte einen hellen Teint, ein ovales Gesicht, und ihr Haar war nach der Mode der Auslandschinesinnen kurz geschnitten. Wenn ihre Augen auch klein waren, so war sie doch gepflegt und attraktiv, hatte blendend weiße Zähne und ein natürliches Benehmen. Geng Erh konnte ihr einfach nicht ansehen, daß sie schon einmal verheiratet gewesen und dreißig Jahre alt war.

Auch Hsiau Djin schien von ihm angetan zu sein. Als Frau Dschang vorschlug, Geng Erh solle mit ihr einen Ausflug zum Sommerpalast unternehmen, stimmte sie gerne zu und schlug sogar einen Platz vor, wo sie sich treffen könnten.

Wie zu erwarten war, verlief der Ausflug zur vollen Zufriedenheit der beiden, und von da an hatte Geng Erh eine ständige Verabredung mit ihr, sonntags auszugehen.

Er hatte es ernstlich versucht, Hsiau Tjing zu vergessen, zumal nach der Bekanntschaft mit Hsiau Djin, doch mußte er sich bald eingestehen, daß alle seine Anstrengungen vergeblich waren. Er konnte nur hoffen, daß der Schatten der Vergangenheit einer Ehe nicht abträglich sein würde. Die beiden Frauen waren so verschieden, daß er sich bisweilen dabei ertappte, wie er sie miteinander verglich. Als sich Hsiau Tjing in ihn verliebte, war sie eine junge aufblühende Frau, die von der Zukunft die Erfüllung ihrer Wünsche erwartete. Hsiau Djin war eine reife Frau, die sich keinen Illusionen hingab und vornehmlich darauf aus war, aus ihrem Leben noch etwas zu machen. Sie war realistisch und praktisch und offenbar eine ideale Hausfrau. Mit einem tiefverwurzelten Sinn für die Werte aller Dinge begegnete sie allem mit der Frage: ‹Ist es das wert?› Manchmal wagte es Geng Erh nicht, sich vorzustellen, welchen Wert er selbst in ihren Augen darstellte. Aber von der ersten Begegnung an war er sich ihrer Wärme und Rücksichtnahme ihm gegenüber bewußt. Sie erzählte gern, aber sobald sie merkte, daß Geng Erh sich in einer nachdenklichen Stimmung befand, konnte sie ihre Zunge zügeln und still neben ihm sitzen. Sie ahnte, daß ihre Gedanken und Gefühle kaum jemals zusammenfinden würden, und respektierte seinen Wunsch, nicht gestört zu werden. Sie war eine große Bewunderin westlicher Dinge und liebte es, wenn Geng Erh sie in ein Restaurant mit westlicher Küche führte. Und wenn ein Steak so durchgebraten war, daß es für ihn nach Wachs schmeckte, so aß Hsiau Djin es dennoch mit großem Genuß.

Und wie verhielt es sich mit dem Hammeltopf? Geng Erh wurde seiner nie überdrüssig, für sie aber galt: Einmal ist genug! Zum Herbstmondfest hatte Geng Erh sie zu einer Tasse Kaffee in sein Wohnheim eingeladen (durch diese Einladung wollte er allen kundtun, daß er jemanden gefunden hatte). Kaum war sie über seine Schwelle getreten, als sie auch schon aufmerksam durch die Räume ging, alles sorgfältig musterte und sein Mahagonibett mit der Federkernmatratze wortreich bewunderte, ebenso wie seine Garderobe und den Kühlschrank. Liebevoll hatte sie alles betastet und sich interessiert allem zugewandt.

«Was für ein schönes Bett! Und so feines Holz! Du hättest mehr Möbel aus Amerika mitbringen sollen.»

Geng Erh war etwas verlegen, er errötete und wußte nichts zu sagen. Sie konnte nicht wissen, wie sehr er es bedauert hatte, alle diese Möbel mitgebracht zu haben, als er nach China zurückkehrte. Viele Jahre hindurch waren sie für ihn eine schwere seelische Belastung gewesen. Doch dann hatte er sich ins Gedächtnis gerufen, daß er nach einer Frau Ausschau halten wollte und nicht nach einer Geliebten. Hsiau Tjing hatte auch gewußt, daß er einen Kühlschrank besaß, aber nie hatte sie auch nur den Wunsch geäußert, diesen zu sehen. Wie verschieden doch diese beiden Frauen waren!

Für Geng Erh war es schwierig, sich mit der Tatsache abzufinden, daß er sechzehn Jahre älter war als Hsiau Djin, und darum hatte er sich gescheut, seine Gefühle zu äußern. Doch Hsiau Djin mit ihrer Gabe, die Gefühle anderer zu erraten, hatte ihn in vielfältiger Weise ermutigt. Oft hatte sie angedeutet und bisweilen auch ausgesprochen, wie jugendlich er noch sei; daß man ihm sein Alter nicht ansähe und daß er behende daherschreite wie ein junger Mann.

Auch der Einwohner-Zensus kam Geng Erh sehr zu Hilfe. Als im Jahre 1971 der Nationalfeiertag nahte, durften Auswärtige nicht in Peking bleiben. Die Nachbarschaftskomitees wurden mobilisiert, um jeden Eingereisten, der nicht geschäftehalber in Peking war, zu ermuntern, so bald wie möglich die Stadt zu verlassen. Da Hsiau Djin bereits länger als vier Monate in Peking war, hatte das örtliche Nachbarschaftskomitee sie bereits dreimal aufgesucht und sie aufgefordert, vor dem Nationalfeiertag nach Gueilin zurückzukehren. Am Tage nachdem Hsiau Dschang ihm dies mitgeteilt hatte, besuchte er nach Dienstschluß Hsiau Djin und bat sie, mit ihm zu Abend zu essen. Im Restaurant hatte er ihr die Heirat angeboten. Glücklich und ohne die leiseste Spur von Schüchternheit, hatte sie angenommen, ja, im Gegenteil, sie hatte ihn gedrängt, möglichst bald den Heiratsantrag einzureichen, hatte sogleich Papier und Stift genommen, um ihr Geburtsdatum, ihre Herkunft, ihre Tätigkeit und ihren Ausbildungsgang aufzuschreiben. Als sie damit fertig war, übergab sie ihm die Angaben. «In Gueilin werde ich auf Antwort von dir warten», hatte sie mit Wärme gesagt, und ihre kleinen Augen hatten ihn liebevoll angeblickt, während ihre weiche Hand die seine hielt. Er fühlte sich so glücklich, daß er ihre schmale Hand fest drückte, und inmitten der lärmenden Menge hatten sie sich still und mit lächelnden Augen angeschaut.

Zwei Tage vor dem Nationalfeiertag am 1. Oktober hatte Geng Erh für Hsiau Djin die Fahrkarte besorgt. Er hatte viele Geschenke gekauft und die Freundin gemeinsam mit Hsiau Dschang zur Bahn gebracht, um sie am Zuge nach dem Süden zu verabschieden. Unmittelbar nach dem Nationalfeiertag hatte er seinen Heiratsantrag eingereicht. Als seine Kollegen am Institut herausfanden, daß er eine hübsche kleine Witwe heiraten würde, hatten sie ihm alle herzlich gratuliert. Einige seiner Kolleginnen ließen ihn sogar wissen, daß sie gerne bereit seien, ihm bei den Vorbereitungen zur Hochzeit zu helfen. In dieser Zeit hatte er sich so leicht und glücklich gefühlt, als ob er auf Wolken ginge, und bisweilen, ganz unbewußt, einige Weisen der so oft vernommenen Revolutionsoper vor sich hin gesungen.

Nachdem er seinen Antrag eingereicht hatte, lebte er in einem Zustand glücklicher Erwartung. Nach zwei Wochen hatte sein Abteilungsleiter ihm versichert, seine Vorgesetzten würden seinem Antrag sorgfältige Beachtung schenken und ihn sofort benachrichtigen, wenn eine Entscheidung gefallen sei. Das hatte Geng Erh stutzig gemacht. Was heißt sorgfältige

Beachtung schenken? Schließlich bin doch ich es, Geng Erh, der heiratet, dachte er bei sich, was braucht es da noch eines anderen, um der Sache Beachtung zu schenken? Doch die Erfahrungen, die er im Laufe vieler Jahre gesammelt hatte, sagten ihm, es sei das beste, die Dinge so zu nehmen, wie sie waren, und darum hatte er geschwiegen. Als aber das Jahr 1971 zu Ende ging und noch immer keine Antwort gekommen war, begann er ärgerlich zu werden. Einmal war er sogar entrüstet hingegangen, um nachzufragen, wie die Sache stünde. Sein Abteilungsleiter hatte ihm gesagt, daß die Institutsleitung gerade dabei sei, den Familienhintergrund der Genossin Djin zu überprüfen, und daß er noch etwas Geduld haben solle. Er hatte seinen Ärger hinuntergeschluckt. Jedesmal, wenn er einen glühenden Brief von Hsiau Djin erhielt, hatte die Tatsache, daß es nichts zu berichten gab, ihn maßlos geärgert.

Bald darauf war er für sechs Monate zwecks Umerziehung zur Arbeit auf eine Farm in der Provinz Kiangsu verschickt worden, und so wurde seine Angelegenheit zurückgestellt. Anschließend hatte er mehrere Monate lang einen Auftrag außerhalb der Stadt durchzuführen gehabt. Als er zurückkam, war es bereits Herbst 1972. Längst hatte er den Mut verloren, in der Sache seiner Heiratserlaubnis nachzufragen. Eine politische Kampagne folgte der anderen, jede davon war ein großes Ereignis, bei dem die nationale Führung und sogar das Wohl der Nation auf dem Spiele standen; was bedeutete daneben die Heirat eines einzelnen Genossen?

Eines Tages, während der Pause bei einer politischen Diskussion, hatte sein Abteilungsleiter Geng Erh so nebenbei gefragt, ob er noch Verbindung mit Hsiau Djin habe. Aus instinktiver Vorsicht oder dem unbewußten Gefühl einer bevorstehenden Enttäuschung war er herausgeplatzt: «Ich habe seit längerer Zeit keinen Kontakt mit ihr gehabt und weiß nicht einmal, wo sie jetzt ist.»

Überraschenderweise schien das dem Abteilungsleiter zu gefallen; und als ob er wisse, was in Geng Erh vorging, sagte er: «Es ist das beste für Sie, wenn Sie die Beziehung zu ihr abbrechen. Schauen Sie, ihre Herkunft ist nicht gut. Ihre Eltern waren Landbesitzer, und der Status ihres Mannes war nicht besser; denn dessen Vater gehörte zur Clique der Kuangsi-Generäle. Gegen Ende der Kulturrevolution wurde ihr Mann im Zuge der Aktion ‹Reinigung der Klassenordnungen›[8] verhört, aber ehe die Ergebnisse dieser Prüfung bekannt wurden, ‹beendete er seine Bande mit der Partei und dem Volk› – er beging Selbstmord, und so blieb sein politischer Status ungeklärt. Sie selbst war ursprünglich Mittelschullehrerin. Sie sollte 1970 aufs Land geschickt werden, um in einem Dorf zu arbeiten, aber unter dem Vorwand, daß der Gesundheitszustand ihrer Eltern nicht gut sei, blieb sie, wo sie war – in Gueilin. Später verschwand sie für längere Zeit. Für uns, die wir an einer so empfindlichen Stelle wie der Akademie der Wissenschaften arbeiten, ist sie nicht tragbar. Unsere Vorgesetzten sind über Ihre Heiratsabsichten sehr besorgt, und so sind Ihre Kollegen...»

Der Abteilungsleiter hatte noch einiges mehr zu sagen gehabt, aber Geng Erh hörte nicht mehr hin. Insgeheim gratulierte er sich selbst, daß er inzwischen reif genug war, seine Gefühle unter Kontrolle zu halten. Statt vor Wut zu explodieren, nickte er wie ein höflicher Zuhörer mit dem Kopf. Aus der Tiefe seines Herzens aber tönten die Schreie der Verzweiflung: Warum, warum bloß mußte ich an der Akademie der Wissenschaften arbeiten?

Zunächst hatte er nur Mitleid mit sich selbst empfunden, aber spät in der Nacht, als alles still war und er sich hingesetzt hatte, um Hsiau Djin einen Brief zu schreiben, begriff er, wie ungerecht sie behandelt wurde. Welcher Verbrechen war sie schuldig? Sie war gezwungen, die Sünden ihrer Eltern und ihres verstorbenen Mannes auszubaden. Man sagte, sie habe nicht auf die Parolen des Vorsitzenden Mao gehört, sie wurde der Eitelkeit bezichtigt, und man nahm es ihr übel, daß sie vorzog, in der Stadt zu leben. Doch Geng Erh, der, wie es die Pflicht verlangte, eine Zeitlang auf dem Lande Dienst tat, hatte nicht das Herz, sie dafür zu tadeln. Natürlich war es ihm klar, daß es für ihre Verbindung keine Hoffnung mehr gab. Geng Erh hatte seit langem das Schreiben aufgegeben aus Furcht, Hsiau Djin würde weiterhin vergeblich auf ihn warten und ihre besten Jahre vertun. Aber er brachte es auch nicht übers Herz, ihr die wahre Situation mitzuteilen. Darum hatte er das Schreiben hinausgezögert. Schließlich hatte er sich eine Ausrede zurechtgelegt: seine Vorgesetzten seien der Meinung, der Altersunterschied sei zu groß, und auch er selbst halte eine Ehe für bedenklich. Er hatte sie um Verzeihung gebeten und ihr alles Gute gewünscht.

Nachdem er den Brief abgeschickt hatte, fühlte er, daß er Hsiau Djin fallengelassen hatte, daß aber auch ihm übel mitgespielt worden war, und er wünschte sich einen Platz, wo er seine Wut ungehemmt hätte hinausschreien können. Unglücklicherweise stand ein solcher Ort nicht zur Verfügung. Außerdem war er nicht gewillt, den Vorgesetzten und Kollegen seine Enttäuschung zu zeigen, um nicht von ihnen verlacht zu werden, weil er keine Ehefrau finden konnte. Es blieb ihm also nichts anderes übrig, als seine Gefühle zu unterdrükken, und das schien ihm das Schwerste.

Sehr bald bemerkte er, daß er leicht ermüdete und, obgleich er sich nach Ruhe sehnte, an Schlaflosigkeit litt. Bei der Arbeit war er oft geistesabwesend, und selbst sein ‹Gedächtnis, auf das er immer so stolz gewesen war, versagte. Ohne einen Arzt zu konsultieren wußte er, daß er an einem typischen Fall von neurotischer Depression litt, für die es keine Medizin gab.

Der Zufall wollte es, daß gerade zu dieser Zeit der versuchte Anschlag von Lin Piao und dessen Tod der Öffentlichkeit bekanntgemacht wurden. Die offiziellen Verlautbarungen und die Gerüchte über diesen undurchschaubaren Vorfall hatten Geng Erh verwirrt. Ihm war nicht klar, wer eigentlich das Opfer war, er selbst, Lin Piao oder möglicherweise der Vorsitzende Mao? Er fühlte, daß ihm der letzte Rest seines Glaubens entglitt, und war hilflos wie ein Blinder ohne seinen Stock. Dann bekam er eine leichte Erkältung, die ihn ins Bett zwang. Da er während all dieser Jahre niemals krank gewesen war, zeigten sich seine Vorgesetzten und Kollegen sehr besorgt und überhäuften ihn mit Kundgebungen ihrer Sympathie. Er war froh, einige Tage krank feiern zu können, wenn er auch wußte, daß ihm nichts Ernstliches fehlte. Was er brauchte, war nur Ruhe und Schlaf, im Bett liegen zu können und nichts anderes zu tun, als die Decke anzustarren.

Er hatte sich bald erholt und war wieder bei der Arbeit, als er Hsiau Djins Antwort erhielt. Warm und besorgt wie stets sprach sie von der Vergangenheit mit unendlicher Zärtlichkeit und war bemüht, ihre Enttäuschung zu verbergen. Sie schätze seine Freundschaft, hatte sie am Ende ihres Briefes geschrieben, und sie hoffe, daß sie ihre Korrespondenz aufrechterhalten könnten. Er fühlte sich erleichtert, daß sie ihm keine Vorwürfe machte. Jemand, der so scharfsinnig war wie Hsiau Djin, mußte die Situation durchschauen – vielleicht hatte auch Hsiau Dschang es ihr mitgeteilt; denn er erfaßte die Dinge früher und schärfer als die meisten anderen. Er hatte die genauen Umstände der Angelegenheit erkannt, auch wenn er sie niemals mit Geng Erh besprochen hatte. Er glaubte nicht, daß

Hsiau Dschang ihm die Schuld zuschreiben würde; denn die Begegnungen waren immer noch freunschaftlich, wenn sie auch nicht mehr so oft zusammenkamen wie früher.

Er überlegte kurz und stellte fest, daß er genau zwei Jahre nicht mehr bei den Dschangs gewesen war. «Ling-ling und Ting-ting fragen immer nach dir», hatte ihm Hsiau Dschang am Vortag gesagt. Geng Erh und die beiden Mädchen waren gute Freunde gewesen.

Plötzlich fiel ihm ein, daß es ja Neujahr war und daß er einige Geschenke für die Kinder kaufen mußte. Die Uhr auf seinem Schreibtisch zeigte auf vier. Er hatte seinen Kaffee längst ausgetrunken, stellte das Glas ins Spülbecken und warf einen Blick auf seine Kleidung. Seine Hose war schmutzig, aber er beschloß, einfach eine andere darüberzuziehen. Er nahm eine Draconhose aus dem Kleiderschrank und zog sie über. Nachdem er sich vergewissert hatte, daß sich seine Geldbörse in der Tasche seiner gefütterten Baumwolljacke befand, setzte er seine Mütze auf, legte Schal und Handschuhe an, verließ die Wohnung und schloß die Tür hinter sich zu.

Hsiau Dschang wohnte draußen vor dem Westtor, doch zunächst mußte Geng Erh in die Stadt fahren, um seine Einkäufe zu machen. Er sah, daß mit Ausnahme von zwei großen roten Streifen mit Neujahrswünschen zu beiden Seiten des Eingangs zum Kaufhaus alle übrigen Neujahrswünsche aus Revolutionsparolen bestanden. Die Leute auf der Straße waren in festlicher Stimmung, obwohl es keine besonderen Feiertagsdekorationen gab. Im Kaufhaus drängten sich noch die Käufer. Geng Erh konnte nicht begreifen, daß es so viele Menschen gab, die gleich ihm am Vorabend des Neujahrsfestes sich noch mit den letzten Einkäufen herumschlagen mußten.

Zunächst ging er zum Stand für Süßigkeiten, wo er die

Keksdosen in der Vitrine in Augenschein nahm, während er sich anstellte. «Was wünschen Sie?» fragte ihn ein Verkäufer, dessen Augenlider so lässig herabhingen, als ob er jeden Augenblick einschlafen wolle.

«Bitte eine Dose mit Tai-Kang-Keks», sagte er und zeigte auf die größte und schönste Dose.

«Die sind nicht verkäuflich!» sagte der Verkäufer kurz angebunden.

«Ja, dann...» Geng Erh war sich nicht sicher, was er tun solle. «Welche kann man kaufen?»

«Wünschen Sie teure?» Die Augen des Verkäufers waren nun weit geöffnet, als er seinen Kunden mit fragendem Blick musterte.

«Ja, ja, bitte.»

Der Verkäufer nahm eine Dose Tien-schan-Kekse. «Macht achtfünfzig.»

«Benötigt man dafür Lebensmittelmarken?» fragte ein Kunde hinter ihm in einem fremden Akzent. Er drängte sich heran und betastete neidisch die Keksdose.

«Natürlich nicht, für teure Sachen braucht man keine Lebensmittelmarken», rief ein anderer Kunde sarkastisch dazwischen. «Achtfünfzig und das für höchstens zwei Pfund. Massenware kostet weniger als zwei Dollar fürs Pfund.»

Als Geng Erh gerade etwas sagen wollte, reichte eine Hand von hinten an ihm vorbei.

«Geben Sie mir auch eine Dose!»

Alle drehten sich um und sahen, daß es ein Soldat war, der einen Zehn-Dollar-Schein in der Hand hielt.

«Sofort, sofort», antwortete der Verkäufer dienstbeflissen und schien augenblicklich zu neuem Leben erwacht zu sein.

«Ich möchte auch eine Schachtel Schokolade», fügte Geng Erh eiligst hinzu. «Das heißt, wenn es sie in Dosen gibt.»

«Wir haben keine in Blechdosen. – Wie wäre es mit solchen in Folie?» antwortete der Verkäufer und zeigte darauf.

«Sie kommen aus Schanghai und eignen sich vorzüglich zum Verschenken.»

«Gut, die sind recht. Geben Sie mir zwanzig.»

«Zwanzig!» Die Augen des Verkäufers waren jetzt weit aufgerissen. «Das ist alles, was noch da ist», sagte er und legte den ganzen Vorrat auf die Theke.

«Schon gut, das reicht», erwiderte Geng Erh und nahm sein Geld aus der Tasche. «Würden Sie bitte alles zusammenpakken?»

Nachdem der Verkäufer alles verpackt und ihm das Geld herausgegeben hatte, nahm Geng Erh unter den Blicken aller Anstehenden seine Pakete vom Ladentisch und floh buchstäblich in eine andere Abteilung. Glücklicherweise waren am Stand für gesalzenes Fleisch nicht so viele Leute. Er kaufte rasch mehrere Pfund gesalzenes Hunan-Fleisch und Wurst nach Kantonart, die in ein großes Bündel verpackt wurden. Dann ging er zum Obststand hinüber, um einige Äpfel und Bananen zu kaufen. Da er nun alle Hände voll hatte und es inzwischen auch spät geworden war, verließ er das Kaufhaus. Vorsichtig band er die Pakete auf dem Gepäckständer seines Fahrrades fest außer einem Päckchen, das er über die Lenkstange hing, und fuhr dann gemächlich in Richtung Westen.

Es war noch nicht sechs Uhr, aber es wurde bereits dunkel und kalt. Die Stadt selbst war voller Leben, aber in der Nähe des Westtors wurde es ruhiger. Die Fahrzeuge schienen sich etwas schneller zu bewegen. Die Menschen auf den Fahrrädern trugen Masken aus weißem Mull, die Mund und Nase schützten. Über die Lenkstange gebeugt traten sie energisch in die Pedale, um zeitig zum Neujahrsessen zu Hause zu sein. Geng Erh ließ eine Reihe von ihnen an sich vorbeifahren, weil er meinte, daß er vermutlich der einzige sei, der es nicht besonders eilig hatte. Er bog in eine Gasse ein und erreichte bald den großen Komplex des Wohnheimes, wo die Dschangs wohnten. Der Platz kam ihm etwas fremd vor, war er doch zwei Jahre nicht mehr dagewesen. Aber er hatte nicht vergessen, daß Hsiau Dschang im letzten Gebäude nahe beim Zoo wohnte. Er fand das Apartement bald und stellte sein Fahrrad am Eingang ab. Als er seine Pakete losbinden wollte, öffnete sich die Tür, und Hsiau Dschang streckte seinen Kopf heraus.

«Alter Geng, da bist du ja!» rief er und eilte ihm entgegen.

«Sieh da, Hsiau Dschang! Bin ich zu früh?»

«Keineswegs, wir werden gleich essen.» Während er dies sagte, half er ihm, die Pakete loszubinden. «Dein Kommen wäre ausreichend gewesen, da brauchtest du doch nicht alle diese Päckchen noch mitzubringen!»

«Es ist Neujahr und für die Kinder. Wie geht es ihnen?»

Kaum hatte er die Frage gestellt, als sie auch schon in der Tür erschienen, beide in bunten Strickjacken. Die ältere blieb in der Tür stehen, während die jüngere herausgelaufen kam und Geng Erh an der Jacke zupfte. Sie schaute zu ihm auf und sagte: «Onkel Geng, du hast uns so lange nicht mehr besucht!»

«Hallo, Ling-ling, wie groß du geworden bist!» Geng Erh beugte sich herab und tätschelte erfreut ihren kleinen Zopf. «Bist du schon in der Schule?»

«Noch nicht», antwortete ihr Vater für sie. «Sie ist am ersten September geboren, und da zu wenig Plätze vorhanden waren, wurde sie zurückgestellt. Sie wird bis zum nächsten Herbst warten müssen. Dann wird sie sieben und dann gibt es kein Problem mehr.»

«Das ist zwar bedauerlich, aber ob man ein Jahr später eingeschult wird, macht letztlich keinen großen Unterschied», tröstete ihn Geng Erh.

«Das ist wahr», erwiderte Hsiau Dschang zustimmend. «Später, wenn sie aufs Land geschickt wird, ist es nur ein Vorteil, daß sie etwas älter ist. Dann kann sie nämlich die Hacke besser handhaben.»

«Onkel Geng», rief die ältere Tochter dem Gast zu. Sie war etwas reserviert und schon ein wenig selbstbewußt.

«Guten Tag, Ting-ting, dich hätte ich beinahe nicht wiedererkannt. Du wirst immer hübscher. In welcher Klasse bist du jetzt?»

«In der vierten», antwortete sie und trat zur Seite, um die anderen ins Haus zu lassen.

Als Geng Erh den Raum betrat, kam ihm der Duft von süßsaurem Schweinefleisch entgegen, und er hörte das Brutzeln von Fleisch in einer Pfanne.

Hsiau Dschangs Anderthalb-Zimmer-Wohnung war im Gegensatz zu Geng Erhs Wohnung voller Einrichtungsgegenstände. Der eine Raum war ziemlich klein, gerade groß genug für ein Bett und einen schmalen Durchgang, so daß Hsiau Dschang scherzend von einem halben Raum sprach. Das Wohnzimmer maß drei mal drei Meter und enthielt ein Bett, einen Schreibtisch, der gleichzeitig als Eßtisch diente, ein Bücherregal und eine Nähmaschine. Unter dem Bett war allerlei verstaut, aber auch über dem Bett war der Raum genutzt für Sachen, die von der Decke herabhingen.

«Bitte, setz dich.»

Während Hsiau Dschang ihn zum Sitzen einlud, legte er die Päckchen aufs Bett. Geng Erh schaute sich um, und da nur noch auf der Nähmaschine Platz war, legte er das Paket mit dem gesalzenen Fleisch dorthin. Er setzte sich an den Tisch, der am Kopfende des Bettes stand, wodurch man eine zusätzliche Sitzgelegenheit hatte. Sobald sich Geng Erh gesetzt hatte, schmiegten sich die Mädchen zu beiden Seiten an ihn.

Der Tisch war gedeckt, und in der Mitte standen bereits zwei Gerichte: eine dampfende Schüssel mit Gulasch und eine mit verschiedenen Fleischsorten und Gemüsen.

«Wie geht es deiner Frau?»

«Gut, sehr gut, wie uns allen. Sie verbringt ihre Zeit damit, über Dokumenten zu brüten, und versucht, jedes Wort und jeden Satz zu verstehen.» Während er noch sprach, kam Frau Dschang mit einer weiteren Schüssel herein, ein breites Lächeln auf ihrem Gesicht.

«Wie geht es Ihnen, Herr Geng?»

«Danke gut, recht gut.»

Er hatte sich erhoben, aber bevor er seinen Satz beenden konnte, traf es ihn wie ein Schlag. Eine zweite Frau mit einer Schüssel folgte Frau Dschang ins Zimmer. Es war keine andere als Hsiau Djin. Er war sprachlos. Für einen Augenblick stand er wie versteinert da und wußte nicht, was er sagen sollte.

«Wie geht's, alter Geng?» Das Lächeln konnte ihre Nervosität nicht verbergen.

«Wann... bist du nach Peking gekommen?» Es dauerte eine Weile, ehe er überhaupt sprechen konnte.

«Vor zwei Tagen», sagte Frau Dschang und nahm damit ihrer Kusine die Antwort ab.

«Kommt, setzt euch», sagte Hsiau Dschang feierlich.

Frau Dschang stellte beide Schüsseln auf den Tisch und nötigte Geng Erh, Platz zu nehmen.

«Große Schwester Djin[9], du brauchst nicht mehr in die Küche zu kommen, ich werde die Suppe schon bringen, wenn sie fertig ist. Unterdessen sieh zu, daß sich jeder bedient.»

Frau Dschang wischte sich die Hände an der Schürze ab und ging in die Küche zurück.

Auf den ersten Blick schien Hsiau Djin unverändert. Ihre Kleidung war etwas farbenfroher und besser geschneidert, ihr kurzes Haar war gut frisiert, und wenn sie lächelte, waren ihre Grübchen verführerisch wie immer. Sie gab sich ungezwungen, aber ihre Augen schienen nicht mehr so klar und lebhaft zu sein wie früher. Ja, Geng Erh bemerkte sogar Falten in ihren Augenwinkeln. Man wird eben älter! Er konnte einen stillen Seufzer nicht unterdrücken.

«Du scheinst schlanker als früher», sagte er zu ihr.

«Wirklich?» Es lag ein Hauch von Traurigkeit in ihrer Stimme, und unbewußt strich sie über ihr ohnehin glattgekämmtes Haar. Ting-ting kam mit einem Topf Reis herein. Hsiau Djin begann, jedem seine Schale mit Reis zu füllen, während Hsiau Dschang zum Bücherregal ging, um eine Flasche Sherry zu holen.

«Menschenskind! Woher hast du den?» fragte Geng Erh recht ungläubig. Er gab nicht viel auf süßen Wein, aber die Dinge erscheinen immer um so wertvoller, je seltener sie sind, und so ein Getränk war auf dem Markt nicht zu haben.

«Ja, das war nicht leicht», sagte Hsiau Dschang stolz und suchte nach einem Flaschenöffner. «Der Kollege aus England an unserem Institut, Lau Do – du weißt, wen ich meine? Nun, um den Ersten des Jahres herum war ein alter Schulfreund von ihm aus England zum Besuch einiger Verwandten nach Peking gekommen. Bei dieser Gelegenheit kam er vorbei, da er in der Nähe war. In einer plötzlichen Eingebung fragte ich Lau Do, ob sein Freund nicht einige Sachen im Freundschaftsladen für mich besorgen könnte. So kam ich zu dieser Flasche und zu den Schanghai-Pullovern für die Mädchen. Sie kosten genausoviel wie die, die auf dem Markt zu haben sind, sind aber von viel besserer Qualität!»

Wenig später brachte Frau Dschang einen Topf mit Hühnersuppe. Der Tisch war zwar groß genug, aber da die Kinder gern für sich allein essen wollten, ließ Hsiau Dschang sie schließlich ins Nebenzimmer gehen. Nachdem Frau Dschang ihre Schürze abgenommen hatte, erhob Hsiau Dschang sein Glas und trank Geng Erh zu. «Also, gan be (austrinken). Auf euer Wohl! Ich hoffe, daß das neue Jahr jedem Glück bringen möge!»

«Wollen wir hoffen, daß an diesem Neujahrstag alles für jeden gut ausgehen möge», ergänzte Hsiau Djin.

Keine der beiden Frauen war gewöhnt, Wein zu trinken. Frau Dschang brachte es auf ein halbes Glas, während Hsiau Djin nur daran nippte und ihr Glas niedersetzte, als ob sie etwas im Sinne hätte. Geng Erh konnte sich nicht vorstellen, was sie wohl gerade gedacht hatte, und aus Verlegenheit wagte er nicht, sie zu fragen, was sie nach Peking geführt habe. Erst vor einem Monat hatte er einen Brief von ihr erhalten, worin sie jedoch mit keinem Wort erwähnte, daß sie nach Peking zu kommen gedächte. Wichtiger war es für ihn, zu wissen, wie lange sie dieses Mal bleiben würde, doch es ergab sich keine Gelegenheit, sie danach zu fragen. Das Gespräch drehte sich hauptsächlich um innenpolitische Ereignisse: Ob Tschu Enlai an der Spitze der Regierung verbleiben würde und um das offizielle Erscheinen Teng Hsiao-pings auf der politischen Bühne.

«Wenn erfahrene Staatsmänner die Führung haben, fühlt man sich sicherer», bemerkte Hsiau Dschang mit einem Anflug von Melancholie. «Es hat in den letzten Jahren allzuviel Durcheinander gegeben. Jedesmal, wenn die Linken an der Macht waren, gab es rauhe Zeiten.»

«Du solltest lieber mit diesen rechtsradikalen Reden zurückhalten oder du wirst bald gebrandmarkt sein», warnte Frau Dschang ihren Mann mit einem leichten Lächeln. Sie war eine umgängliche Frau, klein, gesetzt und niemals ohne ein Lächeln.

«Keine Angst, im Institut habe ich stets die Windrichtung herausgefunden und mich entsprechend angepaßt», sagte Hsiau Dschang gelassen. «Als neulich die archäologischen Funde bei den Gräbern der Dschou-Dynastie mit der Anti Lin-Piao- und der Anti-Konfuzius-Kampagne in Verbindung gebracht wurden, ist der Bericht, den ich schrieb, sogar von der Propaganda-Abteilung angefordert worden.»

«Hsiau Dschang verfügt wirklich über eine flüssige Feder», lobte Geng Erh. Er dachte an die Schwierigkeiten, die er beim Schreiben politischer Kritiken hatte. Wie lange kaute er daran herum! Es kam ihm weit schwieriger vor als das Erlernen englischer Sätze in seiner Kindheit. Er konnte das Schreibtalent Hsiau Dschangs nur bewundern.

«Du bist zu höflich», protestierte Hsiau Dschang nun bescheiden. «Ich kann mich keineswegs mit den jungen Leuten vom archäologischen Institut vergleichen. Ehrlich gesagt haben sie in den letzten Jahren eine ganze Reihe von Objekten ausgegraben, und das hat sie stark stimuliert. Es ist nur ein Jammer, daß sie bei der Klassifizierung der Gegenstände, der Laboranalyse und der Konservierungstechnik hinterherhinken, so daß einzelne Gegenstände nach der Ausgrabung ihre Farbe verloren haben oder teilweise sogar verfallen sind.»

Frau Dschang lachte plötzlich auf.

«Der Himmel weiß, wie ihr die Anti-Lin Piao- und die Anti-Konfuzius-Kampagne miteinander in Beziehung gebracht habt! Bei der letzten großen Diskussion in unserer Einheit stand ein Arbeiter auf und begann, einen vorbereiteten Text zu verlesen. Je mehr er sich aber in Rage redete, um so mehr sprach er aus dem Stegreif: ‹Der Kahlkopf Lin habe vorausgesagt, daß das Neue China in die Zeiten von Konfuzius zurückfallen werde, in der die meisten Menschen Sklaven waren und der Adel die Minderheit darstellte.› ‹Genossen, können wir ein solch reaktionäres Geschwätz hinnehmen?› Selbstverständlich lehnten wir, die wir vor dem Podium saßen, lautstark und nachhaltig eine solche Politik ab. Doch dann schauten wir uns gegenseitig an und fragten uns, wann und wo Lin Piao wohl je solchen Unsinn gesagt haben könnte!»

«Es ist überall dasselbe, der eine äfft den anderen nach», kommentierte Geng Erh mit einem Lächeln.

«Das beste ist, sich anzupassen», sagte Hsiau Dschang und füllte Geng Erhs Glas. «Komm, alter Geng, dies ist, was zählt: ‹Hier ist Wein, laßt uns singen und fröhlich sein; denn des Menschen Leben ist kurz.›»[10]

So aßen und plauderten sie, freimütig und offen, und vertrieben sich die Zeit in vollkommener Harmonie. Geng Erh stellte fest, daß Hsiau Djin nicht so lebhaft und redselig war wie sonst; sie war zurückhaltender, würdevoller und anziehender denn je. Er hoffte insgeheim, daß sie auch dieses Mal länger in Peking bleiben würde, und sehnte sich danach, diese Zeit mit ihr zu verbringen. Nachdem er sie über ein Jahr nicht mehr gesehen hatte und nun neben ihr saß, war er nicht nur erregt, sondern empfand ihre Nähe als tröstlich. Ihm war, als sei die Müdigkeit, die ihn in den letzten Monaten befallen hatte, auf einmal verschwunden. Er schaute auf ihre rosigen Wangen und ihre schmale Hand, mit der sie die Stäbchen hielt, und bemerkte, daß sein Herz rascher und rascher schlug. Viele Erinnerungen stiegen in ihm auf, besonders die beiden Tage in Gueilin...

Während er noch seinen Gedanken nachhing, begann Frau Dschang zufällig von Gueilin zu erzählen. Sie hatte dort ihre Jugend verbracht, und wann immer sie davon sprach, überkamen sie die Erinnerungen an diese von Bergen und Gewässern umgebene, einmalig schöne Stadt.

«Gehst du noch oft zum Felsen des Großen Bären oder zum kürzlich entdeckten Felsen der Rohrflöte?» fragte sie ihre Kusine. Doch ehe Hsiau Djin antworten konnte, hatte Frau Dschang ihre Stäbchen hingelegt und fuhr sehnsüchtig fort: «Ob ich wohl je noch einmal nach Gueilin kommen werde? Wie froh kannst du sein, daß du nicht mehr zu befürchten brauchst, wieder aufs Land verschickt zu werden. Meiner Meinung nach brauchst du überhaupt keine Angst mehr zu haben, je wieder eine Arbeit auf dem Lande zugewiesen zu bekommen.»

Hsiau Djin unterbrach ihre Kusine sofort. «Warum nicht in diesem Sommer einen Vorwand finden, um einige Tage Ferien einzulegen und Gueilin einmal wieder zu genießen?» Dann wandte sie sich an Geng Erh und sagte lächelnd: «Gueilin ist noch schöner als früher. Wenn du Gelegenheit hast, eine Dienstreise in die Provinz Kuangsi zu machen, dann mußt du auch Gueilin wieder besuchen.»

«Es ist schon eine wunderschöne Stadt!» warf Hsiau Dschang ein. «Gueilin steht auf dem Reiseplan jedes ausländischen Touristen.»

Als das Wort ‹Touristen› fiel, fragte Hsiau Djin Geng Erh: «Erinnerst du dich noch an Han Suyin? Ich las, daß sie kürzlich an der Universität Hongkong einen Vortrag gehalten hat, in dem sie viel Gutes über China zu sagen wußte.»

«Natürlich erinnere ich mich», erwiderte Geng Erh, und ein Lächeln huschte über sein Gesicht. Auch er hatte den Bericht gelesen und entsann sich noch des Themas ihres Vortrages: ‹Wie ich China kennenlernte›.

Wie hätte er das vergessen können? Doch hatte er nie mit anderen darüber gesprochen.

Im Frühsommer des Jahres 1973 war er zu einer geologischen Inspektion in die Provinz Kuangsi gefahren. Nachdem er seine Aufgabe erledigt hatte, schlug der ihn begleitende junge Kollege vor, noch für einige Tage zu bleiben, damit er seine Eltern besuchen könne. Geng Erh willigte gerne ein und wollte in Gueilin auf ihn warten. Als der junge Kollege abgereist war, suchte Geng Erh sogleich Hsiau Djin auf, die sich unsäglich darüber freute. Nachdem er ihre Eltern begrüßt hatte, berieten die beiden, wie sie diesen glücklichen Zufall ausnützen und die zwei Tage gestalten könnten. Ihr Vorschlag, eine Bootsfahrt auf der landschaftlich ungewöhnlich schönen Strecke von Gueilin bis Jangso zu machen, war verlockend. Am nächsten Morgen stellten sie sich bei der Anlegebrücke um Fahrkarten an. Sie hatten Glück, auf dem überfüllten Schiff noch Plätze zu bekommen. Als das Schiff die Enge zwischen den Bergen passiert hatte und auf den Fluß Li hinausglitt, war Geng Erh sprachlos und überwältigt von der Landschaft an beiden Ufern. Er hatte praktisch jeden Winkel Nordamerikas bereist und manche Naturwunder gesehen, niemals aber war er so bewegt gewesen wie beim Anblick dieser Landschaft von atemberaubender Schönheit.

Das Wasser des Li-Flusses war kristallklar, die weißen Wolken unter dem blauen Himmel und die Berge mit ihren bizarren Formen spiegelten sich in der ruhigen Wasserfläche wider. Ihm war, als würde er sich in einem Bereich befinden, wo sich Himmel und Erde treffen, ziellos gleitend, ohne zu wissen, wohin. Lange war er in sich versunken, bis Hsiau Djin ihn anrührte und in die Wirklichkeit zurückrief. Ein anderes Boot, kaum mehr als hundert Meter entfernt, kam rasch auf sie zu. Ein Mann und eine Frau saßen im Bug. Der Mann war dunkelhäutig und hatte eine ausgeprägte Nase, er sah aus wie ein Inder. Die Frau war offenbar Eurasierin. Ein Kreis von Leuten, die wie Kaderangehörige mittlerer Ränge gekleidet waren, umgab das ausländische Paar, vor dem auf einem Tisch mit erlesenem Porzellan Melonen, Kuchen und sonstige Genüsse hergerichtet waren. Geng Erh kam die Frau bekannt vor, und er meinte, sie irgendwo gesehen zu haben.

«Ja, richtig.» Plötzlich erinnerte er sich und sagte leise zu Hsiau Djin: «Das ist Han Suyin, ich habe sie in Filmen und im Fernsehen gesehen.»

«Wirklich?» Hsiau Djins Augen weiteten sich, und ihre Brauen wölbten sich zu zarten Bögen, während sie neugierig auf die ausländischen Touristen starrte. «War da nicht eine Zeitungsmeldung, daß Genossin Tschiang Tsching sie empfangen habe? Wenn das so ist, muß ihr Begleiter, der wie ein Inder aussieht, ihr Mann sein, Herr Lu. Weil er Lu heißt, dachte ich, müsse er ein Chinese sein.»

Ganz offensichtlich schien das Paar die Landschaft zu genießen. Mit begeisterten Mienen zeigten sie hierhin und dorthin. Bald hatte ihr Boot das Linienboot überholt, und damit hatte Geng Erh sich das Paar aus dem Sinn geschlagen. Er gab sich wieder den faszinierenden Eindrücken der Landschaft hin und lauschte den Erläuterungen Hsiau Djins zu den Sehenswürdigkeiten: Gingkonuß-Sandbank, Dame im Spiegel...

Plötzlich bemerkte er, daß die Mitreisenden wieder unruhig wurden, und sah, daß das Sonderboot mit Han Suyin unmittelbar vor ihnen unbeweglich auf dem Wasser lag. Han Suyin, ohnehin auffallend, lachte und sprach lebhaft.

«Was gibt es, Genosse?» fragte er einen Passagier neben ihm.

«Es scheint, daß der Motor des Bootes mit den ausländischen Gästen defekt ist. Mag sein, daß der Kapitän unseres Schiffes ihnen helfen will.»

«Mit dieser Verzögerung werden wir zu spät nach Jangso kommen», bemerkte ein Fahrgast, der ärgerlich auf seine Armbanduhr schaute.

Doch schon bald lief der Motor des Extrabootes wieder, und dieses setzte seine Reise fort. Die Entfernung zwischen den beiden Schiffen vergrößerte sich rasch, und es war offensichtlich, daß das fahrplanmäßige Boot bewegungslos im Wasser lag. Die Fahrgäste wurden informiert, daß ihre Fahrt ausfiele.

Wie hätte Geng Erh die Blicke der Enttäuschung und der Entrüstung in den Gesichtern all dieser Reisenden je vergessen können?

«Solche Sachen passieren immer wieder», bemerkte Frau Dschang kommentarlos, als Geng Erh seine Geschichte beendet hatte.

«Aber die meisten Passagiere auf unserem Schiff wollten doch möglichst schnell irgendwohin!» sagte Geng Erh.

Hsiau Dschang schüttelte den Kopf über Geng Erhs Hartnäckigkeit. «Hast du vergessen, alter Geng?» fragte er ihn lächelnd. «Obwohl jedes Wort, das Lin Piao je geäußert hat, jetzt Gift ist, steckt doch eine tiefe Wahrheit in dem, was er am Tor des Himmlischen Friedens gesagt hat: ‹Die in der Kulturrevolution erlittenen Verluste waren sehr, sehr klein, aber der Nutzen war sehr, sehr groß.› Warum? Weil politischer Nutzen das wichtigste ist. Was bedeutet es schon, daß zwanzig oder dreißig Menschen nicht nach Jangso fahren und folglich nicht am gleichen Tag nach Hause kommen konnten! Es bedeutet jedoch viel, wenn Han Suyin im Ausland etwas Gutes über China sagen kann.»

«Aber das Problem ist doch...»

Aber Geng Erh wußte im Augenblick auch nicht zu sagen, was das eigentliche Problem sei. Was mochte wohl Han Suyin über den Vorfall gedacht haben?

Um halb zehn hatten sie auch das Obst gegessen, und Geng Erh stand auf und sagte bedauernd, daß er nun gehen müsse. Er hatte zwar gehofft, mit Hsiau Djin eine Verabredung treffen zu können, aber es hatte sich keine Gelegenheit dafür ergeben. «Alter Geng, komm doch zu uns, wenn du nichts zu tun hast», sagte Hsiau Dschang aufrichtig. «Meine Frau und ich machen nicht viel Umstände, und auch die Kinder möchten dich gerne sehen. Eines Tages wollen sie von dir Englisch lernen.»

«Ich komme bestimmt», sagte er hastig, indem er Ling-lings Schulter tätschelte. Er schämte sich ein wenig, daß er in den letzten Jahren die Familie bewußt gemieden hatte.

Hsiau Djin holte aus dem Nebenraum einen kunstvoll geflochtenen Bambuskorb aus Gueilin und gab ihn Geng Erh. Im Korb waren ein Glas mit pikantem Bohnenkäse und eine Flasche Wein. «Ich habe nichts Besonderes für dich, nur eine Kostprobe von unseren einheimischen Spezialitäten», sagte sie sanft.

«Hsiau Djin ...» Er schaute auf den Korb, dann auf sie und war so bewegt, daß er im Augenblick nicht wußte, wie er seinen Dank zum Ausdruck bringen sollte. Das bißchen Süßwein, das sie getrunken hatte, färbte ihre Wangen rosig und ließ ihre Augen noch mehr strahlen. Sie sah bezaubernd aus. Die winzigen Fältchen um ihre Augen erhöhten die Ausdrucksfähigkeit ihrer Züge, so daß ihr Lächeln um so wärmer wirkte. Der Wein und die glücklich verbrachten Stunden hatten auch Geng Erh erwärmt und beschwingt. In diesem Augenblick entschloß er sich: ‹Ich werde noch mal um eine Heiratsbewilligung ersuchen.› Dieses Mal würde er an Premierminister Tschu En-lai schreiben und notfalls seinen alten Schulfreund aus Amerika um Hilfe bitten. Ursprünglich hatte er geplant, nach der Rückkehr von seinem Auftrag in Gueilin die Angelegenheit seiner Heirat ernstlich zu betreiben. Unglücklicherweise war damals gerade die Anti-Lin Piao- und die Anti-Konfuzius-Kampagne angelaufen, und er hatte keine andere Wahl gehabt, als die Sache auf sich beruhen zu lassen. Bei diesem Gedanken machte er sich den Vorwurf, nicht aktiv genug gewesen zu sein.

«Ich begleite dich bis zum Hauptausgang», sagte Hsiau Djin und nahm ihre Mütze und ihre Handschuhe.

Hsiau Dschang, der bereits seine Mütze aufgesetzt und seinen Mantel übergezogen hatte, nahm daraufhin rasch seine Mütze wieder ab. «Gut, dann werde ich nicht mit nach draußen gehen. Alter Geng, komm wieder, sobald du Zeit hast.»

Obwohl es draußen fror, empfand Geng Erh mit Hsiau Djin an seiner Seite nicht die geringste Kälte. Er schaute auf den kleinen Bambuskorb, der von der Lenkstange seines Fahrrades herabhing und hin und her schwang, und sein Herz schien im gleichen Takt mitzuschwingen.

«Hsiau Djin», sagte er sanft.

«Ja?»

Sie schaute zu ihm auf. Beide blickten sich einen Augenblick an, dann senkte sie ihren Kopf wieder, während ein Lächeln über sein Gesicht glitt. Er machte seine linke Hand frei und legte sie zärtlich auf ihre Schulter. Aus der Ferne hörten sie zuweilen den Lärm explodierender Knallfrösche, dann umgab sie wieder die tiefe Stille der Neujahrsnacht. Geng Erh war an Stille und Einsamkeit gewöhnt, aber erst in diesem Augenblick, während er neben Hsiau Djin dahinschritt, erkannte er den Frieden und die Geborgenheit, die aus der Stille erwachsen. Auch Hsiau Djin, die mit ihren eigenen Gefühlen zu tun hatte, schwieg, um diesen friedvollen Augenblick nicht zu unterbrechen.

Als sie die Straße hinter dem Westtor erreicht hatten, brach Hsiau Djin das Schweigen.

«Alter Geng», sagte sie plözlich mit leiser und verhaltener Stimme, während sie ihren Gang verlangsamte.

«Ja?» Er neigte den Kopf und schaute ihr liebevoll ins Gesicht. Mit der Hand, die er um ihre Schulter gelegt hatte, zog er sie sanft an sich.

«Ich...» Sie begann zu sprechen, doch dann geriet sie ins Stocken und sah ihn ängstlich an, als ob sie nach etwas suche oder ihn anflehen wolle oder gar, um etwas zu beichten. Er konnte nicht ergründen, was in ihr vorging, aber er gewahrte, daß aus ihren schmalen Augen ein tiefes, geheimnisvolles Gefühl leuchtete.

«Was ist denn, Hsiau Djin?»

Besorgt blieb er stehen, beugte sich leicht über sie und schaute sie beunruhigt an.

Jäh wandte sie ihr Gesicht ab. Dann sagte sie, als ob die Worte ihr Mühe machten: «Ich habe mich verheiratet.»

«Verheiratet?» wiederholte er verständnislos. Seine Hand, die auf ihrer Schulter ruhte, fiel langsam und schlaff herab.

Rasch drehte sie sich um und schaute ihn direkt an.

«Du bist böse», sagte sie, und ihre Brauen zogen sich zusammen. «Du denkst, daß ich nicht auf dich warten wollte, aber ich hatte keine andere Wahl.»

Ihre letzten Worte klangen nicht nur unendlich traurig, sie enthielten auch einen Ton von Protest.

«Es ist alles meine Schuld», sagte er schließlich. Er fühlte sich vollkommen erschöpft. Seine Lippen waren so trocken, daß sie zu springen drohten.

«Sag das nicht.» Als sie sah, wie niedergeschlagen er war, fühlte sie sich noch elender, doch sie versuchte, ihn zu beruhigen, und sagte besänftigend: «Mein sozialer Hintergrund ist nicht gut und noch länger zu warten, hätte dir nur geschadet.»

Vielleicht empfand er, daß sein Ton zu schroff gewesen war; denn plötzlich begriff er, daß er sie hatte fallenlassen. Wie hätte sie auch länger warten können? Er hatte sich selbst bitter zu tadeln. Ich habe ihr niemals genug Hoffnung gemacht. Ich war zu selbstsüchtig.

Plötzlich wurde er der eisigen Kälte gewahr. So setzte er sich wieder in Bewegung, stützte Hsiau Djin mit der einen Hand und schob sein Fahrrad mit der anderen.

«Ich bin froh, daß du heiraten konntest, Hsiau Djin», sagte er in das Schweigen. Er zwang sich zur Gelassenheit und fühlte Stolz über seine Selbstbeherrschung. «Du hast vollkommen richtig gehandelt. Wenn du glücklich bist, bedeutet es auch für mich Freude.»

Hsiau Djin ging gesenkten Kopfes weiter und sagte kein Wort.

«Dein Ehemann ... wo ist er jetzt?» Geng Erh versuchte seiner Stimme einen natürlichen Klang zu geben, obwohl das Wort ‹Mann› ihm einen stechenden Schmerz verursachte. «Ich denke mir, ich mag eine zukünftige Ehefrau verloren haben, aber ich habe eine Freundin gewonnen.» Sie warf ihm einen dankbaren Blick zu und sagte: «Er ist ein altes Kadermitglied und seine Gesundheit ist nicht zum besten bestellt. Schon seit zehn Jahren ist er Invalide. Seine beiden Kinder haben ihre eigenen Familien und arbeiten beide im Nordosten des Landes. Darum kümmert es ihn wenig, wenn man ihn seiner zweiten Heirat wegen kritisieren sollte. Unsere Führer wußten, daß er jemanden braucht, der für ihn sorgt und darum werde ich nicht aufs Land geschickt.»

Bedauernswerte Frau! Geng Erh fühlte, daß er sie niemals so geliebt hatte wie in diesem Augenblick.

«Warum ist er nicht mit dir nach Peking gekommen?» fragte er. «Manchmal hat ein Klimawechsel eine günstige Wirkung auf die Gesundheit.»

«Er wird morgen kommen», antwortete sie schwach.

Morgen! Das überraschte Geng Erh so sehr, daß er sich mit

seiner Ferse um ein Haar im Hinterrad verfangen hätte. Warum waren sie nicht zusammen hergekommen? Beinahe wäre er mit dieser Frage herausgeplatzt. Als er aber Hsiau Djins Miene voller Hoffnungslosigkeit und Entsagung wahrnahm, blieb er stumm.

Schweigend gingen sie unter einer Straßenlaterne her. Mit dem Licht in ihrem Rücken schritten sie auf ihren eigenen Schatten dahin, ziellos wie es schien.

«Hsiau Djin». Wieder war er es, der zuerst das Wort ergriff. Das Schweigen bedrückte ihn. «Du bist eine tapfere Frau. Ich bin sicher, daß dein Mann gut zu dir ist. Ruf mich doch bitte an, wenn er angekommen ist, dann will ich euch beiden einen schönen Empfan bereiten.»

«Ach, alter Geng! . . . Unvermittelt blieb sie stehen. Sie blickte ihn fest an und schüttelte immer wieder den Kopf. Schließlich sagte sie: «Es ist das beste, wenn wir uns nicht wiedersehen.»

Einander nicht mehr wiedersehen! Ihm war, als sei ein schwerer Gegenstand gegen sein Herz geprallt. Ein Gefühl von Benommenheit und dumpfem Schmerz überkam ihn. Er begann zu zweifeln, ob dieser Schmerz ihn je wieder verlassen würde.

«Alter Geng, bitte, versteh mich.» Fast flehte sie ihn an. «Ich könnte es nicht ertragen, ich weiß es bestimmt, daß ich es nicht ertragen könnte.»

Plötzlich verlor Hsiau Djin ihre Fassung, und Tränen schossen ihr in die Augen. Sie wischte sie nicht weg, sondern ließ sie ungehemmt fließen.

«Ich werde nicht weiter mit dir gehen», sagte sie. Als sie sich umwandte, um zurückzugehen, ergriff Geng Erh ihre Schultern. «Ich werde dich nach Hause begleiten.»

Entschlossen schüttelte sie den Kopf und wischte sich die

Tränen ab. Er hatte bereits sein Fahrrad gewendet, doch als er sah, wie ernst es ihr war, zögerte er, weiterzugehen. Sie löste sich aus seinem Griff, schaute nochmals zu ihm auf und sagte leise: «Leb wohl.» Dann ging sie davon. Je weiter sie sich entfernte, desto rascher wurden ihre Schritte. Zu guter Letzt lief sie mit gesenktem Haupt in eine der Gassen hinein.

Geng Erh stand benommen da und schaute die Straße hinunter, wo sie noch eben gegangen war. Von irgendwoher kam der Knall eines explodierenden Böllers und das fröhliche Geschrei von Kindern. Das brachte ihn in die Wirklichkeit zurück. Vereinsamt drehte er sein Fahrrad wieder herum. Es war spät geworden. Weil er so erschöpft war, schob er sein Fahrrad und ging langsam heim.

Nixons Pressebegleiter

Die Trompetenstöße aus dem Lautsprecher, mit denen wir morgens beim Eintreffen in der Hochschule begrüßt wurden, schienen lauter und eindringlicher zu sein als sonst. Während wir uns noch darüber wunderten, was das zu bedeuten habe, sagte einer der Lehrer, es sei eine Sondersitzung für alle Abteilungen der Hochschule anberaumt worden. Sofort eilten mein Mann und ich zum großen Hörsaal, in dem derartige Versammlungen gewöhnlich stattfinden. Tatsächlich war er bereits mit Lehrern und Arbeitern überfüllt. Lau Ho, der Leiter des Revolutionskomitees der Abteilung, und Lau Diau, der Vertreter des Arbeiter-Propaganda-Korps, saßen allein in der vordersten Reihe. Lau Ho neigte sich hinüber und lauschte gespannt auf das, was Lau Diau ihm mit gesenktem Kopf und zugekniffenen Augen ins Ohr flüsterte. Wie stets trennten mein Mann und ich uns schweigend und gingen zu den Kollegen unserer eigenen Abteilung.

«Wozu wieder diese große Versammlung?» fragte ich eine Kollegin, während ich Platz nahm.

«Man sagt, es ginge um die Pressebegleiter Präsident Nixons. Es scheint, daß die ihn begleitenden Journalisten tatsächlich hierher kommen wollen», flüsterte sie zurück.

Diese Nachricht beruhigte mich. Ich lehnte mich bequem gegen meine Stuhllehne und wartete auf den Beginn der Sitzung. Solange es sich nicht um eine politische Kampagne oder gar um eine Säuberungsaktion handelte, war alles in Ordnung. Zur Vorbereitung des bevorstehenden Besuchs Nixons hatte schon vor drei Monaten das Studium aller diesbezüglichen Veröffentlichungen begonnen. Die Leute hatten sich nach und nach mit dem Inhalt vertraut gemacht und schließlich den Besuch als Tatsache akzeptiert. Nachdem sie sich zwanzig Jahre lang daran gewöhnt hatte, den ‹amerikanischen Imperialismus› lauthals als Feind Nummer eins anzuprangern, war es nicht so einfach, der Bevölkerung von einem Tag zum anderen klarzumachen, daß sie seinem führenden Repräsentanten einen herzlichen Empfang bereiten solle. Doch nach intensiver Lektüre aller umlaufenden Verlautbarungen glichen sich die Gedanken dem Gelesenen an. Niemand hatte diese Kehrtwendung der kommunistischen Politik um hundertachtzig Grad oder die bestehenden Widersprüche je öffentlich in Frage gestellt. Als bekannt wurde, daß die den Präsidenten begleitenden Journalisten nach Nanking kommen würden, machten sich die Kommissare der Provinzen und der Hauptstadt daran, diesen Besuch aufs sorgfältigste vorzubereiten. Selbst den Straßenkomitees gab man Testfragen, die möglicherweise von den Korrespondenten gestellt werden könnten, damit jeder die passenden Antworten vorher einstudieren und üben konnte.

Plötzlich unterbrachen die Lautsprecher ihr Programm, wie es immer um acht Uhr früh geschah. Automatisch stellte jeder seine Uhr.

Lau Ho stand zuerst auf, um zur Versammlung zu sprechen. «Guten Morgen, Genossen! Auf Anordnung der Provinzregierung haben wir diese Versammlung einberufen, um die Vorbereitungen zum Empfang für Nixons Pressebegleiter zu vervollständigen. Die achtzig Mann umfassende Gruppe von

Journalisten, die Nixon begleitet, wird möglicherweise morgen zu einem eintägigen Besuch nach Nanking kommen, so daß wir unbedingt gerüstet sein müssen. Heute wollen wir alle gewohnten Tätigkeiten einstellen, um eine Großreinigung durchzuführen und die Grünflächen herzurichten. Die gesamte Einrichtung des Labors muß geputzt und sowohl chinesisch wie englisch beschriftet werden. Falls notwendig, fordert Hilfe von der Sektion für ausländische Sprachen an. Wir nehmen an, daß die Journalisten nur einen Tag in Nanking bleiben wollen und daß daher kaum Aussicht besteht, daß sie unsere Hochschule besuchen. Aber der Vorsitzende Mao hat uns gelehrt: ‹Geht nicht unvorbereitet in den Kampf!› Deshalb wollen wir sorgfältige Vorbereitungen treffen, um für alle Eventualitäten gerüstet zu sein. Jetzt möchten wir Lau Diau, des Vorsitzenden Mao vorbildlichen Arbeiter vom Propaganda-Korps, bitten, einige Worte an uns zu richten.»

Lau Diau stand bedächtig auf, und seine dreieckig geformten Augen schweiften kalt über den Saal. Er räusperte sich laut und stellte einen Fuß auf den Stuhl neben Lau Ho. Da stand er, die rechte Hand auf das angezogene Knie gestützt, während er die linke Hand in die Seite stemmte: das Abbild eines selbstbewußten und arroganten Mannes. Im Hörsaal hörte man keinen Laut, und aller Augen waren auf das hochgezogene Knie gerichtet. Bei seinem Anblick wurde ich unwillkürlich an den Bösewicht Diau Dö-i in der revolutionären Peking-Oper Scha Djia Bang erinnert.

Lau Diau begann mit der üblichen Übersicht über die revolutionären Bewegungen der Welt, die das Ende des amerikanischen Imperialismus signalisierten. Danach erklärte er, daß Nixon gezwungen sei, herzukommen und um Frieden zu betteln, und wiederholte einige der Standardlehren und politischen Prinzipien, um anschließend jeden daran zu erinnern, daß es von ausschlaggebender Bedeutung sei, die besonderen Merkmale dieser Journalisten zu erfassen. Charakteristisch sei für diese ein dreifaches Übermaß, nämlich ein Übermaß an Herumlaufen, ein Übermaß an Fragen, ein Übermaß an Photographieren. «Doch wir haben unsere eigene Methode, mit ihnen fertig zu werden: Wir begegnen ihnen mit einer Haltung, die weder überheblich noch servil ist, weder zu entgegenkommend noch zu ablehnend, weder... äh, äh, mit anderen Worten: Wenn wir die Haltung der ‹Drei Weder› bei der Handhabung ihrer ‹Drei Übermaße› einnehmen, werden wir unbesiegbar bleiben.»

Plötzlich hob er seine Stimme und erklärte mit Nachdruck: «Geht morgen nicht auf die Straße, wenn ihr nicht etwas Wichtiges zu erledigen habt. Einige von euch müssen besonders achtgeben und sich geziemend benehmen!»

Zuerst wußte ich nicht, wovon er sprach, doch dann errötete ich unwillkürlich, als mir aufging, daß ich persönlich der Gegenstand seiner Anspielung sein könnte. Ich wagte es nicht einmal aufzublicken, aus Furcht, den Augen der anderen zu begegnen. Mir wurde unbehaglich zu Mute, und ich konnte kaum ruhig sitzen. Nichts war schlimmer als solche indirekten Angriffe, ohne daß Namen genannt wurden, damit sich jeder seinen eigenen Vers darauf machen konnte. Seine Unschuld zu beteuern würde nur als Beweis eines schuldbeladenen Gewissens ausgelegt werden. Somit war es das beste, die Anspielung zu überhören und die Kröte zu schlucken.

Nach Beendigung der Versammlung teilten wir uns in kleine Diskussionsgruppen auf. Da der Leiter unserer Gruppe abwesend war, um Instruktionen einzuholen, nahm Hsiau We, unser Neuigkeitskrämer, die Gelegenheit wahr, uns das Neueste aus Peking mitzuteilen; seine Frau hatte es von ihrem dortigen Verwandtenbesuch mitgebracht. Man munkelte, daß sich eine Frau während seines zweiten Besuchs an Henry Kissinger herangemacht und ihm eine schriftliche Klage überreicht hätte, als sein Wagen durch die Tschang An-Straße fuhr. Sie sei sofort von Sicherheitsbeamten in Zivil abgeführt und als Konterrevolutionärin eingesperrt worden. Hsiau We berichtete ferner, daß der Ehemann dieser Frau ein alter Parteifunktionär sei, der während der Kulturrevolution einer Umerziehung unterzogen worden war. Die Frau habe Kissingers Hilfe erbitten wollen, damit sein Fall neu aufgerollt würde.

«Die hat Courage, aber keinen Verstand», sagte Hsiau We. «Sie muß doch wissen, daß man sich ausländischen Besuchern nicht nähern darf, schon gar nicht einem Mann wie Kissinger.»

Obwohl dies nur ein Gerücht war und nichts darauf hindeutete, daß es sich bei der Frau um eine Auslands-Chinesin oder gar um eine Rückkehrerin aus den Vereinigten Staaten gehandelt hatte, wie ich es war, beschloß ich, sehr vorsichtig zu sein. Als die Diskussion begann, stand ich sofort auf und erklärte, daß ich mich morgen außer von meiner Wohnung ins Klassenzimmer und zurück nicht auf die Straße begeben und auch von kleineren Einkäufen absehen würde. Ein Rechtsradikaler in der Gruppe gab eine ähnliche Erklärung ab. Später, beim Saubermachen, kam unsere Gruppenführerin zu mir, klopfte mir auf die Schulter und sagte: «Seien Sie nicht so empfindlich. Lau Diau hat sicherlich nicht auf Sie angespielt.» Statt einer Entgegnung lächelte ich etwas gezwungen.

Mittags beim Nachhauseweg waren mein Mann und ich sehr niedergeschlagen. Schweigend bereiteten wir unser Mittagessen und verzehrten es, ohne ein Wort zu sprechen.

«Wir werden morgen nicht zum Markt gehen», sagte ich, «darum solltest du jetzt etwas einkaufen, ehe du wieder zum

Dienst gehst. Nimm, was gerade da ist, eine oder zwei Gemüsearten genügen.»

Obzwar zunächst verblüfft, nickte er schließlich, stellte seine Schale hin, nahm den Marktkorb und ging. Ich war zu müde und zu bekümmert, um den Tisch abzuräumen, und saß gedankenverloren da, bis ein Klopfen an der Tür mich aufrüttelte.

«Wer ist da?» fragte ich und öffnete die Tür. Es war Hsiau Miau, ein Mitglied unseres Nachbarschafts-Komitees.

«Lehrerin Hsin – haben Sie schon zu Mittag gegessen?»

«Ja. Bitte kommen Sie herein.» Ich trat einen Schritt zurück, um sie hereinzulassen. «Haben Sie etwas auf dem Herzen?»

«Ja», sagte sie ernst, während sie vor meiner Tür stehenblieb. «Wir haben den Auftrag, den Hof zu reinigen, weil morgen Nixons Pressebegleiter kommen sollen. Wir sollen das Unkraut jäten und aus allen Ecken und Nischen Abfall und Papier wegräumen und...» Sie zögerte, ehe sie fortfuhr: «Ja, und dann sollen wir die Wäschegestelle vor unseren Fenstern entfernen. Man fürchtet, die ausländischen Gäste könnten daran Anstoß nehmen.»

«Alle Gestelle zum Wäschetrocknen abnehmen?» Ich fand das übertrieben und lächerlich, unterdrückte jedoch ein Auflachen.

«Hsiau Miau, Nanking hat zahlreiche historische Sehenswürdigkeiten. Warum sollten sich die Journalisten gerade diese Gegend aussuchen? Selbst wenn sie wirklich vorbeikommen sollten, sitzen sie im fahrenden Auto. Sogar wenn sie auf ihren Wagen stehen würden, könnten sie unmöglich durch das Tor auf dieses Gebäude blicken, vor dem vier andere Gebäude stehen. Dabei würden sie nicht einmal die Dächer, geschweige denn die Fenster sehen können.»

«Ich handle nur im Auftrag des Nachbarschafts-Komitees.»

Dabei seufzte sie und streckte ihre Hände in einer Geste der Hilflosigkeit aus. «Ich muß ja auch unsere Gestelle abnehmen, obwohl wir sie erst vor einem Monat angebracht haben.»

Ich konnte sie nicht veranlassen, sich zu weigern, ihr Gestell abzumontieren, aber ich schüttelte den Kopf, um meinen Widerstand auszudrücken.

Mit welchen Schwierigkeiten hatten wir vor zwei Jahren unser Gestell angebracht! Nur um ein paar Bambusstangen zu bekommen, mußte mein Mann bis hinauf zum Konfuzius-Tempel fahren, und da kein Draht auf dem Markt zu haben war, hatte ich einen Kollegen bitten müssen, mir eine kleine Rolle aus seinem Labor zu überlassen. Dann brauchten mein Mann und ich fast einen ganzen Tag, um das Gestell mit drei Hängevorrichtungen vor unserem Südfenster anzubringen. Es war stabil genug, um darauf gleichzeitig zwei Bettdecken zu lüften. Aber zwei Jahre Wind und Regen hatten den Draht rosten lassen, und wenn wir es jetzt herunternähmen, würden wir es nie wieder anbringen können.

«Ich kann unser Gestell nicht abnehmen», sagte ich entschlossen. «Ich verspreche Ihnen, daß ich morgen keine Wäsche heraushängen werde, aber abmontieren kann ich das Gestell nicht. Wenn ich es täte, könnte ich es nicht wieder anbringen, und wo soll ich dann meine Wäsche trocknen? Schließlich sind Nixons Pressebegleiter auch Menschen. Selbst wenn sie die Gestelle zu sehen bekämen, wäre es unwahrscheinlich, daß sie etwas darüber äußern würden. Und täten sie es dennoch, könnten wir die Gelegenheit ergreifen, sie ‹umzuerziehen› und ihnen eine deftige Lektion erteilen.»

Hsiau Miau verschlug es die Sprache. Sie machte eine Handbewegung, lächelte mühsam und sagte leise: «Nun gut, aber ich habe Sie benachrichtigt.» Dann drehte sie sich auf dem Absatz um und ging.

Als ich an diesem Nachmittag auf dem Weg von der Hochschule durch das Tor des Wohnkomplexes kam, sah ich, wie die älteren Leute dabei waren, den Hof zu säubern. Einige harkten Blätter zusammen und andere entfernten hockend verwelktes Gras. Da es sehr kalt war, hatten alle besonders dicke Kleider übergezogen, so daß ihre Bewegungen noch langsamer und ungelenker waren als sonst. Alle Wäschegestelle der ersten Häuserreihe, die zur Straße hin lag, waren verschwunden. Beim Weitergehen konnte ich sehen, daß auch die meisten Gestelle der folgenden Reihe entfernt worden und die Eigentümer der restlichen dabei waren, diese ebenfalls abzunehmen. Sie arbeiteten in verdrossenem Schweigen. Als ich an der dritten Reihe vorbeiging, sah ich nur noch unser Gestell, während in der Nachbarschaft bereits alle abmontiert waren. Unser Nachbar war gerade dabei, das letzte Holzstück seines Gestells zu entfernen. Er brach es ab und warf alle Teile krachend auf den Boden, ohne ihnen auch nur einen Blick nachzuwerfen. Die Fensterreihe der oberen Stockwerke war nun von Gestellen befreit – nur das unsrige stak einsam in der aufziehenden Dämmerung. Während ich hinaufblickte, wurde mein Gang schwer; ich wußte nicht, ob ich stolz sein oder mich fürchten sollte.

Kurz danach kamen mein Mann und mein Sohn nach Hause. Kaum hatte er die Tür hinter sich geschlossen, polterte mein Mann los: «Das ist der reine Wahnsinn! – Ein einziges Wort, und jeder nimmt diese Dinger ab! Eben fragte mich jemand: ‹Wollen Sie wirklich Ihr Gestell nicht abnehmen?› Böse fragte ich zurück: ‹Warum haben Sie denn Ihres heruntergeholt? Wenn wir uns alle weigern würden, was könnte man dagegen tun?›»

«Genug davon!» unterbrach ich meinen Mann und blickte auf das Kind. Sofort hörte er auf.

«Sei brav und geh in das andere Zimmer zum Spielen. Mama wird dich rufen, wenn das Essen fertig ist.»

Als das Kind draußen war, folgte mein Mann mir in die Küche und fragte gereizt: «Was machen wir nun? Nehmen wir das Gestell ab oder nicht?»

«Natürlich nehmen wir es nicht ab!» erklärte ich grimmig. «Ausgerechnet wegen des Nixon-Besuchs sollen wir uns alle sozusagen selbst einen Schlag ins Gesicht versetzen! Das ganze Land ist bereits seit drei Monaten wie wild damit beschäftigt, sich auf seinen Besuch vorzubereiten, und nur, weil einige der ihn begleitenden Journalisten für einen Tag nach Nanking kommen, sollen wir alles auf den Kopf stellen. Nicht einmal auf die Straße dürfen wir gehen! Was denken die sich eigentlich? Glauben sie wirklich, daß ich Wert darauf lege, diesen Reportern zu begegnen? Nicht einmal an Nixon bin ich interessiert! Ich erinnere mich noch an seinen miesen Fernsehauftritt während der Gouverneurswahlen in Kalifornien, als er seinen Hund Checkers mit ins Bild brachte, um die öffentliche Sympathie für seine Verteidigung gegen die Anklage wegen Bestechung zu gewinnen. Meine amerikanische Zimmergenossin war damals so angewidert, daß sie ihn einen ‹politischen Müllhaufen› nannte. Da man uns Rückkehrern nicht traut und als Menschen zweiter Klasse behandelt, soll wenigstens ein lebloser Gegenstand wie unser Wäschetrockner für uns geradestehen. Alles, was wir tun können, ist, das Gestell in Stücke zu schlagen!»

Mein Mann versuchte, mich zu beschwichtigen. «Schon gut, schon gut! Wir werden es also nicht abnehmen. Denk jetzt nicht mehr daran und mach dich nicht krank. Koch was Gutes, während ich den Hof fege!»

Wir hatten nun unsere Entscheidung getroffen, aber ich war so aufgewühlt, daß ich nicht ordentlich kochen konnte: Der

Reis brannte an und der Spinat war noch roh. Beide hatten wir keinen Appetit und fanden keinen Gesprächsstoff, so stocherten wir uns schweigend durch das Abendessen. Nur unser Junge war unbekümmert wie sonst, plapperte munter drauflos und griff herzhaft zu.

Ich hatte gerade den Tisch abgeräumt und war dabei, Wasser in ein Becken zu gießen, um dem Jungen die Füße zu waschen, als mein Mann in höchster Erregung aus dem anderen Zimmer hereinstürzte: «Da kommt Frau Gau, wahrscheinlich kommt sie zu uns. Diese Frau ist mir ein Greuel, sprich du lieber mit ihr. Wenn sie wegen des Trockengestells kommt, argumentier nicht lange, sondern nimm es ab!»

Bei der Erwähnung Frau Gaus blieb mir fast das Herz stehen. Nie wäre mir der Gedanke gekommen, daß so ein Wäschegestell mir die Ehre des Besuchs der Vorsitzenden des Nachbarschafts-Komitees unseres Wohnblocks einbringen könnte. Sie war von ‹guter Herkunft› – vor der Befreiung war ihre Familie arm und ihr Mann Arbeiter und Parteimitglied gewesen. Seit der Grüdung dieser Hochschule wohnten sie und ihre ganze Familie im Pförtnerhaus unserer Wohnanlage, und sie war mit der Weitergabe von Nachrichten betraut. Obwohl noch keine vierzig Jahre alt, war sie äußerst erfahren und fähig, besonders was den Klassenkampf innerhalb des Wohnblocks betraf. Wenn sie die Frauen, die Alten und die Schwachen angriff, war sie wirklich furchterregend. Auf Grund ihrer Abstammung hatte sie sich berechtigt gefühlt, sechs Kinder zu gebären – eine rote Nachwuchsgeneration. Da aber das Einkommen ihres Mannes nicht ausreichte, alle zu ernähren, verließen sie sich auf die Wohlfahrt des Staates. Obwohl selbst kein leuchtendes Beispiel in der Geburtenbeschränkung, trat sie unentwegt für die Geburtenkontrolle ein und riet in beredter Weise zur Abtreibung, als ob ein zusätzliches Kind ein

Kapitalverbrechen sei. Sie hatte nur wenig Bildung genossen, war aber mit einer flinken Zunge ausgestattet, und bei ihrer durchdringenden Stimme und ihren bissigen Bemerkungen konnte keine Frau gegen sie ankommen. Mao Tse-tung hat einmal gesagt, daß die Frauen die Hälfte des Himmelsgewölbes tragen. Mir schien, daß in dem Teil der Erde, wo unser Wohnblick stand, das Himmelsgewölbe allein von Frau Gau gehalten wurde.

«Du bleibst hier und kommst nicht heraus», sagte ich zu meinem Mann und drängte ihn ins Nebenzimmer zurück. Ich wischte mir eilends die Hände ab, zog dem Jungen die Schuhe wieder an und schob ihn ebenfalls ins Nebenzimmer. Gerade als ich die Tür hinter mir zugezogen hatte, hörte ich das Klopfen an der Haustür. Wie vermutet, stand Frau Gau da. «Lehrerin Hsin, haben Sie schon gegessen?»

Ihre Worte waren höflich, aber ihr Gesicht war eisig und ernst. Die Hände auf dem Rücken verschwänkt, musterte sie mich von Kopf bis Fuß, um mir zu zeigen, daß sie es ernst meinte und mit ihr nicht zu spaßen sei.

«Ja, ich habe schon gegessen», antwortete ich. Mein Herz klopfte wild, und ich konnte meinen eigenen Atem hören, aber ich blieb in der Tür stehen und machte keine Anstalten, sie hereinzulassen.

«Sind Sie hier wegen der Trockengestelle?» Ich beschloß, mutig die Offensive zu ergreifen.

«Das ist richtig», gab sie mit gleicher Offenheit zu. «Ihres ist das einzige im ganzen Wohnblock, das noch draußen hängt, und wenn Sie es nicht abmontieren, bringen Sie uns bei den vorgesetzten Dienststellen in eine mißliche Lage.»

Natürlich wiederholte ich dieselben Gründe, die ich schon am Morgen Hsiau Miau gegenüber vorgebracht hatte, aber Frau Gau erwies sich als beachtliche Gegnerin. Sie überging die Möglichkeit, daß die Journalisten an unserer Straße vorbeikommen könnten, und betonte statt dessen die Bedeutung der Disziplin in den revolutionären Rängen. Unentwegt zitierte sie eine Reihe von Mao Tse-tungs Sprüchen, so daß schließlich meine Weigerung, das Gestell abzunehmen, zu einem Politikum wurde. Politischer Druck wiegt jedoch zu schwer, um ihn leichtzunehmen. Mein Ärger steigerte sich beim Anhören ihrer massiven Angriffe.

Seltsamerweise wirkte das Gespräch beruhigend auf mich. So sagte ich ziemlich gefaßt: «Ich meine, Sie sollten die Sache nicht übertreiben. Im Grunde handelt es sich um eine Kleinigkeit, und meine Weigerung, das Ding abzunehmen, ist nicht unbegründet. Beim Diskutieren eines Problems muß man von der Grundvoraussetzung ausgehen, und diese besagt in unserem Falle, daß wir den ausländischen Gästen unsere beste Seite zeigen wollen. Darin bin ich mit Ihnen einer Meinung. Die Frage ist: was ist mit unseren Wäschetrocknern nicht in Ordnung? Auch in Amerika gibt es viele Menschen, die ihre Wäsche in den hinteren Höfen zum Trocknen aufhängen...»

«Ich weiß nicht, was die Amerikaner tun, und kümmere mich auch nicht darum», unterbrach sie mich mit einer Handbewegung. «Wir sind hier in China und handeln nach unseren eigenen Regeln.»

Dieses Argument beschämte und verdroß mich zugleich, und mein Gesicht glühte, während ich ihrer schrillen Stimme lauschte, wobei ich sie fest anblickte. Eine Nachbarin gegenüber öffnete leise ihre Tür einen Spalt breit und streckte den Kopf heraus. Sie zog ihn aber sofort wieder zurück, als sie Frau Gau dort stehen sah, und schloß lautlos die Tür.

«Kein Mensch weiß, ob die ausländischen Gäste hier vorbeikommen oder nicht, aber selbst wenn sie nicht kommen sollten, so wäre das Abmontieren der Gestelle wenigstens ein kleines Opfer für die Revolution!»

«Der Staat verlangt keine unnützen Opfer!»

Im Vergleich zu ihrer barschen Stimme war der Ton meiner Weigerung leise, etwas zittrig und zart wie ein Spinnengewebe.

«Wenn die ausländischen Gäste tatsächlich hier vorbeikommen und Sie die einzige Familie sind, deren Gestell noch dort hängt, werden wir, die Partei-Kader, die Verantwortung dafür tragen, weil wir unsere Pflicht nicht erfüllt haben. Und selbst wenn sie nicht kommen sollten, was würden dann die Leute sagen? ‹Lehrerin Hsin tat gut daran, das Gestell nicht abzunehmen!› Wie können wir da künftig diesen Bereich in Ordnung halten?»

Der Zorn stieg in mir hoch, und am liebsten hätte ich sie angeschrien, daß sie eigennützig sei und nur an sich selbst denke. Aber da ich wußte, daß mit ihr nicht gut Kirschen essen war, hielt ich mich mit Gewalt zurück, bis ich am ganzen Leibe zitterte. Meine Brust zog sich in einem plötzlichen Schmerz zusammen, weil ich schon den ganzen Tag den Ärger in mich hineingefressen hatte; auch meine Rippen schienen sich zusammenzuziehen und drohten, mich zu ersticken. Ich preßte meine Hand auf die Brust, dachte an die Ermahnung meines Mannes und beschloß, die Diskussion aufzugeben. Bei dieser Frau konnte ich doch nie die Oberhand gewinnen.

«Ich werde das Gestell nicht herunternehmen», sagte ich ruhig, aber entschieden. «Wenn Sie es abnehmen wollen, so tun Sie es, und Sie werden es auch wieder anbringen, wenn die ausländischen Gäste abgereist sind.»

Frau Gau war verdutzt.

«Wie kann ich es für Sie abnehmen?» Sie änderte sofort ihren Tonfall. «Ausländische Besucher willkommen zu heißen und die Umgebung zu säubern, ist ein freiwilliger Einsatz der revolutionären Massen, die Partei würde niemals jemanden dazu zwingen. Wenn Sie das Gestell nicht abnehmen, so ist das Ihre Sache; sollten sich aber Folgerungen daraus ergeben, dann sagen Sie nicht, daß wir uns nicht pflichtgemäß verhalten hätten!»

Da mir die Kraft zu einer Antwort fehlte, starrte ich nur auf ihr dreieckiges Gesicht, das länger und schärfer zu werden schien. Und obwohl ihre Augen nicht die Form eines Dreiecks hatten, ähnelten sie in ihrer arroganten Kälte denen von Lau Diau. «Das wär's also!» Sie zischte diese Worte durch die Zähne, drehte sich um und ging, die Arme auf dem Rücken verschränkt und hoch erhobenen Kopfes, davon. Die harten Nylonsohlen ihrer Tuchschuhe klopften im Marschrhythmus auf dem Zementboden. Ich schloß die Tür.

In jener Nacht schlief ich schlecht und schrak immer wieder auf.

Der folgende Tag verging ruhig und ereignislos. Am dritten Tag kam die Nachricht, daß Nixons Pressebegleiter kein Interesse an Nanking gezeigt hätten und direkt nach Hangtschau gefahren seien. Nur zwei französische Korrespondenten seien gekommen, hätten jedoch lediglich einen Bummel in der Umgebung des Neuen Marktes gemacht, ehe sie noch in derselben Nacht wieder zu ihren Kollegen gestoßen seien. Daraufhin begannen die Bewohner unseres Wohnblocks zu hämmern und zu nageln. Eine Familie nach der anderen brachte allmählich die Gestelle zum Wäschetrocknen wieder an. Nixon hatte China längst verlassen und war bereits in den Vereinigten Staaten eingetroffen, und noch immer waren die Gestelle vor den Fenstern unseres Wohnblocks nicht vollständig wieder angebracht worden.

Nachwort
von
Simon Leys

Chen Joh-hsi, 1938 in Taiwan geboren, stammt aus einer Handwerkerfamilie – ihr Vater und ihr Großvater waren Zimmerleute. Auf der chinesischen Literaturszene – außerhalb der Volksrepublik China – ist ihre Bedeutung weitgehend anerkannt; seit englische Übersetzungen ihrer Texte vorliegen, genießt sie auch international Ansehen. Ihr Werdegang ist ungewöhnlich: Sie studierte Literaturwissenschaften an der Nationalen Universität von Taiwan und begann schon früh, literarische Texte zu veröffentlichen. Schon ihre ersten Arbeiten waren vielversprechend, zeigten aber einen Manierismus, dessen formaler Anspruch vielleicht einen gewissen Mangel an Substanz zu kompensieren suchte. Während eines Aufenthalts in den Vereinigten Staaten, wo sie ihre Studien fortsetzte, beschloß sie, gemeinsam mit ihrem Mann in die Volksrepublik China überzusiedeln, um ‹dem Volk zu dienen›. Schon bald mußte sie erkennen; daß diese Entscheidung, politisch gesehen, naiv war, gleichzeitig war sie jedoch unglaublich großherzig und mutig. (Genau das konnten ihr manche heuchlerische Maoisten unter ihren überseeischen Kollegen am wenigsten verzeihen, da sie selbst klugerweise in der besseren Hälfte der Welt geblieben waren, wo sie alle Möglichkeiten genießen, die westliche Universitäten bieten. Von Zeit zu Zeit machen sie kurze, komfortable Reisen nach China – gerade lang genug, um ihr Image zu polieren und sich in den Augen ihrer ausländischen Zuhörerschaft als Chinaexperten zu profilieren.) Chen Jo-hsi verbrachte sieben Jahre in China und erlebte die gesamte Kulturrevolution mit. 1973 erteilte man ihr die Ausreisegenehmigung, und sie durfte mit ihrem Mann und ihren beiden Kindern das Land wieder verlassen. Sie gingen zuerst nach Hongkong und ließen sich dann in Kanada nieder.

Chen Jo-hsi war als Schriftstellerin schon hervorgetreten, bevor sie in die Volksrepublik China übersiedelte – während ihres Aufenthalts in diesem Land schrieb sie keine einzige Zeile. Nachdem sie es verlassen hatte, erkannte sie ihre Berufung, durch Schreiben Zeugnis zu geben von all den Menschen, die sie zurückgelassen hatte – von Freunden und flüchtigen Bekannten, von einfachen Männern und Frauen, die in ihrer Verlassenheit, in den Demütigungen, denen sie ausgesetzt waren, in den zahllosen Verhören durch ihre Würde und ihre unbeirrbare Menschlichkeit tiefen Eindruck auf sie gemacht hatten. Vielleicht versuchte sie auch unbewußt herauszufinden, von welcher Bedeutung diese sie gleichzeitig ebenso sehr motivierende wie auch sterile Periode für sie war, und sie in ihr Leben einzuordnen. Rückblickend wollte sie dieser Zeit Sinn und Wert verleihen, wollte aus der Sicht des Schriftstellers Zusammenhänge in Konfusion und Chaos sichtbar machen und mit literarischen Mitteln die Vergeudung menschlicher Substanz bei einem herzzerreißenden Experiment wiedergutmachen.

Sie führt uns eine Galerie lebendigster Charaktere vor, zeigt uns ganz unterschiedliche Lebensumstände, ja, einen wahren Mikrokosmos aus dem heutigen China, eine unvergeßliche Comédie humaine aus Maos großem Reich: Da gibt es herablassende Angehörige mittlerer und niederer Kader, Intellektuelle und Arbeiter, junge Aktivisten und zweifelhafte Kerle, die sich an der Gesellschaft schadlos halten; Menschen, die aus tiefster Überzeugung nach kommunistischer Doktrin handeln; gerissene Funktionäre, verbrauchte alte Männer, soziale Aufsteiger – selbst Han Suyin erscheint in einer kurzen, doch eindrucksvollen Szene, die den Anschein von Authentizität besitzt –, diese Frau, die im wirklichen Leben als Phantasieprodukt wirkt, wird in der Erzählung wieder zur glaubwürdigen Realität.

Die ‹große proletarische Kulturrevolution› war eine die Menschen zutiefst erregende Erfahrung, die das Leben all der Millionen Chinesen volle elf Jahre lang unmittelbar bewegt hat[1]. Und dennoch hat sie in China nicht einen einzigen Roman hervorgebracht, sie hat nicht ein einziges Gedicht inspiriert, in keiner einzigen Kurzgeschichte ihren Niederschlag gefunden. Diese verblüffende Austrocknung der literarischen Szene verwunderte gelegentlich sogar Mao. Mit der ihm eigenen Direktheit stellte er im Juli 1975 fest: «Die Menschen fürchten sich, ein Schauspiel oder einen Artikel zu schreiben; Romane oder Gedichte gibt es ebensowenig[2].» Da die sogenannte ‹Viererbande› für all das Unheil, das sie verursacht hat, inzwischen gebührend getadelt wurde, werden wir wohl niemals literarische Beschreibungen der glorreichen Kämpfe und Siege der ‹Kulturrevolution› zu lesen bekommen. Kann man sich etwa die ehemaligen Roten Garden vorstellen, wie sie stolz berichten, daß sie Teng Hsiao-ping herumzuschubsen pflegten, daß sie Chen Yi, Tschu Teh und Ho Lung drangsalierten, Lo Yui-ching vor ein Laientribunal schleiften und Tschu Yang mit einer Narrenkappe durch die Straßen trieben? Ach, die tapferen Rebellen von gestern sind zu eifrig damit beschäftigt, in so abgelegenen Gegenden wie Sinkiang und Hainan Dung zu karren und Kohl zu pflanzen, als daß sie Muße fänden, ihre Erinnerungen zu schreiben.

Da die Bürger der Volksrepublik über die Vorgänge dieser turbulenten Ära, die sie am liebsten einfach vergäßen, Schweigen bewahren müssen, können uns nur solche Autoren eine literarische Darstellung der Lebensumstände im China jener ereignisreichen Dekade vermitteln, denen es gelang, das Land zu verlassen. Vor einigen Jahren brachte eine Gruppe junger Revolutionäre, die unter Lebensgefahr nach Hongkong geflüchtet waren, eine interessante und zuweilen herzbewegende Anthologie von Essays, Kurzgeschichten und Gedichten heraus. Einige waren von ihnen selbst verfaßt, andere hatten Freunde und Bekannte, die in China zurückgeblieben waren, ihnen zukommen lassen. Obwohl wichtig und informativ, war dieses Buch[3] in künstlerischer Hinsicht unfertig. Keng Lings autobiographische Rechtfertigung seiner Tätigkeit als Führer der Roten Garden[4] ist *das* grundlegende psychologische Dokument dieser historischen Tragödie; und doch müssen wir sie aus unserer Betrachtung ausklammern, da sie weder einen literarischen Wert besitzt noch auf chinesisch geschrieben wurde.

So bleibt also Chen Jo-hsi die einzige Schriftstellerin von literarischem Rang, die Zeugnis ablegt von der Zeit der Kulturrevolution, von Erfahrungen, die in China im Alltag der einfachen Leute gemacht wurden. Weil sie eine verborgene Realität eindringlich festzuhalten wußte, behauptet ihr Werk eine überragende Stellung inmitten einer geistigen Landschaft, in der es daneben keinerlei künstlerische Aussagen gibt; ihre Worte, in frei gewählter Askese um so einfacher, je stärker die überwältigende, gefühlsmäßige Intensität ihrer Botschaft sich einprägt, gewinnen eine unvergleichliche Resonanz inmitten des ungeheuren Schweigens. Angesichts dieser Umstände erscheint es überflüssig, die Bedeutung dieses Buchs für die chinesische Wirklichkeit von heute noch zu unterstreichen – doch als ich auf einer Konferenz über ‹Literatur und moderne asiatische Gesellschaftsformen› einen Vortrag hielt, sah ich zu meiner Überraschung, daß er auf dem Programm unter dem Titel ‹Marginality and Alienation‹ (Randerscheinung und Entfremdung) aufgeführt war. Dennoch kann ich den Standpunkt des Veranstalters in etwa begreifen. Betrachtet man ihn näher, läßt sich die Position Chen Jo-hsis im Kontext der zeitgenössischen chinesischen Literatur besser definieren.

Anders gefragt: Welche Art Literatur ist im heutigen China weder marginal noch entfremdet? Die Antwort lautet selbstverständlich: Jeder Text, der erfolgreich die verschiedenen Hürden der Zensur passiert hat, der gelehrig den zahlreichen, verzwickten, wechselnden Forderungen der politischen Orthodoxie zu folgen versteht und darum für wert befunden wird, im Druck zu erscheinen. Zweite Frage: Können solche Texte, die weder marginal noch entfremdet sind, als Literatur gewertet werden. Was ist Literatur? (Für gewisse Kollegen Sinologen, die das *wissenschaftliche* Studium der Literatur betreiben und sich sorgfältig hüten, die Sünde einer *subjektiven* Wertung auf sich zu nehmen, scheint bereits die Tatsache, daß der Text gedruckt wurde, ein ausreichendes Kriterium; ich wundere mich nur, daß sie nicht auch das Telefonbuch in ihre allzu beflissenen Forschungen mit einbeziehen.) Was aber ist zu den Anforderungen zu sagen, die die Schriftsteller unter Frau Maos kulturellem Regime zu achen hatten? Ich habe andernorts bereits ausführlich diese typischen, präzise aufgeführten Bedingungen zitiert, die allen potentiellen Mitarbeitern bzw. ihren Beiträgen von einer maoistischen Literaturzeitschrift auferlegt wurden[5]. Diese Richtlinien, denen sich jede literarische Tätigkeit in den vergangenen elf Jahren in China zu unterwerfen hatte und die auch heute noch weitgehend ihre Kontrollfunktion ausüben, mögen uns grotesk vorkommen. Sie stellen aber zweifellos einen bemerkenswerten Versuch dar, die Kulturpolitik, wie sie 1942 von Mao selbst bei seiner berühmten Intervention auf dem Yenan-Forum für Kunst und Literatur formuliert wurde, auf möglichst künstlerische, konkrete und komplette Weise zu realisieren. (Hier, wie überall sonst, tritt die ‹Viererbande›, die eigentlich ‹Fünferbande› hätte heißen müssen, denn ohne Mao wäre sie nicht existenzfähig gewesen, für eine Art unverdünnten Maoismus ein, der für den menschlichen Gebrauch, wegen seines hohen Reinheitsgrades, gänzlich ungeeignet ist.)

Die Art, nach derlei Richtlinien zu schreiben, war bereits dreißig Jahre vorher durch Lu Hsün, den großen revolutionären Schriftsteller, den in China jeder kennt und keiner liest, angemessen qualifiziert worden: «Meiner Ansicht nach fehlt aller Literatur, die für politische Propaganda benutzt werden kann, jegliche Überzeugungskraft. Gute Literatur verweigert sich der Einmischung von außen, sie kümmert sich nicht um praktische Erwägungen, sie entspringt spontan dem Herzen. Wenn man Autoren ein Thema stellt, so ist das ebenso, als ob man sie ‹Achtfüßige Essays› schreiben ließe[6]. Es wird nicht nur wertlose Literatur dabei herauskommen, schlimmer noch: es wird das Volk kalt lassen[7].

Zweifelsohne ist der ‹Achtfüßige Essay› das Konzentrat der nicht-marginalen, nicht entfremdeten Literatur: von der Regierung offiziell gefördert, war sie der Schlüssel zu gesellschaftlichem Status, bürokratischer Anerkennung und politischer Macht. Sind ‹Achtfüßige Essays› Literatur?

Das Paradoxon besteht darin, daß diese ‹Achtfüßigen Essays›, die in der Volksrepublik als Literatur gelten, dem Volk, zu dem sie nur zufällige Bezüge haben, vollständig fremd bleiben. Man erwartet von dieser Literatur nicht, daß sie normale Menschen (Chung chien jen wu) beschreibt, sondern ‹heroische Typen› (Ying hsiung tien hsin); sie bewegen sich am äußersten Rande des normalen Lebens, das sie nicht genau zu beschreiben wagen, da das ‹große sozialistische Vaterland›[8] dadurch verleumdet würde. Die Politik des Ästhetik, wie die Partei sie betreibt, bewahrt sie davor, irgend etwas von den aktuellen menschlichen, sozialen, ökonomischen und politischen Lebensbedingungen zu enthüllen. Sie spiegelt nicht die Wirklichkeit wider, sondern das, was die Partei als Wirklichkeit zu sehen wünscht; sie beschreibt nicht, sondern belehrt und setzt die Maßstäbe; sie läßt keine Inspirationen zu, die der Natur, dem Menschen selbst oder der Gesellschaft entspringen, sondern den Memoranden und Instruktionen der Parteipropaganda.

Daraus folgt, daß wahre Literatur – definitionsgemäß – von sozialen Außenseitern und politisch Exilierten geschaffen wird, von Einzelgängern in den Randgebieten des Offiziellen, die dem Staat entfremdet sind. Um ihre künstlerische Integrität zu wahren, verurteilen die Autoren sich selbst zur Häresie.

Dieses Phänomen, das sich in allen Aspekten des intellektuellen und geistigen Lebens zeigt, das man auch die ‹kreative Funktion des Exils› nennen könnte, enthüllt noch mehr. Claude Roy sagt dazu: «Um zu einer klaren Erkenntnis zu gelangen, benötigt man einen gewissen Abstand. Dieser artet fast immer in eine Exilierung aus, wobei nicht notwendig die Exilierung von einem bestimmten Ort, einem Vaterland, gemeint ist, immer jedoch vom Einfluß, vom Vermögen, von Macht. Ich halte es nicht für einen Zufall, daß unter den sieben Männern, die in den letzten hundert Jahren den menschlichen Geist ein gutes Stück vorangebracht haben, fünf Juden waren, ein Ire, ein Katalane – sieben ‹Welsche› also, und alle sieben lebten im Exil: Marx, Freud, Kafka, Einstein, Wittgenstein, James Joyce und Picasso. Will man einen genauen Überblick gewinnen, muß man die Dinge aus einer gewissen Entfernung betrachten, aber wer zu genau hinsieht, wird schließlich von den Kurzsichtigen und Blinden verdammt[9]. Ein Essay über die Bedeutung des Exils für den kulturellen und wissenschaftlichen Fortschritt in unserer Zeit bliebe noch zu schreiben. (Um wieviel ärmer wären z.B. unsere politischen Einsichten ohne die erhellenden Lektionen, die uns die bedeutenden sowjetischen Dissidenten erteilt haben – Khafarewitsch, Sinowjew, Orlow, Solschenizyn, Amalrik und andere. Und es wird noch viele mehr geben, da die Chinesen erst anfangen, außerhalb Chinas zu veröffentlichen.)

Es ist verblüffend zu sehen, daß seit der Antike *eine* bedeutende Tradition der chinesischen Literaturkritik dem Exil eine privilegierte Funktion zuerkannte, dem Außenseiter, dem entfremdeten Autor. Literatur wurde aufgefaßt als die abweichende Meinung eines einzelnen (siehe die Werke des alten Poeten Chü Yuan), als Ausdruck der moralischen Entrüstung, der Frustration und des heiligen Zorns (die Werke des Historikers Ssu-ma Chien). Diese Begriffe, die in jeder Epoche wieder auflebten, erfuhren im 20. Jahrhundert einen neuen Auftrieb. Chou Tso-yen z.B. hält Literatur ihrem Wesen nach für ‹rebellisch›[10], während Lu Hsün in seinem Essay ‹die divergierenden Pfade von Literatur und Politik[11]› seiner Auffassung von der ‹ständig wachsenden Entfremdung des Schriftstellers gegenüber der politischen Macht› leidenschaftlichen und präzisen Ausdruck verlieh. Er fordert, der Schriftsteller solle der ‹immerwährende Dorn› im Fleisch der herrschenden Regierung sein: «Der Staatsmann haßt den Schriftsteller, weil der Schriftsteller den Samen des selbständigen, abweichenden

Denkens, den Dissens sät; der Staatsmann träumt davon, daß er das Volk hindern könne zu denken. Darum beschuldigt er Künstler und Autoren immer wieder, im Staatswesen Unruhe zu stiften.›

Um Unruhe zu stiften, brauchen die modernen chinesischen Autoren nicht einmal ihre Regierung anzugreifen; es genügt, daß sie es wagen, ihrem Beruf gemäß, nüchtern über die Lebensumstände ihres Volkes zu berichten. Wenn solches Tun Chen Jo-hsi zur Außenseiterin gemacht und ihrem Volk entfremdet, ja vielleicht sogar ins Exil getrieben hat – dann heißt das: sie hat nun den ihr gebührenden Platz in einer von Chinas ältesten literarischen Traditionen einnehmen können – derjenigen, die augenblicklich von brennender Aktualität ist.

Für Autoren wie Chen Jo-hsi, die als ‹Außenseiter und dem Volk entfremdet› gelten, ist literarische Arbeit im heutigen China, wenn sie insgeheim geschieht, nicht einmal ganz ausgeschlossen (wie es durch Texte aus ‹Daring to sing a Song which moves the Earth›, S. 227 und Nr. 3 bezeugt wird oder gar durch so kraftvolle Manifeste, wie sie von dem politischen Dissidenten Li Ye-chi verfaßt wurden). Dennoch bleibt sie drastisch eingeengt, einmal weil eine solche Tätigkeit mit horrenden Strafen belegt wird, zum anderen weil die gesamten soziopolitischen Gegebenheiten so dicht miteinander verflochten sind, daß dem einzelnen kein Raum dafür bleibt, denn weder findet er Muße und die entsprechende Zurückgezogenheit, noch bringt er die geistige und seelische Autonomie dafür mit. (Verglichen mit den Russen zahlen die Chinesen einen hohen Preis dafür, daß sie ein hochzivilisiertes Volk mit uralter Tradition sind; das sowjetische System wies nämlich selbst in den Zeiten härtesten Durchgreifens zahlreiche Durchlässe auf, infolge der sehr geringen Bildung und einer gewissen Trägheit der breiten Masse, während das maoistische System dank dem intellektuellen und organisatorischen Genius des chinesischen Volkes sein stalinistisches Vorbild schon bald bei weitem übertreffen konnte.)

Wie schon erwähnt, schrieb Chen Jo-hsi keine Zeile, solange sie in der Volksrepublik lebte, und sie begann bereits zu zweifeln, ob sie je wieder dazu fähig sein würde. In gewisser Weise ist die jähe und totale Lähmung ihres dichterischen Impetus während ihrer Zeit in China ebenso bezeichnend wie der schöpferische Drang, der sie nach ihrer Ausreise ergriff. Ihre Erfahrung kann uns helfen, die führenden Schriftsteller des modernen China zu verstehen, die nach der ‹Befreiung› in Schweigen und absolute Sterilität verfielen: Pa Chin, Mao Tun, Lao She, Sh'ang T'ien, Ch'ien Chung-shu, Shen Ts'ung-wen und andere; sie produzierten entweder seichte Feuilletons oder vergruben sich in wissenschaftlicher Forschungsarbeit. Keiner von ihnen hat seinen früheren Werken ein adäquates neues hinzugefügt. Das ist allerdings nicht nur die Folge des kulturellen Bankrotts. So bemerkt Michel Tournier: «Tyrannei ist die übelste Verschwendung. Das beweist sich auf jeder Ebene, und in Ländern, wo die Dichter verstummt oder vertrieben sind, müssen die Hausfrauen zwangsläufig vor den Läden Schlange stehen[12].»

Da das Schweigen der chinesischen Autoren politisch so viel aussagt, gewinnt die Botschaft des einen, der seine Stimme erhebt, unweigerlich auch eine politische Dimension. Das ist vor allem durch das System an sich bedingt, mehr noch als durch den Text des Autors, wie Jean F. Revel schreibt: «Das totalitäre Regime verdammt ein Buch nicht, weil es eine politische Absicht ‹verbirgt›, im Gegenteil: Weil das Regime totalitär ist, präsentiert sich jedes Buch dem Regime als Politikum, genauer gesagt, es kann eben nur als Politikum betrachtet werden für oder gegen das Regime, da sich das totalitäre Regime als Einheit versteht, dessen Einzelelemente nicht voneinander getrennt werden können[13].»

Im Reich der Lügen ist die geringste Wahrheit revolutionär; die Wahrheit an sich wird subversiv. So nehmen die Kurzgeschichten von Chen Jo-hsi, die sich zuweilen nur mit unbedeutenden Ereignissen aus dem Leben der kleinen Leute befassen, Geschichten, die grau in grau schattiert sind, in den Augen maoistischer Kritiker die stolzen Ausmaße einer ‹Kriegsmaschine› an!

Das politische Potential dieser Geschichten entging auch nicht den aufmerksamen Behörden Taiwans. Tatsächlich wollte die Zensur zunächst die Veröffentlichung untersagen. Wurden hier nicht Bürger der Volksrepublik gezeigt, die auf dem Markt Hühnchen kaufen oder im Restaurant Hammeltopf essen? Würde man der orthodoxen Propaganda der Kuomintang Glauben schenken, so hätten sie nur Baumrinde mampfen dürfen. Schlimmer noch, hier wurden nicht nur Hinweise geboten auf die Beliebtheit des Premiers Tschou En-lai bei den Massen, sondern auch das unvergeßliche Porträt eines attraktiven jungen Mädchens, einer stolzen Tochter des neuen China, die sich glücklich und vertrauensvoll Maos Kulturrevolution mit Begeisterung anschließt. Das alles konnte doch nur von einem Agenten der ‹United Front› stammen. Etwas später jedoch revidierten scharfsinnigere Beamte dieses voreilige Urteil und entschieden, daß man statt dessen das Beste aus Chens Texten machen und sie, nach gebotenen Streichungen hier und dort, zu antikommunistischen Propagandazwecken benutzen solle[14]. Diese Entscheidung war genauso unglückselig wie die vorangegangene, da sie die Bedeutung Chens ebenso gründlich mißverstand.

Daß ihre Geschichten eine politische Aussage enthalten, ist nicht zu leugnen. Man kann schon jetzt voraussagen, daß bedeutsame Doktorarbeiten über die ‹Aspekte der chinesischen Kultur in soziopolitischer Hinsicht, reflektiert im dichterischen Werk der Chen Jo-hsi› geschrieben werden; und, in der Tat, selbst wenn man nur wenig von ihr gelesen hat, gewinnt man ein tieferes und umfassenderes Verständnis für den wirklichen und angewandten Maoismus als beim Durcharbeiten einer ganzen Bibliothek politisch-wissenschaftlicher Werke. (Wie oft haben chinesische Freunde – frühere Bürger der Volksrepublik, die daran verzweifelten, einem westlichen Auditorium begreiflich zu machen, was in China vorgeht – uns gedrängt, schleunigst Chens Arbeiten zu übersetzen, die nach ihrer Ansicht allein die Kommunikationslücke zu überbrükken vermochte.) Aber obwohl Chens Geschichten tatsächlich einen Zweck verfolgen und einer bestimmten Motivation entsprangen, darf nicht übersehen werden, daß es sich hier um literarische, nicht um politische Texte handelt.

Chen Jo-hsi erzählt; sie schreibt Fiction, nicht Essays. In einer theoretischen Abhandlung bemüht sich der Autor, Gedanken zu übermitteln, die er mit seinem Verstand erarbeitet hat. Erzählen dagegen ist ein schöpferischer Akt. Fiction schreiben bedeutet für den Autor, Erfahrungen zu sammeln wie bei einer Entdeckungsreise. Einen Essay könnte man zweidimensional nennen, er entwickelt sich auf rein intellektueller Ebene; Fiction aber gewinnt in der Eruption von Leben und Wirklichkeit eine dritte Dimension – unvorhersehbar, unausschöpflich, unbestimmbar, doppeldeutig, vielgesichtig, widersprüchlich, der engen Definition von Begriffen sich immer wieder entziehend.

Wenn ein Essay zwei oder drei differenzierende Deutungen zuläßt, so ist das ein Beweis dafür, daß entweder der Autor oder der Leser irrt, der Inhalt nicht verdeutlicht oder erfaßt werden konnte. Wenn dagegen ein Werk der Erzählkunst verschieden aufgefaßt werden kann, hat es seinem schöpferischen Anspruch genügt: es spiegelt die Wirklichkeit des Lebens, die niemals eindeutig ist.

Schriftsteller oder Wissenschaftler, die die Volksrepublik aus rein intellektueller Sicht betrachten, weil sie entweder überhaupt kein persönliches oder emotionales Engagement für sie haben oder weil man ihnen jeden tiefer gehenden Kontakt verweigert hat (wie es gewöhnlich das traurige Los der Ausländer ist, die man sorgfältig von den Chinesen getrennt hält), mögen theoretische Abhandlungen über dieses Thema für einfach halten – seien sie nun objektiv (was immer dieses Wort bedeuten mag), kritisch oder voll des Lobes. Doch für jemanden, der dort gelebt hat als Chinese unter Chinesen, der im Volk aufgegangen ist, eingesogen vom Mahlstrom der Wirklichkeit, einer, der gleichzeitig gehalten und mitgeschleppt wurde im dichten Netzwerk chinesischer menschlicher Beziehungen – subtil, alles durchdringend, herzlich und grausam, einfühlsam und unbarmherzig, bitter und humorig, gefährlich und liebenswürdig, immer aber überwältigend – diesen Menschen fällt es nicht leicht, Urteile zu fällen und Schlüsse zu ziehen. Für einen Autor, den seine Erfahrungen bis an die Wurzeln des Seins erschüttert haben, der sich verwirrt und verwundet wiederfindet, konfrontiert mit einer neuen Entdekkung, einer neuen Sicht der Welt und seiner eigenen Stellung darin, bedeutet die Niederschrift von erzählender Prosa eine einzigartige, wirkungsvolle Reaktion.

Der erste Impuls des Zensors in Taiwan war sicherlich berechtigt: von seinem Standpunkt aus ist Chens Buch gefährlich, denn es enthüllt, daß die menschlichen Gegebenheiten in der Volksrepublik komplex und unverändert geblieben sind trotz aller Propagandaklischees. (In ihrer Ablehnung der Autoren, die so schwer politisch zu fixieren sind, stehen die Zensoren der Kuomintang ihren Kollegen in der Volksrepublik in nichts nach; beide mißtrauen den einfachen Wahrheiten und suchen die Schriftsteller an der Beschreibung der Realität zu hindern.)

Wenn Fiction das beste Werkzeug ist, verblüffende und wechselnde Erfahrungen auszuwerten, so hindern die unabdingbaren Regeln des Handwerks den Autor daran, diese Erfahrungen zu verfälschen und dem Leser bei Strafe der zwangsläufigen Zerstörung des eigenen Werks vorfabrizierte Auffassungen vorzusetzen. Hier bietet die künstlerische Leistung die Garantie für intellektuelle Integrität und ist ihr Lohn.

Mit einer klar und scharf durchdachten These, mit einer starken und luziden politischen Motivation kann man einen brillanten Essay schreiben, niemals aber einen guten Roman[15]. Wenn der Erzähler falsch spielt, um seine Absicht besser zu verdeutlichen – falls er überhaupt eine Tendenz verfolgt –, dann verliert der Text sofort seine Glaubwürdigkeit, und die Charaktere erstarren zu Marionetten. Der Puppenspieler führt seine Puppen, der Schriftsteller dagegen wird von lebendigen Geschöpfen geleitet. (Man erinnere sich, wie eilig Dostojewskij es immer hatte, an seinen Schreibtisch zurückzukehren, um zu erfahren, was Rogoschin als nächstes tun würde.) Wenn es auch große Autoren gegeben hat, die eine Doktrin vermitteln wollten, so ist ihnen doch nur dann ein wirklich gutes Werk gelungen, wenn sie über der Niederschrift ihre Tendenz vergaßen und sich von ihren Gestalten leiten ließen. Balzac vertrat absurde soziale Ideen, was Marx nicht davon abhielt, immer neue Inspirationen aus der wiederholten Lektüre seiner Romane zu ziehen, weil der schöpferische Genius des Autors die soziale Wirklichkeit seiner Zeit in ihrer ganzen Vielfalt erfaßt hatte. Und nur in diesem Sinn sind auch die Kurzgeschichten von Chen Jo-hsi politisch relevant: ihnen eine politische Tendenz zu unterstellen, hieße nicht nur, sie mißzuverstehen, sondern auch ihre wahre Natur und ihren künstlerischen Rang zu verkennen.

Wenn man nun behauptet, Chen verfolge keine politische Tendenz, so bedeutet das nicht, daß sie ohne Motivation schriebe. Denn was ihre Geschichten so überzeugend macht, ist genau dies: sie sind unter einem starken inneren Zwang geschrieben. Zu Beginn ihrer schriftstellerischen Karriere teilte Chen das Schicksal so manches begabten Autors, für den das Talent ein Fluch ist: er ist (um ein chinesisches Sprichwort zu gebrauchen) ein Held ohne Schlachtfeld, auf dem er seinen Wert beweisen könnte. Ein zwingendes Bedürfnis zu Schreiben ist da, doch es gibt einfach nichts zu sagen. Diese betrübliche Situation steht am Beginn zahlloser Schriftstellerkarrieren, am Beginn zahlloser besonderer, stilistisch zuweilen brillanter Prosatexte, denen es nur an der Aussage mangelt. Nur selten widerfährt einem jungen und leidenschaftlichen Talent eine derart aufwühlende Erfahrung, und da ist kein Preis zu hoch, um Zeuge von Ereignissen zu werden, die dem Autor die Gewißheit schenken, daß er mit einer Autorität, die weit über die jämmerlichen Ausmaße des eigenen Selbst hinausgeht, sein Werk gestaltet.

Für Chen Jo-hsi war es die Bürde des realen Alltags, die sie überwältigt hatte und danach drängte, schriftstellerisch gestaltet zu werden – so viele Menschen, zahllose Gesichter, die um Gehör betteln und keine Ruhe geben, bis alles aufgezeichnet ist. Formale und technische Probleme des Schriftstellers, die ihre Aufmerksamkeit fesselten, solange sie nichts zu sagen hatte, sind fortgewischt. Weniger bedeutende Künstler mögen schreiben, wie sie *wollen* – in hochtrabender Prosa, mit stilistischen Eskapaden –, Chen, eine Schriftstellerin von Rang, schreibt, wie sie *kann*, als werde ihr diktiert. Ein innerer Zwang treibt sie, Zeugnis zu geben vom wirklichen Leben – unserem einzigen Lehrmeister.

Anmerkungen

Die Exekution des Landrats Yin

[1] Ein Anzug mit hochgeschlossenem Kragen, wie er in ganz China getragen wird. Das Oberteil wird auch Mao-Jacke genannt.

[2] Die Kampagne der ‹Drei Anti› war gegen Korruption, Verschwendung und Bürokratismus gerichtet. Die Fünf-Anti-Kampagne zielte auf die Bekämpfung von Bestechung, Steuerhinterziehung, Diebstahl von Staatseigentum, Bummelei bei der Arbeit, Betrug mit Material und Verrat von staatswirtschaftlichen Informationen.

[3] Eine Kampagne für freiere Kritik gegen Kader und Bürokratie begann 1956 unter dem Schlagwort ‹Laßt hundert Blumen blühen und hundert Meinungen miteinander wetteifern›. Der Ausbruch einer Welle von Kritik durch die Intellektuellen führte zu einer Anti-Rechts-Kampagne, die alle Kritik im Keime zu ersticken suchte.

[4] Die Drei Freiheiten waren 1. mehr Land für die Privatwirtschaft; 2. freier Markt und 3. mehr Privatunternehmen. Der Eine Vertrag war die vertragliche Verpflichtung für jeden Haushalt, eine bestimmte Menge Getreide zu produzieren.

[5] Es handelt sich um die sechzehn Punkte der XI. Plenarsitzung des Zentralkomitees der chinesischen Kommunistischen Partei am 8. August 1966, welche die Tätigkeiten der Roten Garde regelten.

[6] Die ‹Schwarzen Fünf›: Landbesitzer, reiche Bauern, Anti-Revolutionäre, schlechte Elemente und Anhänger einer Rechtspartei.

[1] Die Kaderschulen ‹Siebenter Mai› wurden überall im Lande eingerichtet. Hier leisteten die Intellektuellen körperliche Arbeit und studierten die Gedanken des Vorsitzenden Mao, die er in der ‹Direktive Siebenter Mai› am 7. 5. 1966 proklamiert hatte.

[2] Nai-Nai, wörtlich Großmutter, wird auch als respektvolle Anrede bei älteren Frauen gebraucht.

[3] Die fünf Roten Elemente der Gesellschaft sind Arbeiterkinder, arme und wenig bemittelte Bauern, Revolutionskader, Angehörige der Befreiungsarmee und Märtyrer der Revolution.

Nachtwache

[1] Ein taiwanesischer Bauer.

[2] Eine Gruppe von acht kleinen Inseln auf dem ölreichen Kontinental-Schelf vor Taiwan. Im Jahre 1971 proklamierten Übersee-Chinesen Chinas Souveränität über diese Inseln, nachdem Japan Eigentumsrechte angemeldet hatte.

[3] Gedämpfte, faustgroße Brote, ein Hauptnahrungsmittel in Nord-China.

[4] Säuberung der Einheiten: wer der revolutionären Linie des Vorsitzenden Mao nicht folgte, wurde ausgemerzt.

[5] Eine nationalistische Organisation, die auf den Drei Volksprinzipien Sun Yat-sens basiert.

[6] Eine Bewegung, die 1970 einsetzte. Die ‹Eine Attacke› richtete sich gegen die Konter-Revolutionäre und die ‹Drei Anti› gegen Korruption, Verschwendung und Opportunismus.

Aufenthaltskontrolle

[1] Die Heldin des berühmten Romans ‹Kin Ping Me› aus dem 16. Jh., eine exemplarische Liebeskünstlerin.

[2] Eine Kampagne, in der die Massen und unteren Kader aufgerufen wurden, über ihre politische und ideologische Einstellung sowie über ihren familiären und finanziellen Hintergrund genauestens Rechenschaft abzulegen.

Jen Hsiu-lan

[1] Eine ultralinke Gruppe, die, wie es hieß, insbesondere gegen Premier Tschu En-lai und das Ministerium für Auswärtige Angelegenheit gerichtet war. Die Führer dieser Gruppe sollen bedeutende Anhänger Tschiang Tschings, der Frau Mao Tse-tungs, gewesen sein.

[2] Der angebliche Putsch von Maos designiertem Nachfolger, Marschall Lin Piao, der bei seinem Fluchtversuch den Tod fand.

Der große Fisch

[1] Ein platter grauer Süßwasserfisch; in China als Grundlage für Fischsuppen geschätzt.

Geng Erh in Peking

[1] Ein ringförmiger Topf aus Kupfer oder Messing, der um ein Holzkohlenfeuer konstruiert ist. Er wird mit heißer Brühe gefüllt, in der man dünne Scheibchen Hammelfleisch sowie Gemüse und andere Zutaten kocht und anschließend nach eigenem Geschmack würzt.

[2] Ein starker, süßlicher Wein mit einem herben Nachgeschmack.

[3] Ein hochprozentiger Schnaps aus Gauliang oder Riesen-Hirse (Sorghum).

[4] Der große, kunstvoll angelegte See im Areal des Sommerpalastes von Peking.

[5] Teigtaschen mit Fleischfüllung, die man gedämpft, gekocht oder gebraten ißt.

[6] Das chinesische Neujahrsfest fällt gewöhnlich in den Februar.

[7] Wörtlich: ‹ältere Schwägerin Wang›.

[8] Der Ausscheidungsprozeß jener Elemente, die der revolutionären Linie des Vorsitzenden Mao nicht folgen.

[9] Kusinen werden aus Höflichkeit mit ‹Große Schwester› angeredet.

[10] Die beiden ersten Zeilen (wobei ein Wort verändert wurde) eines Gedichtes von Tsau Tsau (Kaiser Wu aus der Wei-Dynastie).

[1] Ich folge hier der Chronologie von Hua Kuo-feng: ‹. . . unsere erste große proletarische Kulturrevolution, die elf Jahre dauerte . . .› (Polit. Report des 11. Parteikongresses, August 1977)

[2] Zitiert von Hua Kuo-feng, ebenda.

[3] Kan yu ke yin tung ti ai (Daring to Sing a Song which moves the Earth) (Hong Kong: Ch'i-shih nien-tai, 1974).

[4] Keng Ling, The Revenge of Heaven (New York: Putnams, 1972).

[5] Zur Publikation sind uns alle Manuskripte willkommen, die folgende Bedingungen erfüllen:

A. Alle Romane, Essays, Artikel und Texte von künstlerischer Aussagekraft, die in allgemeinverständlicher Weise einen revolutionären Inhalt präsentieren. Sie müssen (1) mit innigen und herzlichen proletarischen Gefühlen den großen Vorsitzenden Mao preisen, die große, ruhmreiche und unfehlbare Kommunistische Partei Chinas, den großen Sieg und die proletarische, revolutionäre Doktrin des Vorsitzenden Mao; (2) sie müssen dem Beispiel der exemplarischen Revolutionsopern folgen und mit Eifer Bauern- und Arbeiterheroen zu schaffen versuchen; (3) sie müssen mit dem Thema ‹Kampf zwischen den beiden Linien› den revolutionären Kampf des Volkes, der länger als ein halbes Jahrhundert unter der Führung unserer Partei währte, widerspiegeln, vor allem jedoch den ungebrochenen revolutionären Kampf unter der Ägide der Diktatur des Proletariats; sie müssen den einmütigen Kampf der Bevölkerung unserer Provinz (in diesem Fall Kwangtung) gemäß den Direktiven des Vorsitzenden Mao sowie die Ausbreitung dieses Kampfes in seinem siegreichen Vorwärtsstürmen widerspiegeln.

B. Zur künstlerischen und literarischen Theorie: uns sind Texte willkommen, die einen die Massen bewegenden, revolutionären und militanten Charakter zeigen, in einfacher Sprache eindeutige Thesen wiedergeben und sich eines lebendigen, kraftvollen und originellen Stils befleißigen; wir wollen kurze, volkstümliche Essays mit starker Überzeugungskraft über Themen wie z.B.: das Studium der literarischen und künstlerischen Theorien im Marxismus-Leninismus, das wachsende Verständnis der künstlerischen und literarischen Gedanken Mao Tse-tungs, das wachsende

Verständnis der schöpferischen Erfahrung im Studium der exemplarischen Revolutionsopern; wir begrüßen Artikel, die, mit dem Marxismus-Leninismus als Richtschnur, die Probleme des sozialistischen und künstlerischen Literaturschaffens erforschen, die antimarxistische Gesichtspunkte und die revisionistische Schwarze Linie im künstlerischen und literarischen Schaffen enthüllen, wie sie von Betrügern des Typs Liu Schao-tschi propagiert wurden. (Kwang tung wen-yi, No. 1, 1973).

[6] Die notorisch lächerliche Form einer literarischen Arbeit, wie sie bei den Examina für die Mandarine im alten Reich verlangt wurde.

[7] ‹Ke-ming shih-tai ti wen-hsuch› (‹Literature of a Revolutionary Period›) in Erh yi chi, Lu Hsun ch'üan-chi (‹Complete Works of Lu Hsun›) (Peking 1963), Bd. III, S. 313.

[8] Sehr bezeichnend in dieser Hinsicht war die Abkehr vom ‹Sozialistischen Realismus›, die in den späten fünfziger Jahren begann und während der Kulturrevolution ihren Höhepunkt erreichte; als ‹Trojanisches Pferd› trägt er jetzt die Wirklichkeit in die Zitadelle der maoistischen Ästhetik und verdrängt den ‹Revolutionären Romantizismus›.

[9] Claude Roy, ‹Somme toute› (Paris, Gallimard, 1976) S. 276.

[10] Chou Tso-jen, ‹Yen chih ts'ao pa›, in Yung jih chi, S. 181.

[11] ‹Wen-yi yü cheng-chih ti ch'i-t'u›, in Chi wai chi, Lu Hsun ch'üan-chi (Peking 1963), VII, S. 103–10.

[12] Le Vent Paraclet (Paris, Gallimard, 1977) S. 142.

[13] La tentation totalitaire (Paris, Laffont, 1976), S. 61.

[14] Die meisten Erzählungen der vorliegenden Sammlung erschienen zuerst in ‹Ming Pao Monthly› (Hongkong) und wurden später mit geringfügigen Änderungen (einige davon auf Veranlassung der Zensur Taiwans) in einem Band publiziert, Yin hsieng-chang (Taipeh: Yuan-ching 1976).

[15] Zum Beispiel: ‹1984› – ein Meisterwerk – in dem die essayistischen Elemente überwiegen; niemand würde es als echten Roman bezeichnen. Das ‹Auge des großen Bruders› hat sich tief in unsere Vorstellungswelt eingeprägt, während uns die Charaktere – vielleicht außer den Namen Winston und Julia – kaum im Gedächtnis haften. Das gleiche gilt für die meisten Werke von Malraux, Koestler und anderen. Umgekehrt gibt es auch Romane in essayistischer Verhüllung: hierunter fallen besonders historische und biographische Werke.

Zeittafel

1958 tauchte in einer Zeitung zum erstenmal die Bezeichnung ‹Große Proletarische Kulturrevolution› auf. Damals bekämpfte der Staat unter dieser Bezeichnung den Analphabetismus im Lande. Doch erst 1966 setzte innerhalb der chinesischen Partei- und Staatsführung der Kampf Mao Tse-tungs und seiner Anhänger gegen die Politiker des Kreises um Liu Schao-tschi unter dieser Bezeichnung ein. Startschuß war ein später berühmt gewordener Artikel, den Yao Wen-yuan nach den Direktiven Mao Tse-tungs verfaßt und in der Schanghaier Zeitung Wen-hui pao veröffentlicht hatte.

Um seine wankende Position zu festigen, mobilisierte Mao Mittelschüler und Studenten und rief die Jugend auf, sich zu ‹Roten Garden› zu formieren. Selbst an Grundschüler, ‹Rote kleine Soldaten›, richtete sich der Appell.

Auf einer Sitzung der Kommunistischen Partei Chinas vom 1. bis 12. 8. 1966 wurden die 16 Punkte der im September 1965 von Maos Sekretär Tschen Po-ta verkündeten Großen Proletarischen Kulturrevolution angenommen. Die Parole lautete:

‹Zerstört das Alte, um Platz zu schaffen für das Neue›. Die proletarische Kulturrevolution richtete sich gegen Intellektuelle, Professoren und Lehrer.

Mao bediente sich der Roten Garden, um die Gruppe um Liu Schao-tschi mit dem Vorwurf des Revisionismus aus der

Parteiführung zu drängen. Unter der Anleitung der Armee demonstrierten die Roten Garden gegen Maos Gegner und setzten sie unter Druck. Im Verlauf der Kulturrevolution wurden Säuberungen in der Partei- und Staatsführung durchgeführt. Es kam auch zu blutigen Auseinandersetzungen zwischen ihren Anhängern und Widersachern.

Seit 1966 war Tschiang Tsching, Maos Ehefrau, stellvertretende Vorsitzende jener Gruppe, die die Kulturrevolution betrieb. Auf ihre Initiative hin wurden sechs Revolutionsopern geschaffen.

Zwischen 1965 und 1969 hatte die Große Proletarische Kulturrevolution ihren Höhepunkt. Zahlreiche Kongresse der Roten Garden fanden statt. Danach ebbte sie ab. Man setzt ihr Ende um 1973 ein.